千寻文化
Qianxun-Culture
—图书·影视—

对我而言，特别的他

夏不绿 著

Xiabulv's Work

江苏凤凰文艺出版社
JIANGSU PHOENIX LITERATURE AND ART PUBLISHING, LTD

图书在版编目（CIP）数据

对我而言，特别的他 / 夏不绿著 . -- 南京：江苏凤凰文艺出版社，2019.10
ISBN 978-7-5594-1560-8

Ⅰ . ①对… Ⅱ . ①夏… Ⅲ . ①长篇小说 – 中国 – 当代
Ⅳ . ① I247.5

中国版本图书馆 CIP 数据核字 (2019) 第 200162 号

对我而言，特别的他

夏不绿 著

责任编辑 丁小卉
特约编辑 小 左 潇 潇
装帧设计 苏 茶
责任印制 刘 巍
出版发行 江苏凤凰文艺出版社
南京市中央路 165 号，邮编：210009
网 址 http://www.jswenyi.com
印 刷 长沙鸿发印务实业有限公司
开 本 880×1230 毫米 1/32
印 张 10
字 数 224 千字
版 次 2019 年 10 月第 1 版 2019 年 10 月第 1 次印刷
书 号 ISBN 978-7-5594-1560-8
定 价 39.80 元

目 / 录 Contents

目录 Contents

第一章
现在动物不能成精

余朝清觉得自己做了一整天的梦，从余伟业把他从家里赶出来，到他扶老奶奶过马路被讹了两万元到达高潮，目前这场梦的时间来到了晚上九点。他筋疲力尽，回到住所，却发现空调坏了，在等待师傅上门修理空调的期间，他跑到学校图书馆里吹冷气，结果看到一只白色猫咪正在看书。

余朝清怀疑自己出现了幻觉，或者就是在做梦。他捏了捏脸，很疼，于是他悄悄地走了过去，想看个究竟。

这一次，余朝清更加确定了，那只白猫确实在看书。它面前放着一本砖头厚的书，它盯着书页看了几分钟，就抬起猫爪翻页，继续看下一页。他觉得背后发凉，一股寒意从脚底升起，直蹿到头皮，连鸡皮疙瘩都冒起来了。

不是说新中国成立后，动物不准成精吗？这是什么情况？他心想。

因为害怕，余朝清的呼吸声变大了。敏感的白猫察觉到了他的存在，轻轻抬起头，用那双祖母绿的眼睛淡淡地看了他一眼。

这是余朝清这二十五年来，第一次被猫吓到。这猫一点也不像猫，它的神情余朝清看得清清楚楚，带着一点点不屑、一点点鄙夷和一点不耐烦？它好像在说“愚蠢的人类，你打扰到我了”。

没等余朝清反应过来，那只猫已经轻盈地跳上了一侧的窗台，纵身跃到窗外的树上，几秒钟就消失不见了。余朝清愣在原地，半天没有缓过神来，如果不是桌上还留着白猫看过的书，他就要以为自己出现幻觉了。

余朝清走过去翻开书皮，只见上面写着四个大字：药用植物。

啧，看不出这只猫还挺有文化的。

余朝清顺势坐下来翻了翻书，上面的字密密麻麻的，看得他眼睛发胀，翻了几页，他就放下了。

这时，修空调的师傅给余朝清打来电话，说他到楼下了。

“等我五分钟，马上到。”余朝清说着就往外走。

“喂，卷毛！”管理图书馆的大爷不知从哪里钻了出来，指着余朝清说，“看完书要把书放回去。”

余朝清说：“那本书不是我拿的。”

“这里除了你，就只有鬼了！”大爷生气道，“现在的年轻人都怎么回事，连基本的礼义廉耻都没有了吗？”

余朝清赶紧跑回去拿书，然后把书放回书架上。离开前，他小声嘀咕了句：“本来就不是我，是只野猫干的。”

余朝清就住在青德大学里，租的一个老教授的房子。

这些房子都是学校的财产，按最便宜的价格租给学校的教师们住，不过一些教师在外面买了房，就把学校的房子租给了留在学校准备考研的学生。

因为租房的都是学生,所以大多数房子里的家具都比较简单。但余朝清的家里不同，推开铁门，只见地板上铺着昂贵的手工羊绒地毯，墙角放着景德镇的陶瓷花瓶，家具全部都是新的，且价值不菲，跟这破旧的居民楼格格不入。而这一切都要得益于他有个有钱的老爸。

都说“龙生龙，凤生凤，老鼠的儿子会打洞”，但余朝清完全没有遗传到余伟业的商业头脑，除了吃喝玩乐，没有一样是他在行的。要不是因为前阵子出了事，他为了躲开余伟业夜以继日的“讨伐”，才不会想不开跟他老妈钟灵说要来考研，然后趁机从家里搬了出来。

空调被修好后，余朝清从冰箱里拿了瓶可乐，而后躺在沙发上发呆。到了晚上，他洗了澡，换上宽松的背心、短裤，然后点了外卖。但外卖点得太多，他根本吃不完，剩菜剩饭装了满满两个纸盒，他一只手拿着一个纸盒，准备拿下楼去喂流浪狗。

虽然余朝清是个不学无术的纨绔子弟，但他还是非常有爱心的。自从他来了这儿，书他没看几本，可是附近的流浪猫、流浪狗都聚集到了他家楼下。

刚下晚自习的女同学经过余朝清楼下时，正好看到这一幕。余朝清察觉到有人在看自己，不由得捋了捋头发，他觉得对方估计是被自己善良的举动征服了，然后脑补着自己身上正散发着纯洁耀眼的圣光，不由得把背脊挺得更直了。

过了两秒钟，只听一个女同学大吼了一声：“原来就是你一天到晚喂它们，搞得小区里到处都是流浪狗，还每天晚上在我家窗台下叫！”

余朝清被吓得打了个激灵，拔腿就跑掉了。

虽然余朝清不爱看书，但为了考研，他还是每天早上雷打不动地去图书馆……睡觉。他最喜欢角落里靠窗的位置，带上一张毛毯和一个小枕头，中午的时候，秋日的阳光会透过玻璃窗照进来，照得人身上暖洋洋的。但是今天，那个位置被人占了，还是被一个漂亮女生占了，这让他有些不知所措。

其实那个位置旁边也能坐，但是从太阳照射的角度来看，还是原先的位置最佳。余朝清了清嗓子，难为情地开口：“那个同学，我们能换个位置吗？”

女生正在专注地看书，压根儿没听到余朝清在叫自己，头也没抬一下。于是余朝清叹了口气，在女生的对面坐下来，凑合着趴下来开始补眠。为什么他一定要来图书馆睡觉呢？因为他觉得，只要来了这里，就是学习了，就算是睡觉，也能在梦中补充知识，他睡的就不仅仅是觉了。

所以当他爸的秘书袁叔打电话过来，问他在哪儿的时候，睡得迷迷糊糊的他气若游丝地回答道：“图书馆。”

袁叔是余伟业的秘书，跟了余伟业十几年，更是看着余朝清长大的。在余伟业忙事业的时候，余朝清的家长会都是袁叔代余伟业去参加的，袁叔可以说是余朝清的第二个爸爸，而且袁叔也确实把他当成自己的儿子看待，甚至比钟灵还要疼惜他。他搬出来住之后，每天中午袁叔都提着保温桶亲自来送饭菜，用袁叔的话说：“外面的东西都不卫生，要是把你的身体吃坏了，可得把我们心疼坏了。”

听到余朝清说自己在图书馆，袁叔甚为感动，觉得自家少爷有出息了，想必平时学习很辛苦，听声音都中气不足了，待会儿回去，他得让家里的厨子煲点养生汤，下次给自家少爷带来。

余朝清把毯子和枕头放在桌上，准备出去吃个午饭，但又害怕东西被人拿走，于是他又抬起头看向对面的女生，道："同学，可以帮我看着东西吗？我一会儿就回来。"

女生终于听见余朝清说的话了，抬头看了一眼。这女生长得可真好看，鹅蛋小脸，杏仁眼，挺直的鼻子，嘴巴小巧却厚实，带着一点娇憨，眉眼里的聪明劲儿又让人觉得这女生是有故事的。女生瞥了眼桌上余朝清的东西，淡淡应了一个字"嗯"，如蜻蜓点水般不着痕迹，而后又低下头继续看书。

余朝清好奇地看了眼女生正埋头苦读的书，心想：什么书这么有魔力？无奈书上全是密密麻麻的文字，刺得他眼睛疼。

吃完袁叔带来的饭，余朝清慢慢悠悠地返回图书馆。路过一条林荫小道时，两个人影突然从旁边的草丛里蹿出来，他还没来得及反应，就被迎面的一拳打趴在地上。

"王八蛋，你以为躲到学校里我们就找不到你了？！"说话的人是王斌，余朝清的狐朋狗友之一，人长得黑黑瘦瘦的，但有六块腹肌，他的拳头一下一下砸在余朝清身上。

余朝清抱住脑袋，痛得大呼："车本来就是莫覃开的！"

拳头一直没停，另一个头发稍长些的人叫林跃，他神态闲适地站在一侧，点燃一支烟，一副看好戏的样子，缓缓吐出一个烟圈来："谁让你多管闲事。"

余朝清挨了几拳后，就感到脑袋发昏，呼吸困难，他觉得再这样下去，自己就要暴毙当场了。好在他小时候学过跆拳道，于是他深吸一口气，气运丹田，准备还手。然而“啊”字还没喊出来，他就被打落了一颗牙齿，随即吐出一口血水，痛得差点儿昏过去。

“你们在干吗？”一道声音打破了三人之间的紧绷气氛。

循着声音，王斌和林跃同时回过头，只见一个抱着书、穿着白色针织外套、扎着丸子头、面无表情的女生站在路口。

林跃笑了：“这大学里的女生质量不错啊！”

余朝清一抬头，整个人就蒙了，这不是在图书馆帮自己照看东西的那个女生吗？他张了张嘴，话还没说出口，又吐出一口血沫。

“我已经把你们打人的视频拍下来了……”女生说着扬了扬自己手里的手机，声音冷得像结了层霜，“想出名吗？”

林跃、王斌跟余朝清一样，都是纨绔子弟，家里不是做生意的就是做官的，自然不想把事情闹大。于是，王斌赔笑道：“我们是朋友，一点儿误会。”说着，他踢了余朝清一脚，“你说是不是？”

余朝清点点头，其实他眼前一片模糊，疼得龇牙咧嘴，根本不知道他们在说什么。过了一会儿，听到一阵脚步声，感觉人走远了，他便扑通一声跪倒在地。

余朝清被女生带到诊所补牙的时候，得知这个女生叫白初晗，他在心里默念了两遍，觉得这名字特有文化，但具体是哪里有文化，他也说不上来。后来，他的牙补好了，脸上的伤也上了药水，就看见白初晗和这家诊所的老板站在不远处聊天，他感觉那两人似乎很熟。两人的声音通过敞开的大门，被微风断断续续地送到他的耳朵里。

“就这么点钱？”白初晗语气不满，“下次再碰着这种情况，我就不把人往这里带了。”

“哎呀小晗，我们都认识多久了！你也知道，最近诊所的生意不好，体谅体谅。”诊所的老板姓朱，是这里唯一的医生，三十来岁，体形偏胖，声音又尖又细。

余朝清嘴里含着纱布，根据这情况猜测，应该是白初晗带人来这家诊所要吃回扣，现在正和诊所的老板讨价还价。不过他一点也不生气，觉得这是理所应当的，毕竟是她救了他，还送他来诊所，这么大的恩情哪里是一点钱可以回报的。他这样想着，决定送一份贵重的礼物给她。

“喂，你还躺着干吗？可以起来了。”余朝清眼前出现一张人脸，白初晗不屑地瞥了他一眼，“算了，你爱躺多久躺多久，我先走了。”

余朝清听说白初晗要走，立马翻身坐起来，但她已经离开了，他只看到她转弯时的一个侧影。

“小伙子，待会儿要是牙齿不舒服，就买根雪糕吃。”朱老板走过来，把开的药拿给余朝清。

“你和白初晗是朋友吗？”

“朋友？”朱老板显然没想过这个问题，像是发现了新大陆般，脸上闪过一丝错愕，没有惊喜，而后皱了皱眉，“哈哈，生意伙伴。”

“她是青德大学大几的学生？”余朝清打探道。

“她都研究生了。”朱老板转过头，脸上露出一丝调侃，“怎么，你想追她？”

“没……没。”余朝清急忙否认，“我……她救了我，我就是想感谢她。”

“哈哈哈。”朱老板好似听了个天大的笑话，笑得差点喘不过气来，“你……你是不是脑子被打傻了？”

对于朱老板来说，余朝清这样的人他不是第一次见。什么街上打架的小流氓、混混，走在路上撞了、摔了的，还有身体不行昏倒在半路上的，白初晗总能遇到这类人，并且每次都送到他的诊所里。原因很简单，不是她心地善良、助人为乐，而是她送到这里的每个病人所付的医药费，他都会给她抽成。

江湖儿女，利益而已，怎么还真有人以为这世上有活菩萨呢？

此时余朝清的脸肿得像个包子，做不了任何表情，他不明白朱老板笑里的含义，执着道：“你有她的电话号码吗？我想当面感谢她。”

朱老板懒得再跟余朝清废话，撕下一张纸，唰唰唰写下一串数字就扔给他，然后下了逐客令：“我要睡午觉了，你走的时候记得把门带上。”

白初晗对余朝清没什么印象，虽然余朝清长得还算不错，但那张帅气的脸蛋上清清楚楚地写着“没脑子”三个字。白初晗不喜欢笨蛋，尤其是自作多情的笨蛋。所以，当余朝清打电话给她的时候，她都懒得敷衍，直接挂了电话。过了几分钟，她听到宿舍楼下传来喧闹声，躺在床上的她翻了个身，用被子蒙住头，结果被子被同宿舍的林桃一把掀开：“快去看，楼下那人好像是找你的。”

被林桃拉到了窗户边，白初晗才睁开惺忪的双眼，恍惚间她以为自己看错了。余朝清那个大傻子开了一辆粉色 Mini

Cooper 停在宿舍的大门前，车前扎着一个巨大的蝴蝶结，车顶拉了条横幅，红底金字写着：感谢白初晗同学，乐于助人，拔刀相助。

白初晗觉得自己想拔刀砍了这人。

余朝清见周围的人都拿出了手机拍自己，有些不好意思，然后靠在车身旁，对着后视镜理了理头发。这时，余光里出现一个熟悉的身影，他立马站直身子，露出灿烂的笑容，冲走向自己的白初晗挥了挥手。

“你……你好。”他竟然有些羞涩起来，“我叫余朝清，感谢你昨天救了我。这辆车是送给你的。”

白初晗瞥了一眼车，双手抱在胸前，脸上一副爱答不理的神情：“车我收了，你可以走了。”

余朝清有些没反应过来，这跟他预想的好像不太一样：“那……那个要不要一起吃个饭？”

“我不饿。”

余朝清瞬间泄了气，挠了挠后脑勺，笑道：“好。”

“等等。”

余朝清立刻回头，一脸期待地看向白初晗。

“把车上的蝴蝶结和横幅拿走。”白初晗皱了皱眉，“太丑了。”

余朝清再蠢也能感觉到白初晗对自己的嫌弃了，可是他想不明白白初晗为什么不喜欢自己。以前读书的时候，有很多女生喜欢他的，送叠好的千纸鹤、早餐，情人节他还能收到手工巧克力，虽然不好吃，但这些足以证明他是个有魅力的男生，怎么到了白初晗这里就不一样了呢？

周围看热闹的人发出一阵嘘声，弄得余朝清红了脸，他用力地将蝴蝶结撕下来，然后把横幅卷起来扛在肩上，本来还想对白初晗说点什么，最后放弃了。之前意气风发的身影，此时看上去异常落寞，像《大话西游》里结尾时扛着金箍棒转身离开的孙悟空。

白初晗心里动了动，张嘴喊了声："喂，那个……余朝清是不是？"

余朝清的背影明显在风中战栗了一下，他缓缓转过身来，眼神里带着点孤傲，故作淡然道："干吗？"

"你还没给我车钥匙呢。"

余朝清郁闷的时候，就喜欢去学校后门的街市吃烧烤，一个人点十串羊肉串、十串牛肉串，再加十串烤蚕蛹，配一瓶大可乐，一股脑儿吃完这些，回家拉个肚子，然后就啥事都没有了。余朝清把这种带点自虐的解压方式称为通透，身体拉通透了，坏情绪就没有了。

不过今天的他食欲不振，只吃了几串牛肉，肚子就饱了，剩下的他就叫老板打包，准备拎回住处继续吃。

青德大学建校已有八十年，半年前，政府拨了块地建新校区，但一直没建成。老校区看上去什么都是破破烂烂的，但绿化好，都是些上了年龄的老树。夏天一到，老树郁郁葱葱，挡住一大半阳光，一点儿都不热。不过到了晚上，路灯本就昏暗，树枝再一遮挡，路上的人影就影影绰绰的，让人分不清是人是鬼。

余朝清缩了缩脖子，只想快点走过去，还没走到宿舍楼下，就听见路旁的草丛里发出一声尖厉的叫声，撕心裂肺的。余朝清吓得脚下一软，走不动了。

过了两秒，那声音离得更近了，不过余朝清听出了那是猫叫。老校区里的流浪猫、流浪狗太多了，再加上总有像他这样喜欢逗猫喂狗的人，导致流狼猫、流浪狗干脆在青德大学里安了家，安心繁衍后代。

他眯起眼睛朝草丛里看去，一个白花花的影子突然蹿了出来，扑向他的胸膛，吓得他扔了烧烤，跌倒在地。而后，几只流浪猫追了上来，和那只白猫撕打在一起。白猫明显处于下风，身上带着脏兮兮的灰土，还有被撕咬留下的伤痕。它面目狰狞，看上去痛苦万分，被其他流浪猫按倒在地，几乎失去了还手能力。

余朝清看见这场景，突然想起昨天被王斌暴打的自己，谁说人与人的情感不共通？人和猫都感情都能共通好吗？余朝清大叫一声，把那些野猫轰开了，只剩下躺在地上痛苦呻吟着的白猫。

“可怜的小家伙。”余朝清将白猫抱了起来，温柔地摸了摸它的脑袋，然后将它带回家了。

回到家，他在盆子里放满温水，准备给白猫洗澡，还拿出了他从法国巴黎带回来的沐浴露。本来白猫非常安静，大概是被那些野猫追累了，微微睁着眼睛，也不知道是在看他，还是在发呆。但白猫一见到澡盆，就“喵喵”大叫着挣扎起来，从毛孔到脚趾都散发出“不愿意”的气息。他只得作罢，抱着它去到沙发上，拿出药箱，给它清理伤口。

虽然白猫身上很脏，但余朝清觉得它气质出众，看上去一点都不像野猫，可是它身上又没有项圈和名牌，找不到家养的痕迹。

他忍不住把白猫抱起，放在眼前细细瞧，像是突然想到了什么，便大笑起来：“你不是前几天我在图书馆碰到的那只猫吗？”

白猫用碧绿的眼睛盯着他，轻轻地“喵”了一声。

“真是有缘。”虽然余朝清不信佛，但他笃信缘分这东西，他觉得自己和这只猫有缘分，而且它还喜欢看书，说不定是上天派来的文曲星猫。古时候那些书生身边不都有红袖添香吗？他早觉得一个人住在这房子里有些冷清，干脆收了这只猫做宠物陪读。

“以后你就跟着我吧，就叫你小白好了。”

小白又“喵”了一声，朝余朝清挥了挥爪子，抓伤了余朝清的脸。

他热了点牛奶，切了根火腿肠放在盘子里，然后端给小白吃，还非常积极地用没扔掉的鞋盒做了个简易的猫窝，让小白睡得舒服。大概是太累了，小白喝了点牛奶，趴在鞋盒里，很快就闭上了眼睛。他找了块毛巾给小白盖上，像在照料自己的孩子一样细心，这让他忍不住地想：以后我肯定是个很好的父亲，肯定不是像余伟业那样的人。

做完这一切后，余朝清满意地伸了个懒腰，然后洗澡上床睡觉。他已经规划好了明天的行程：带上小白一起去图书馆。他明天不要睡觉了，他要看书！学习！一只猫都可以做到，他为什么不可以？在这样美妙的遐想和期待中，他闭上了沉重的眼皮……

但是第二天早上醒来，他发现小白不见了。

他找遍了整间屋子都没有看见小白的身影。看着没关门的阳台，他猜测小白是出去觅食了，毕竟是野猫，可能还没有习惯家猫的生活。他在家里等了一上午，直到阳光洒满整个阳台，这栋楼的学生都去食堂吃午饭了，他才接受事实：小白压根儿不想被他养。

袁叔送午饭过来，看见余朝清一副没精打采的样子，便问他怎么回事。

“小白走了。”

“小白？”袁叔以为这是一个人名，估摸着这孩子可能是失恋了，于是安慰道，“天下无不散之筵席。”

余朝清啃着排骨，“嗯”了两声：“是的。”

排骨太好吃，以至于他很快就忘记了小白。

吃完袁叔带来的饭菜，余朝清睡了个午觉，醒来后，他决定去图书馆看书，结果他刚走到宿舍楼下，就看见了他昨天送给白初晗的那辆车。在这破败的老居民楼里，那辆车显得格外扎眼。白初晗就倚在车门上，正捧着一本书看，她修长的脖颈上有道红色的伤痕，伤口不严重，但被她白皙的肤色衬得十分鲜艳，让人不得不去注意。

“你来了。”白初晗看到站着发愣的余朝清，打了声招呼，然后把车钥匙扔给了余朝清，“还你。”

“为……为什么啊？”余朝清不知白初晗这是唱的哪一出，舌头都打结了。

白初晗合上书，站在余朝清面前，脸上没有表情，只答了两个简短的字：“还你。”

余朝清彻底蒙了：你还就还吧，干吗还要说两遍？

“其实这车也不适合我开……”余朝清的话还没说完，白初晗就转身离开了，他只好将后面半句话憋回肚子里。

白初晗走到转角处，偷偷回头望了一眼，看见余朝清那傻子还站在原地，没好气地翻了个白眼，估计这家伙一辈子都不会猜到自己还车的原因。

余朝清当然猜不到，只要是个正常人都猜不到这个原因，谁会想到昨晚那只小白猫就是白初晗呢？

虽然白初晗这人爱钱，但她有一拿一，既然这辆车是余朝清为了感谢她而送的，那经过昨晚的事之后，他们就算扯平了。她不喜欢欠人情，哪怕这人情欠得神不知鬼不觉。

白初晗往图书馆走的时候，姜乾打电话告诉她，说她之前申请的野外考察审批通过了。

“谢谢姜叔叔。”白初晗说。

“游山回来了，晚上回来吃饭吧？”

白初晗站在花坛边，伸手扯了一片草丛里的叶子，握在手心里搓捻着。她想找个理由拒绝，但野外考察的事是有了姜乾帮忙才搞定的，情商再低的人也知道这个时候应该表现得友好：“好，下课后我就回去。”

“回去”这两个字说得硬邦邦的，因为那里不是白初晗的家，但这样说显得她和姜乾是一家人，不见外，也多了几分亲近。

下课后，白初晗没急着去姜乾家，而是去学校后门的旧货市场逛了逛。她最近在学校外找了间房子，五百块钱一个月，条件简陋，屋里几乎什么都没有，所以她想买点二手家具。好歹有了私人空间，不用每晚为了不被人发现自己的秘密，只能在外面瞎晃荡。像昨天碰到野猫的那种情况，要不是余朝清出手相救，她都不敢想有什么后果。

这个时间段的旧货市场有些冷清，等再晚一点儿，那些在夜店里蹦完迪、烧烤摊前撸完串的人晃荡到这里，这里瞧瞧、那里看看，一冲动买下好几件物什的主儿也不是没有。

挨个摊位看去，白初晗每样家具都看得很仔细，最后，她买了两把椅子、一张短腿的木头茶几、一块北欧风格的地毯，还有一个陶瓷花瓶。在一番讨价还价后，她让人打包晚点送到自己家里去。

就在她准备离开时，她突然听到一个尖厉的声音：“小伙子，你这东西就值这个价，我都做这行三十年了，还能骗你不成？”

白初晗回过头，只见余朝清站在一个小摊前，拿着块手表问价。白初晗对于手表的品牌不怎么敏感，但她也能看得出来，那是块好表。

“我这块表九成新，是正宗的德国货。你这儿给我把价格压了一半，该不是在骗我吧？”买卖交易本身就是一场博弈，余朝清这傻小子一来就提骗不骗的，就等于直接把“不懂行”这三个字写在了脸上。

“九成新也是二手的，而且你看，这表的周边都出现磨损痕迹了，我这个价格绝对良心！”

“哎呀呀，要不这表卖给我吧？”白初晗把喝完的矿泉水瓶子扔进旁边的垃圾桶，笑道，“正好我哥哥今天生日，我送块表给他得了。”

面对这半路杀出来的程咬金，对方赶紧收了余朝清的表，说：“就按你先前说的价格，定了。”

余朝清还没反应过来，手里已经多了一沓现金。

白初晗耸耸肩，笑道：“买得起 Mini Cooper 的人还要来这里卖手表？”

余朝清脸一红，垂下头，道：“我是刷我妈的信用卡买的车，结果被她发现了，她让我把账给填上。虽然车没开过，但已经是二手的了，只能折本卖，缺的钱还没补上，我只能把表拿来卖了。”

发现原来这绕来绕去还跟自己有关，白初晗说：“以后你自己多长点心。”

“谢了。”余朝清觉得自己又欠了白初晗人情，怪不好意思的，“你吃晚饭没，要不我请你吃饭？前边新开了家泰国餐厅，听说味道不错。”

“我晚上有约了。”白初晗往前走，没有回头，抬起胳膊冲余朝清挥了挥。

余朝清望着她的背影，觉得这姑娘有点酷。

姜乾早年是青德大学的教授，下海经商发了家之后，也一直跟校方的领导保持着不错的关系。白初晗这次想申请系里的野外考察项目，但她一年前已经去过一次了，为了让其他学生也有机会参加，所以系里的领导没有再考虑让成绩优异的她去。

白初晗原本都放弃了，准备另想办法，但不知道姜乾从哪里听到了这个风声，自作主张地帮她把这事拿下了。她也没有多高尚，既然姜乾拿下了，她就接着。她想，姜乾也是想补偿他之前对自己做的事吧。

开门的是姜家的保姆徐姐，见白初晗回来，她先是一惊，而后脸上立马堆上笑容：“小晗回来啦，我就说今天姜哥怎么叫我做那么多菜呢。”

白初晗冲徐姐点了点头，把买来的花递给她，然后换了拖鞋进去。

姜乾和姜游山坐在客厅里边喝茶边谈事，见到白初晗进来，纷纷转过头来。

“姜叔、游山哥哥。”白初晗笑了笑。

“快来坐！”姜乾冲她招招手，“游山带了好茶回来，一起尝尝。”

白初晗上次见姜游山还是一年前，他刚从国外大学退学回国，说是想自己闯闯做点事，还在家里和姜乾大吵了一架，最后他夺门而出。后来，听说他去外地包了座茶山，做起了茶叶生意，如今茶山经营得还不错。

白初晗在姜游山对面坐下，接着看了他一眼，发现他也在看自己，便大方冲他笑了笑："看来茶山养人，游山哥哥真是越来越帅气了。"

"哈哈哈，小丫头还是这么会说话。"姜游山长白初晗五岁，小时候两个人的关系还不错。姜游山初中的时候读的是全寄宿制学校，两人便不常见面，自然就没从前亲密了，但白初晗已经习惯叫他"游山哥哥"，他也依然叫她"小丫头"。

白初晗坐着喝了会儿茶，听他们聊着生意场上的事，她兴味索然，在房子里四处打量，见墙上多了一幅画，便多看了一眼。她没有艺术细胞，只觉得这画很奇怪，像是信手涂鸦，不知道画的究竟是什么。

"小晗，我们去吃饭。"这时姜乾站起来，正好挡住了那幅画。

白初晗收回视线，跟着站起来："好。"

吃饭期间，白初晗一直注意着墙上钟表的时间，见快到七点半了，她急忙扒拉完剩下的饭菜，然后放下碗筷，道："姜叔、游山哥哥，我吃饱了，我还有事，就先回学校了。"

"这么快就走了？"姜乾有些惊讶，让徐姐去把姜游山带回来的茶叶分了些给她，"要不今晚就留下来，明早我让游山开车送你回学校？"

"不用了。"白初晗已经背上了包，"我真有事。你们慢慢吃，有空我再回来看你们。"当然，这个"有空"几乎就是没时间。

姜游山把白初晗送到门口，因为他比她高很多，所以他一低头就能看见她头顶的发旋。他掏出一支烟，点燃后放在嘴边吸了一口，缓缓吐出烟雾："我听爸说，你这一年多几乎都没回来过，是发生什么事了吗？"

白初晗急着走，拎着茶叶，甩了甩手："这不忙嘛，学校里的事情多。"

"得了，这种话骗骗别人就行了！"姜游山变得严肃起来，眉眼间有股凌厉的英气，让人不自觉生畏，"明天我去学校找你，有事和你聊聊。"

白初晗已经走远，一边走一边回头，答应着："好，明天你给我打电话。"

姜游山无奈地笑了笑，将剩下的半截烟扔到地上踩灭，然后走回屋里。

时间一分一秒流逝，从这里打车到学校至少要半个小时，白初晗知道来不及了，就赶紧朝附近没人的树林里跑去。她把身上的包和茶叶藏在不易被人发现的草丛里，记好位置，准备明早再过来拿。

突然，不远处传来一阵隆隆的机车声，她看了眼时间，七点五十八分。她把东西藏好，准备站起身往树林更深处跑去，只见一束光照了过来，有人大喊了句："那里有个人！"

她还没来得及回头，整个人便消失不见，化成了一只白猫。

晚上出来飙车的王斌和林跃本想停了车，进林子里解手，结果似乎看见个女生。只是，一眨眼工夫，那个女生就不见了。王斌觉得诧异，以为是自己眼花了，便用手戳了戳一旁的林跃，问："你刚刚看没看到前面有个女的？"

林跃一脸茫然，而后点了点头："好像看见了。"

"真是见鬼了。"王斌说，抬头四处望了望，只见树上蹲着只白猫，正拿碧绿的眼睛望着他。

"喵。"那猫轻轻叫了声，然后朝另一棵树上跃去，几秒就消失不见了。

王斌的手机响了起来，铃声是一首英文摇滚歌，在安静的树林里显得格外刺耳。他接起电话，一道低沉的声音从手机那头传来："余朝清那小子人在哪儿？"

第二章
帅哥与野猫

深秋时节，天亮得越来越晚。这天余朝清无端失眠，躺在床上翻来覆去睡不着，睁着眼看天花板看到凌晨六点的样子，他实在待不住了，翻身起床，准备出门吃早餐。

昨夜下了雨，空气里还带着湿漉漉的感觉。他把双手插在外套兜里，缩着脖子朝一家亮着灯的粥店走去。天还没有完全亮起来，四周都笼罩在昏暗的光线里，他依稀看见一只白猫从树上跳了下来，猫的身上湿透了，它晃了晃脑袋，抖落掉身上的雨水。那只猫也看见了他，但还没等他反应过来，猫就迅速跑开了。

余朝清怔了几秒，突然反应过来那只白猫跟小白长得一模一样。他提步追了过去，但刚到转角，就撞上了迎面走过来的人。

因为对方矮了余朝清一个头，就直接撞上了他的胸膛，他一阵吃痛，捂住心口，然后抬眼看去，发现那人是白初晗。

白初晗揉着被撞疼的脑袋，不知什么原因，她的身上湿了，头发也似刚洗过的样子，她冲余朝清翻了个白眼：“走路不看路的吗？”

“你怎么在这儿？”余朝清惊喜道。

“吃早饭。”白初晗说。

“真巧，我也是来吃早饭的，一起吧。”

“你这人真烦。”白初晗说，“别总缠着我。”

余朝清抓了抓头，不好意思道：“就是单纯地想感谢你……”

于是两人走进了粥店，白初晗要了碗皮蛋瘦肉粥，就着店里免费的泡菜，呼噜呼噜吃起来，看样子是真饿了。

余朝清要了一笼鲜肉包、一笼烧卖、一份海鲜粥，还有店里秘制的凉拌海带和脆藕。桌子本来就小，这些东西一上来，白初晗的粥碗被迫移到了桌子边缘。

“你吃得完吗？”白初晗睨了余朝清一眼，语气有些不满。

“我点了我们一块吃。”余朝清说，“你吃包子呀！你看你多瘦，多吃点。”

白初晗没理他，吃完自己碗里的粥后，就站起身去柜台结账。她准备回学校宿舍搬东西，今天就搬出来住。

她还没走出店门，几个一身戾气的男人掀开门帘走了进来。为首的人穿着黑色皮夹克，眉毛旁有道疤，从颜色上看是新伤，后面那两个人她认得，是上次打余朝清的那两个男生。

“哟，这不是上次救了余朝清的那位美女吗？敢情你们在谈恋爱？”王斌走上前，阴阳怪气道。

余朝清嘴里的包子还没吃完，见到这阵仗，吓得不自觉打了个嗝。他抓起手边的水咕噜咕噜灌下，咽下包子后，望向那三人，慌张道：“别误会，我和这个女生没有任何关系，就是碰巧遇到。

你们让她走，我们的事找个地方慢慢说。”

白初晗有点儿意外，看不出余朝清胆子小、身板弱，但在这个关键时刻还惦记着保全她。她不想蹚这趟浑水，更何况她也不知道这里面究竟发生了什么，所以余朝清说完话，她就准备离开。结果，她被王斌拦住了。

“你还真一个人走啊？”王斌做作地叹了口气，“别人这么有情有义，你这就有点薄情寡义了。”

“薄情你大爷。”白初晗直接骂了句脏话，打开王斌的手，厉声道，“滚。”

王斌身手不错，毕竟他小时候学过格斗，但他没料到这个看似柔弱的女生手劲这么大，手被打开后，惊讶得走了神。

“你干什么呢？”林跃发现事情不太对劲，“不会连个小女生都对付不了吧！”

林跃的话还没说完，只见白初晗随手拖了张凳子朝他们扔去，三人始料未及，吓得往旁边闪躲。这时，白初晗已经跑到门边，冲还在发愣的余朝清大喊了句：“快跑！”

白初晗最初的想法是和余朝清这个扫把星分头跑，这样她就能脱身了。没想到余朝清好像并不能领会她的意思，一个劲儿地跟在她身后，像个跟屁虫一样，甩都甩不掉。

“你能不能不要跟着我？”白初晗一边喘气，一边冲后面的余朝清大吼。

一心逃命的余朝清压根儿没听清白初晗在说什么，以为她回头是在关心自己，便回道：“你放心，我没事！”

白初晗翻了无数个白眼，两个人终于跑到了人渐渐多起来的商业街，她看到旁边有个快餐店，里面有很多排队取餐的人，就直接钻了进去。

王斌和林跃他们三人追过来后，在快餐店里找了一圈，但没找着人，就离开了。躲在正在用餐的客人桌子下的白初晗探出头看了看外面，确认没有危险后钻了出来。余朝清朝受到惊吓的客人鞠了一躬，连声说了好几句“对不起，打扰了”。

走出快餐店，见余朝清还跟着自己，白初晗彻底怒了：“你能不能别跟着我？”

“我……我也回学校。”余朝清不好意思道。

白初晗瞪着眼，问：“他们为什么追你？”

原来那个眉眼处有伤疤的人叫莫覃，他和王斌、林跃都算是余朝清的狐朋狗友，几人经常一起玩。余朝清家里有钱，脾气又好，是几人里面的冤大头。

前段时间，莫覃买了辆新车，就带大家出来玩，结果喝多了，在回去的路上发生了车祸，将一个老奶奶撞倒了。他们中有个叫徐明家境普通的男生，因为有事求莫覃，就跟着大家一起出来玩。车祸发生后，莫覃让徐明顶了包。

本来他们都以为这事就这样了了，没想到余朝清把莫覃给供了出去。要不是莫覃家里有点关系，又花了一大笔钱，现在他人还待在牢里呢，而他脸上的疤就是出车祸撞的，缝了六针。医生说，就算以后伤口痊愈了，也会留下印记。

“嗬，看不出你还挺有正义感的。”白初晗说。

“我不是有正义感，我是怕自己晚上睡不着觉。”余朝清这人胆子小，自从那次车祸后，他总会想起被冤枉的徐明被警察抓走时的画面，就连晚上做梦都会梦到。有时候是徐明化身成厉鬼在梦里纠缠他，有时候是徐明开着车带他冲下悬崖……还没到一周时间，他就被自己的愧疚感给弄崩溃了。

他本想拿点钱给徐明家，表示一下心意。结果去到徐明家，他看到徐家的客厅还没自己家的厕所大，一家三代挤在一个老居民楼里。作为独子的徐明担负着赡养一家的重任，而徐明有求于莫覃的事，竟然只是一份工作。这种事在他的认知里是从来没有过的，他实在无法想象，一个人竟然会为了一份工作委曲求全，甚至愿意承担自己压根儿没有犯过的错误。

他与生俱来的悲天悯人的性格让他决定“拯救”徐明这个可怜人，所以他不仅帮徐明洗脱了罪名，还给徐明在自家公司里安排了一份工作。

只是他忘记了莫覃。莫氏集团因为莫覃的这件事股价大跌，莫覃的信用卡全部被其父母冻结，在牢里待的那段时间对莫覃来说，真是生不如死。

白初晗觉得余朝清这人蛮有意思的，但嘴上只淡淡说了句：“你真是个大傻子。”

余朝清没有生气，还露出了笑容：“今天你又救了我，以后我们就是朋友了，你要有什么事，我一定帮忙。”

“得了。”白初晗退后两步，“你还是先把自己的事处理好，别连累我就行。”说完，白初晗转过身，准备离开。

但走了一段距离后，她像是突然想到了什么，又转过身来，对还站在原地的余朝清说：“既然是朋友，那帮我搬下家应该没什么问题吧？”

余朝清的车被余伟业没收了，他就租了辆车帮白初晗搬家。

他一直以为自己现在租住的地方已经够简陋了，但进了白初晗的屋子才发现，自己的格局还是太小了。

他站在不少都已经开裂的瓷砖地板上，望了望空荡荡的房间，犹豫着该如何开口："这个屋子里好像没空调。"

"没有。"白初晗一边收拾着东西，一边答道，她扔了瓶水给余朝清，"你随便找个地方坐。"

他昨晚几乎就没睡着过，加之早上惊吓过度，现在屁股一挨着地板，人就被困意攫住。他随手拿了个垫子枕在脑袋下，闭上眼睛，很快就睡了过去。

他醒来的时候已是黄昏，先前空荡荡的房间现在被各种各样的家具填满。窗帘是新挂上去的，白底透着绿色的小碎花，微风轻轻吹起窗帘，阳光洒了进来，整个房间都是暖色调的。

余朝清揉了揉眼睛，看时间快到六点了，他喊了一声白初晗，却无人应答。于是他又躺下来，然后打开手机准备点份外卖。

"不如吃个火锅好了。"余朝清点了一个两人份的火锅，填上这里的地址和自己的电话号码，随手将手机扔到一旁，然后翻了个身，又睡过去了。等到送外卖的小哥打电话给他，他才醒来。

白初晗还没回来。余朝清站起来的时候差点被脚下的书绊了一跤，他捡起来那本书一看，觉得有些眼熟，瞳孔瞬间放大，这不是他在图书馆见到的那本书吗？叫《药用植物》，他没来得及细想，外卖小哥又催他了。于是他把书放到茶几上，打开门，见一脸不耐烦的外卖小哥提着外卖盒，抱怨道："我还有其他单子要送呢！"

"不好意思。"余朝清觉得很抱歉，接过外卖盒后，就准备关上门。

“对了，这是你家的猫吗？”外卖小哥拦住门，指向楼道一角，“我来的时候就见那猫一直待在楼梯间，它好像受伤了。”

余朝清探出头，楼梯间果然有只猫。

“小白？”虽然这个世界上有成千上万只白猫，但余朝清下意识觉得眼前的这只猫就是小白。他走出门把小白抱进屋里，小白缩着身子叫了声，这时他才发现小白的左腿受了伤，伤口还没有结痂。

“你是小白吧？”余朝清在屋里找了半天才找到医药箱，然后开始给小白处理伤口，“你怎么总是受伤？我看你啊，就是薄情寡义。上次我救了你，结果第二天你就不见了，今天我又救了你，你是不是明天又要跑掉？”

余朝清抱起小白，然后把自己的脑袋凑向小白，但小白十分嫌弃地把头扭向了一边。

“我问你话呢，你倒是回答我啊！”余朝清晃了晃小白，然后把它放到了地上，又看了眼时间，“奇怪，白初晗怎么还没回来？她去哪儿了？”

小白趴在地上，看到茶几上放着的外卖盒后，吸了吸鼻子，嗅到了火锅的香气，于是“喵喵”叫了两声。

“怎么，你想吃？”余朝清的肚子饿了，等不了白初晗回来，便决定一边吃一边等，大不了到时再帮她点一份。

外卖盒一打开，食物的香气立刻散开。余朝清咽了咽口水，拿出一个空的塑料小碗给小白夹了些毛肚、鱿鱼和火腿肠，然后放到地上给小白吃，小白直接埋头吃了起来。

余朝清还是第一次遇见能吃火锅的猫，并且不怕辣。

就这样，一人一猫把两人份的火锅解决了。余朝清吃得很饱，便倒在沙发上休息。见小白也趴在地毯上，还眯缝着眼睛，余朝清忍不住伸手揉了揉它小白的脑袋。小白感到有人在摸自己，便翻了个身，两只前爪向上翻着。粉嘟嘟的肉爪子看得余朝清心生怜爱，他直接将小白抱了起来，放在自己身边：“是不是累了？今晚朕允许你睡朕的旁边。”

小白睁开眼睛，伸出爪子朝余朝清抓去。不过鉴于上次的经历，余朝清在给小白涂药膏的时候直接把小白的指甲剪掉了，所以小白的“九阴白骨爪”失去了作用。

“不过白初晗怎么还没回来？”余朝清开始担心了，该不是遇到莫覃他们了吧？可惜他没有白初晗的电话，否则还可以打电话联系她。对了，他可以打电话给袁叔让袁叔帮忙查查。在余朝清的心里，袁叔就是哆啦 A 梦般的存在，小时候自己闯祸了，每次都是袁叔帮着善后的。

这是袁叔第一次听余朝清主动提及陌生女生,听说是查电话，他立马答应了：“我跟青德大学教务处的主任正好认识，我帮你问问。”他想，余朝清长大了，估计是要追这个叫白初晗的女生，就自作主张把白初晗的其他资料一并查了。

大约半个小时后，袁叔打来电话，余朝清听出他的声音不太对劲，便问道：“没查到吗？”

“查到了。”袁叔说完顿了一下，小心试探道，“你是不是很喜欢这个女生呀？”

“啊？”余朝清没反应过来，而后不好意思地笑道，“你想什么呢袁叔，我们是朋友。”

“这样啊！”袁叔松了口气，随后把白初晗的电话告诉了余朝清，又加了句，“这个女孩的身世很可怜啊！不过她的成绩很好，也很上进。”

可怜？余朝清听到袁叔对白初晗的这个评价时，还以为听错了：“哈哈，她可怜？不可能吧……”

而后，袁叔用了五分钟简单介绍了一下白初晗的身世：“这个孩子的母亲生下她之后，没几个月就因为身体不好去世了，她的父亲是个中医，不过也死得很早。她不到十岁就成了无父无母的孤儿，你说可不可怜？”

余朝清没想到白初晗这么惨，一时不知道该说什么好，也幸好袁叔提早跟他说了，免得日后他不小心问及白初晗的家人，那样岂不是在揭别人的旧伤疤？

“那她是在孤儿院长大的？”

“那倒不是。”袁叔说，“她的个人档案上的监护人姓姜，可能是她的养父母吧。”

因为突然知道了白初晗的身世，这个原本平静的夜晚在余朝清心里顿时变得很不平静了，他突然觉得自己有义务好好保护、照顾这个女生，也突然明白之前她吃诊所的回扣是为什么了。这一切都在情理之中，只是原因都在意料之外。

此时此刻，余朝清把自己幻想成一个英雄，而白初晗就是身世可怜的落魄女孩。一番遐想后，他才想起自己还没给白初晗打电话。

手机通了，但是无人接听。

该不是真出事了吧？余朝清更加担心了，眼看天越来越黑，一个大活人不回家，也不接电话，肯定是出事了。加上早上发生的事，余朝清判断十有八九跟莫覃他们有关。

余朝清的心中涌起一阵愧疚，抱起小白，把脸贴近它，蹭了蹭："都怪我，又连累了别人。"

小白"喵喵"叫了两声，感到身上一股湿热，抬头一望，余朝清竟然哭了。

"我得去救白初晗。"说完，余朝清把小白放到沙发上，在屋里找到一个扫把，准备当作武器。临走前，他摸了摸小白的头："要是我明天早上还没回来，你就重新找个主人吧。"

小白大声地叫了叫，用爪子去扒余朝清的裤腿，而余朝清摆出一副"风萧萧兮易水寒，壮士一去兮不复还"的架势对小白说："我必须去救她，她是因为我才被人抓起来的！"

小白不叫了，像看傻子一样看着余朝清。

余朝清走到玄关处开始换鞋，虽然他心里压根儿没底，不过他已经做好被莫覃他们揍一顿的准备了，至于会被揍到什么程度，完全听天由命。

余朝清正要开门离开，转头看了眼小白，这不看还好，一看吓一跳。

小白打翻了茶几上的一瓶红药水，然后用它的肉爪蘸了蘸药水，在茶几上写字。

余朝清这才想起小白不是一只普通的猫，它可是会在图书馆看书的猫，所以其实它是一只猫妖吗？不过好歹他也算是它的救命恩人，按照《聊斋》里面的剧情发展，接下来应该是它报恩了吧？

余朝清抻长脖子去看桌上的字，瞳孔渐渐放大……

虽然小白的字迹潦草，字写得歪歪斜斜的，但余朝清还是认出了那几个字：我是白初晗。因为晗字太复杂，所以写得走形严重，余朝清辨认了许久才认出来。

余朝清觉得自己见鬼了，他抬头看了看小白，又看了看那排字，接着揉了揉眼睛，又确认了一次："你是白初晗？"

小白叫了一声。

余朝清竭力让自己镇静下来，他坐到小白的对面，对小白说："如果你是白初晗，你就叫两声；如果不是，你就叫一声。"

然后小白连着叫了两声。

余朝清被吓得往后退了几步，随手抓了个坐垫抱在怀里，一脸惊恐："你真的是白初晗？所以你不是人，是猫妖？"

小白叫了一声。

"不是猫妖？"余朝清愣了愣，觉得眼前发生的事太魔幻了，现在他的脑子一团乱，不知该如何捋清思绪，"你怎么会变成猫呢？"

小白没再叫，而是用爪子挠了挠头，一副气定神闲的模样。

余朝清伸出右手食指想要碰一碰小白，结果小白机敏地躲过，并顺势挠了他一爪。

这脾气跟白初晗倒还真的挺像的。

余朝清就这样看了小白一晚上，看小白喝水，看小白踩着猫步在房间里走来走去，看小白扒拉出一本书悠闲地看着……不过，余朝清绞尽脑汁也没法弄清楚这里面的原因。变成猫的白初晗居然这么自在？她不会感到害怕或者着急吗？真是皇帝不急太监急。一个晚上就在这样的胡思乱想中度过了，最后余朝清实在太困了，眼皮上像挂了两个铅球，眼前的小白逐渐模糊……

第二天，余朝清醒来时已经天光大亮，他一睁眼就看到背对着他坐在茶几旁吃方便面的白初晗。

"你……你……"话在余朝清的嗓子里打了好几个转，就是没说出来。

白初晗咽下嘴里的泡面，转头看向余朝清，淡淡道：“对，我变回来了。”

原来不是梦。

余朝清一下跳了起来，蹲坐在白初晗对面左看看，右瞧瞧，一低头，发现昨晚小白腿上的伤，白初晗的腿上也有。

“你真是小白？”

白初晗翻了个白眼：“别乱给我取名！”

“你怎么变成猫的？又是怎么变回来的？”

“我有义务告诉你？”

见白初晗不想说明，余朝清便压制住自己的好奇心，摇了摇头：“你不想说，我就不问了。”

白初晗扑哧一笑：“你就不怕我是个猫精或者怪物，到时候直接把你给吃了吗？”

“不怕。”

“为什么？”

“因为我觉得你是个好人。”

白初晗愣了一秒，随即哈哈大笑起来。余朝清真是她这二十四年来遇到过最奇怪的人，不过不知怎么回事，一向讨厌笨蛋的她好像不怎么排斥余朝清了。

“你还是回家多补补心眼吧。”白初晗收拾好碗筷，站起身朝厨房走去。

等白初晗出来，余朝清已经等在门口了：“一起回学校吧，我开车送你。”

如果这个世界上真的有如赤子一般的成年人，估计就是余朝清这样的了，但作为一个二十多岁的成年人，要保持这样的天真，那他周围的人一定付出了很多努力。白初晗也不知道自己是该羡慕还是嫉妒，从柜子里拿了盒饼干扔给他："送你的早饭。"

余朝清接住，欣喜万分地道："谢谢。"

不过白初晗笑不出来，她的心被其他事攫住了，她变成猫的时间越来越早了，从之前的晚上八点变成了七点。昨天她收拾好家里的东西后，想出门买晚餐，结果在回来的路上突然变成了猫。幸好没有人看到，不然她估计自己早就被人捉住交给实验室做研究了。如果继续这样，也许她会成为一只真正的猫，再也变不回来。

余朝清撕开饼干包装袋开心地吃起来，毕竟是白初晗给他的饼干，所以他吃的时候格外喜悦，压根儿没注意到此时的白初晗正忧心忡忡。

到了学校后，白初晗便去上课了。余朝清还了车子，准备在校园里随便逛逛。青德大学是在全国都排得上名次的学校，对余朝清来说，这里就是知识的殿堂，如果能考上这里的研究生，余伟业肯定不会再整天骂他没出息了。不过，他已经住进来半个多月了，而他买来的考研资料连塑料薄膜都没撕开。

对了，白初晗不是成绩很好吗，而且身世可怜，估计平时手里的钱也不多，不如请她给自己当老师？这样他既可以帮助她，也可以帮助自己，两全其美！余朝清简直要为自己的智慧点赞了。

"给你辅导功课？"在麻辣烫小店里，坐在余朝清对面的白初晗一脸嫌弃，"你想考哪个专业？"

"你学的什么专业？"之前余伟业打算让他报考金融专业，不过现在他准备当白初晗的学弟，她学什么专业他就考什么专业。

"植物学。"白初晗夹起面前的麻辣烫开始吃。

“这个学科有点冷门啊！”要是他考这个专业，估计就算考上了，余伟业也照样骂他。毕竟他以后是要继承自家公司的，学植物专业，总不能他毕业后到自家公司里当园丁吧？

白初晗早料到余朝清的反应了：“你还学吗？”

“嘿嘿，那你辅导我英语、数学、语文就行。”

白初晗把挂在嘴边的粉丝吸溜进去，喝了口水，头也没抬：“你不怕我？”

“不怕，如果你变成猫了，我还可以保护你。”余朝清说，“你住的地方连个保安都没有，那多危险啊！要是像上次那样遇到了野猫、野狗，没人帮你可怎么办？”

白初晗终于抬起头来，因为她吃饱了。她放下筷子，看着余朝清真诚的脸，说：“我补课很贵的，一寸光阴一寸金。”

“没事，我有钱。”

于是，这事就这么说定了。白初晗每天空出来的时间就用来给余朝清补课，补完课余朝清再把她安全送回家。现在她每天变成猫的时间提前了，所以时间对她而言越来越重要。

两人吃完麻辣烫，白初晗去柜台付钱，却被余朝清拦下：“我来吧。”

白初晗从外套的兜里掏出一把零钱递给老板，然后对余朝清说：“这点钱我还是有的。”

余朝清怔了怔，反应过来时，白初晗已经走出十几米远了。她的背影在深夜路两旁昏黄的灯光里，显得更加清瘦、单薄。余朝清觉得她刚才结账的样子格外帅气，又穷又拽。

白初晗在学校南门的公交车站牌等车，耳朵里插着耳机，她不时地看看时间，估算着从学校到家的时间，心里想着下周一就要出发的野外考察。这次考察加上她一共有八个人，目前最大的问题是，她要如何避人耳目待在团队里。据她所知，到时候男女分别有一间宿舍，她得和三个女生住在一起。她开始有点头疼。

这时，有人拍了一下她的肩膀，她抬起头，看到姜游山正对着自己眨眼。

她取下耳机，问道："你怎么在这儿？"

姜游山露出委屈的神情："昨天我们不是约好了今天我来学校找你吗？结果今天一天我都打不通你的电话。"

白初晗这才想起昨晚随口答应的事，歉然道："抱歉，我换了电话卡，忘记跟你说了。"

"那你把你新的电话号码给我。"姜游山把自己的手机递给她，"才一年多不见，连换了号码都不给我说了。"

"这不答应了姜叔叔要和你保持距离嘛。"白初晗像个没事人一样，存完号码后就把手机还给了姜游山。

姜游山脸上闪过一丝复杂的神色，刚想开口，白初晗就冲他挥挥手说："车来了，我得走了。"

"都这个时间了，你去哪儿？"

"回家。"白初晗说，"我在外面租了房子，不想住学校了。"

"我送你。"姜游山说，"我的车就在附近。"

白初晗急忙摇头："不用了，真不用。"

姜游山这一送，出于礼貌她怎么也得邀请他进屋里喝杯茶，可是离七点只有一个小时了，她不愿冒这个险。说完，她立马跳上车，在车门关闭的一瞬间冲他露出了一个笑容，希望他不要多想吧。

回家后没多久，姜游山发来一条短信：之前的事，我替我爸向你说声抱歉，也希望你不要对我爸有什么看法，以后我们还是一家人。

白初晗拿着手机看了会儿，点开对话框，愣了半天，却不知道回什么好。就在她发呆的这几分钟里，七点钟到了，她变成了一只白色的小猫。

余朝清没想到白初晗会主动找自己，还提出请自己去学校食堂吃饭。而这次白初晗算是大出血了，选了三食堂。跟其他食堂不一样，三食堂这里是吃小炒，所以价格要贵上许多。

“我下周一要去外地。”白初晗夹了块红烧肉放进余朝清碗里，“这样我就没法给你补课了。”

余朝清受宠若惊，赶紧把那块肉喂进嘴里，含混不清地问：“那你什么时候回来？”

“难说。”白初晗故作烦恼，“十天半个月是肯定有的，如果中途再遇到点什么事，就很难说了。”

“这么久啊！”余朝清叹了口气，“你们这个专业真麻烦。”

“不过你要是不怕麻烦，可以跟我一起去。”

余朝清正在夹盘子里的肉，听到白初晗这么说，惊得他握筷子的手抖了抖，肉掉到了桌上。

“这……没什么问题吗？”余朝清抓了抓脑袋，“那我应该以什么身份去呢？”

“身份？”白初晗一脸茫然，“你要什么身份？”

余朝清脸红了：“毕竟这是你们系里的考察项目，我一个人外人参与进去，总得有个理由吧。”

“哈哈哈……”白初晗大笑起来，“我的意思是，你可以去我们的考察目的地附近租间房，每天我忙完了就去找你。当然，前提是你自愿，也不嫌麻烦。不过嘛，这眼看马上就要考试了，为了学习辛苦一点也是值得的。”

余朝清终于明白白初晗的意思，但他没有立刻答应，而是犹豫地皱起了眉头。

白初晗见他似乎不太情愿，不由得紧张起来，用筷子戳了戳他的手，说：“如果你不方便就算了，别苦着一张脸呀。”

“不是的。”余朝清说，“因为每天中午我爸的秘书都会来给我送饭，虽然说是为了照顾我的健康，但其实也是我爸监督我的一种手段。要是我突然离开学校了，我爸会以为我玩去了，到时肯定会暴跳如雷。”

白初晗把身子往后靠去，静静地盯着余朝清看了几秒，然后问：“你今年多大？”

“二十五。”

“你都二十五岁了，怎么还像个小孩一样被家人控制？”白初晗说完，开始吃饭。

听了这话，余朝清的心再也平静不了了，被自己有好感的女生说像个小孩，无论是哪个男生都会觉得不好意思吧。不过仔细想想，余朝清的这二十五年一直都活在家人的庇护下，无风无浪的，最大的事也不过是被莫覃他们几个找麻烦，而且那到底还是自己交友不慎。

白初晗见余朝清没动筷，抬头看了看他，心想是不是自己话说得太重，以至于让他开始怀疑人生？白初晗心里有些过意不去，因为她的初衷是为了自己，她需要一个知根知底的人照应她，否则很可能会被人发现她变成猫的事。

白初晗又夹了块肉给余朝清，语气变得温柔起来：“快吃饭吧。”吃完午饭，白初晗还要去上课。

两人告别时，余朝清一副欲言又止的样子，白初晗便伸手拍了拍他的肩膀，说：“多大点儿事，不能去就不能去呗。”

余朝清点点头，没有说话。当然，他觉得难过不是能不能去考察地的事，而是他发现，在白初晗心里他就是个一直靠着家里这棵大树的小孩。在回去路上，他接到了袁叔打来的电话，说今天的午饭送过来了，问他人在哪里。

“我刚吃过了。”余朝清说。

袁叔大吃一惊，毕竟这是从来没有过的事情，袁叔便问：“你一个人吗？”

“和一个朋友。”余朝清老实地回答，“就是上次我让你帮我查电话的那个女孩。”

袁叔立刻明白了几分，就说：“我还是给你吧，你放在冰箱里，晚上吃。”

袁叔一进家门，就看见余朝清四仰八叉地躺在沙发上，见他和平日里不太一样，袁叔关心道：“发生什么事了吗？”

余朝清望着天花板，幽幽地叹了口气：“袁叔，我是不是太幼稚了？”

余朝清突然问起这样的问题，袁叔不禁起疑是和白初晗有关，便问：“是那个白初晗说的吗？”

“你怎么知道？”余朝清转过头来。

“袁叔也是过来人。”袁叔关上冰箱门走过去，“男人啊，一辈子都是长不大的小孩。但如果一个女生嫌你幼稚，只能说明她不喜欢你。”

“谁要她喜欢了！”余朝清像是被人戳破了心事，立马否认，

“我们是纯洁的朋友关系。袁叔你想什么呢？”

“我就是随便这么一说。”袁叔聪明地转移开话题，“对了，你爸最近投资一个项目赚了一大笔钱，心情不错，要不你趁这几天回家向他认个错，搬回家里住？”

“他也只能为赚钱开心了。”余朝清不满道，“我才不回去，我在外面住得挺好，自由，回家又要看他的脸色做人。以后我要更加独立，我都二十五岁了，不能总靠着家里生活。”

袁叔语气温和，开解道：“别人要独立，那是家里没这条件，你别一天天听那些人胡说，你以后是要继承余氏集团的。”

余朝清用抱枕蒙住脑袋，闷声道：“你别理我了，我想一个人静静。”

白初晗下午的课在大教室里上，因为老师非常有名，所以如果去晚了她连位置都占不到。平日里都是林桃帮她占位置，所以她一直有恃无恐。不过今天等她到教室后，发现林桃身边的位置都有人坐了。她从前门进来的时候，正好和林桃面对面，但林桃看见她后，漠然地将视线移向别处，好像全然没看见她似的。

怎么了？白初晗觉得莫名其妙，心想是不是自己哪里得罪她了。

下课后，白初晗找到林桃，想借林桃上周的笔记来抄。但一向脾气温和的林桃“啪”的一声将本子扣在桌上，瞪了她一眼，直接绕过她走了。

“林桃。”白初晗喊住她，追上去问，“你吃炸药了？”

“对，我吃炸药了！”林桃生气道，“你都没把我当朋友，我干吗要理你？！”

“什么意思？”

“你自己都意识不到吗？白初晗，你到底有没有把我当朋友啊？！”林桃一激动，白皙的皮肤上就会染上两团红晕，胸口剧烈起伏，“这一年多来，你每天晚上不回宿舍的事，你以为我不知道吗？但这是你的私事，我不方便过问，我想等你想说的时候自然会说。可你这几天一声不吭地搬出去住，连招呼都没跟我打一声，你压根儿就没在意过我的感受吧？”

白初晗愣了一下，林桃说得没错，她确实没有考虑过林桃的感受和想法，但这并不是她没有把林桃当朋友。

“抱歉。”白初晗说，“这事是我的错。”

这些年，她已经习惯自己做决定了，不征求任何人意见，自己对自己的行为负责。虽然之前她生活在姜家，但她的大小事情一直都是她自己做决定。虽然在发生那件事之前，姜乾对她不错，但那种“好”不是家人之间的，更多是一种礼貌客气。她明白，在姜家她一直都只是一个外人。

“我以为，之前我晚上没回宿舍的事你不知道呢。”一年多前，白初晗的身体开始发生变化，变成猫的时间没有如今这样长，所以她每晚都是等宿舍熄灯后溜出去，天快亮的时候溜回来的。直到这几个月，变身为猫的时间越来越长，她才决定在校外找房子独居。

“真的对不起，我有我的苦衷。不过搬家这件事，是我欠缺考虑了。因为我想到，我每天还是要来学校上课，咱们还是照常见面，就没说什么。”

这还是林桃第一次见白初晗这么低声下气地说话，便有些心软了，但是嘴上仍旧不依不饶：“一句对不起就行了吗？你可是害我难过了好久！”

“那你说，要怎样你才能消气？”

林桃想了想，说：“请我吃饭。”

白初晗扑哧一声笑了，林桃也跟着笑起来，两个人拍了拍对方的肩膀，又和从前一般了。

白初晗请林桃去新开张的泰国餐厅吃饭，但林桃知道白初晗的经济不宽裕，都挑便宜的菜点。白初晗拿过菜单，向服务员点了一些招牌菜，而后对林桃笑道：“我难得请人吃饭，不抓住机会狠狠宰我一顿可惜了。”

吃饭的中途，林桃去洗手间。白初晗靠在椅子上发呆，突然眼前出现一只手，抬头一看，是姜游山，他身后还跟着一个长相、打扮都颇具名媛风的女生。

“和谁吃饭？”姜游山让那个女生先去找位置，然后用一副审问的姿态看向白初晗，“没时间和我聊天，倒有时间和别人吃饭。”

白初晗笑道：“和同学。”

“昨晚你怎么不回我信息？”

“太累了，我睡着了。”白初晗说，“最后不小心忘记了。”

姜游山还想说什么时，林桃回来了，他便起身让座，又冲白初晗眨了眨眼，离开了。

吃完饭，白初晗急着回去，谎称自己有事便先走了。林桃又有些不满，但见她神色慌张，便理解似的和她道别了。

“你好。”

在林桃转身之际，一个身形高大的男子站在她面前。她觉得有点眼熟，再一细想，不就是她从洗手间回来时正和白初晗说话的那人吗？她有些脸红，问：“有事吗？”

姜游山露出一个似是而非的笑容：“我是初晗的哥哥，想问点儿关于她的事。”

白初晗还没到家，远远便看见了余朝清的身影，他立在路灯下，影子被拉得老长。

“你怎么又来了？”白初晗问。

“我等你回家了才能放心。”余朝清退后一步，到了阴影处，白初晗才看到那里放了个箱子，余朝清拍了拍箱子，对她说，“猜猜这是什么？”

高大俊逸的余朝清隐在黑暗中，有几分像姜游山。白初晗心里动了动，笑道：“别卖关子了，你说。”

余朝清立即跳了起来，兴奋地拆开箱子，抱着一台空调喜滋滋地冲白初晗道：“之前看你家里没空调，我便买了台送你，当新家礼物。”

那恍若姜游山的样子瞬间不见了，重新成了余朝清本人，白初晗觉得这样就挺好。她朝他走过去，拍了拍他的肩膀：“给本宫搬上楼。”说完，她昂首阔步地上楼去了。

余朝清愣了一秒后，立马大声回答：“喏。”

余朝清安好空调后，用遥控板把温度开到二十八度，温暖的风立即吹了出来。白初晗正在收拾明天出发的行李，她再不收拾就没时间了。

“那个，其实我挺想跟你去的。”余朝清想起之前的事，觉得有些不好意思，“只……只是……”

“别说了，其实我不是为了你，我是为了我自己。”白初晗扣上箱子，决定对余朝清说实话，“这次考察一共有八个人，到时我得和其他女生住一起，这样被她们发现我变成猫的概率很大，几乎是百分百了。所以我想让你住在附近，我可以以和男朋友一起住为借口，每天晚上去你那里待着。我很自私，我所做的这一切都是为了自己，所以你用不着觉得愧疚或者不好意思。”

余朝清怔了怔，脑子里想的是“男朋友”这个身份，他的脸开始泛红：“这个考察对你很重要吗，非去不可？”

“因为我变成猫，起因就是一年多前我参加了学校的野外考察。这次去的地方和上次的一样，我必须去那里找到自己变成猫的原因，才能想办法恢复成正常人。”

“要是你没钱自己去，我可以出钱的。”余朝清说，“何必跟这么多人一块去呢？”

“那个地方没有许可证不能进，不是随便什么人都能去的。”

“那……那就没有其他办法吗？”

白初晗叹了口气：“至少目前我还没想到。”

“可以跟我说说你为什么会变成猫吗？”

白初晗看了眼墙上的钟，已经六点半了，她拿了个坐垫垫在屁股下，盘起腿来：“具体原因我也不知道，但我猜测是跟我在那座山上吃的东西有关。”

一年多前，白初晗和其他同学在老师的带领下，去了一座名叫邽山的地方。因为十几年前陨石坠落在这里，这地方就一直处于被封锁状态，并由专门的人看管。有过很多科学家和学者到这个地方进行考察研究，至于他们究竟是在研究什么，没人知道。后来，邽山的封锁渐渐松弛，青德大学的教授便申请带学生进入邽山考察。

白初晗学的植物学，她的梦想是以后做学问。因为她成绩优异，发表的多篇论文在圈子里都引起了轰动，所以教授破格把还是研究生的她也带过去了。当时去邽山考察的人只有五个，考察的时间为一周。

一行人在邽山上发现了一些未知植物，在采集样本的时候，白初晗不小心跟大家走散了。山很大，路又不好走，再加上下雨，她只好找了个山洞歇息。上山前，大家分好了要带的东西，吃食都在另一个队员身上。她饿得不行，正好瞧见有可以吃的野草、野蘑菇，便采回了山洞里，然后生火烤着吃了。

她本来就是学植物的，所以哪些植物有毒哪些没毒，她一眼就能认出来。她吃完东西就睡觉了，准备第二天早上再回营地。不过半夜，她冷醒了，本想翻个身继续睡，却发现身体有点不对劲，她坐起来才发现自己变成了一只白猫，她吓得差点魂飞魄散。她都忘记当时是怎么挨到早上的，等太阳出来了，在她近乎无望的时候，她却发现自己又变回来了。

大概是场梦吧。她这样安慰自己，随后背着东西下山和教授他们会合。白天她的精神一直不集中，生怕一转眼自己又变成了只猫，那非得被教授他们抓去实验室研究不可。到了晚上，她上床睡觉，但因为前天晚上的事，她失眠了。直到深夜，她才刚有了困意，突然发现自己又变成了猫。幸好同一房间的另外一个女生睡得很沉，一个晚上都没有醒来过，所以她变成猫的事才没有被人发现。

就是从那时候开始，一到晚上她就会变成猫，第二天天亮才会恢复人形。更可怕的是，半年后，她发现自己变成猫的时间越来越长，这也是她不得不尽快找到解决办法的原因。

余朝清像听都市传说一样听完了白初晗的故事，惊讶地瞪大了眼睛：“是不是你吃的野菜有问题？”

“我也这样怀疑过。可我查遍了图书馆里所有关于植物的书籍，都没找到吃了那些野菜会有什么副作用。”白初晗说，“我也查了很多民间传说和神话故事，有意思的是，国外的神话故事里有很多人类变成动植物的故事，但要么是太过伤心，要么就是做错事受到了惩罚，而中国的神话故事里大多数是动植物修炼过后变成人。”

突然，余朝清一拍大腿，问：“你知道《王子变青蛙》，还有《美女与野兽》的故事吗？”

白初晗点点头。

“故事里不是都说，王子得到公主的吻和野兽得到美女的真心后，就能恢复原形吗？”余朝清顿了一下，继续道，“我觉得可能你也需要这样一段真诚的恋情。”

白初晗翻了个白眼，抓起抱枕朝余朝清砸去：“滚。”

他伸手就去挡，待回过神来，就发现面前的白初晗已经不见了，坐垫上的小白用碧绿的眼睛瞧着他，还“喵”了一声。

余朝清托着下巴，对小白说：“咱们呀，就是帅哥与野猫。”

第三章
一场阴谋

白初晗带着行李去出发点集合，停在校门口的大巴车上已经坐了好几个人，有的戴着耳机听歌，有的戴着眼罩补眠。白初晗走到中间的位置时，突然有人喊了她的名字，她转头，就看见林桃坐在靠窗的位置上冲她挥手，脸上的表情就像发现了新大陆。

在出发前，成员们并不知道彼此是哪些人。

“我还以为这次没你呢。”林桃帮白初晗放好行李，说，“你不是上次去了吗？”

“嗯，我觉得很有意思，所以我又申请了。”

“真好，有你在我就放心多了。”林桃压低声音，“你不知道，听说这次的成员里有三个人是博士呢！我感觉他们都好厉害，害我一直担心自己拖后腿。”

白初晗伸手拍了拍林桃的后背：“放心，有我呢。”

这次带队的教授姓吕，上车后，吕教授让大家自我介绍，彼此认识一下。白初晗介绍完自己，就回座位上继续睡觉。从学校到邽山需要三个小时，她一路都睡着。

他们住的是邽山山脚下的农民家，青瓦房，没有自来水，日常生活需要自己打井水。其他人听到后都“啊”了一声，然后小声抱怨着。而白初晗已经习惯了，上次来这里的时候，连青瓦房都没得住，是自己搭的帐篷。

白初晗和林桃最后下车，刚出车门就听到外面一阵喧哗。白初晗探出头，映入眼帘的是一束鲜艳的红玫瑰，这在偏僻的乡村山野里显得过于浮夸了。

“初晗！”余朝清看见白初晗下了车，开心地朝她跑过去，“终于等到你了。”

白初晗先是一愣，随即反应过来了，然后接过了玫瑰，冲余朝清笑了笑，表情却是在说“干吗弄出这么大的阵仗”。

在大家疑惑的眼神中，白初晗向他们介绍余朝清：“这是我男朋友，我都让他别跟来了，他非得跟，真的是！我这就叫他回去。”

“你什么时候有男朋友了？”最惊讶的还是林桃，她觉得自己完全不了解白初晗。

“昨天才确定关系的。”白初晗尴尬地笑道，“我本来想等关系稍微稳定点才跟你说的，没想到这家伙非得跟来。”

吕教授一副过来人的态度，笑了笑，温和道：“没事，既然你男朋友担心你，这几天让他陪着你也行，只是我们去山上的时候他不能跟着。”

白初晗故作为难：“这怎么行呢……”

“那谢谢教授了，多打扰了！我特地雇了个厨子跟我一起来的，你们这段时间的伙食都包在我身上吧。”余朝清说着慎重地朝吕教授鞠了一个躬，“一点小心意，请您千万不要拒绝，否则我会愧疚不安的。”

在场的其他成员纷纷朝余朝清看去，互相使了个眼色，心照不宣地笑了笑。同样是做研究的，为什么白初晗就能傍上一个傻大款呢？

吕教授被余朝清的热情弄得有些不知所措，支吾道：“那……那行。”

余朝清早已托袁叔在乡里租了套房子，同样是青瓦泥土房，但房间里的家具都是新的，离白初晗他们住的地方只需走十分钟。为了让袁叔配合自己，余朝清昨晚费了一晚上的口舌才说通袁叔，并让袁叔连夜帮自己搞定了在邽山的衣食住行。

一开始想要亲力亲为、学会独立生活的余朝清，终究还是败给了现实。

一行人到达邽山的第一餐便由余朝清负责了。他把餐桌搬到了院子里，还摘了一把野花插在瓶子里，一点都不像条件艰苦的乡间陋宿，反倒有点民宿的感觉。大家在餐桌旁坐下，他就招呼厨师上菜。

这些菜都是从十几公里远的镇上运过来的，厨师也是镇上的人，虽然做菜水准比不上星级酒店里的大厨，但怎么着也比白初晗他们吃泡面和压缩饼干强。

一锅河鱼做的水煮鱼、一盘烤鸭、一盘烧鸡、一大盆蔬菜肉片汤，还有饭后甜点和水果。林桃太饿了，她偷偷拉了拉白初晗的衣袖，问：“可以吃了吗？”

“吃呀，都趁热吃！”余朝清给他们分碗筷，轮到白初晗的时候他冲她笑了笑，那神色好似在说“怎么样，这事办得不错吧”。

白初晗接过碗筷，假装没意会。

吃过东西，大家就回去休息了。下午三点开会，其余时间自由安排，白初晗便留在了余朝清的住处，其他人心照不宣地冲这对恋人笑笑，然后离开了。

见人都走远后，余朝清双手叉在腰上，问白初晗：“怎么样？我是不是很给你长脸？”

白初晗瞥了他一眼：“虽然有钱可以让人对你有一时尊敬，但只有知识和眼界才能让人永远对你保持敬佩。”

听白初晗这么说，余朝清瞬间蔫了：“我也是想让大家更乐意接受我的存在嘛。”

白初晗看见余朝清脸上有个小黑点，想必是碰到屋里墙壁了，于是伸出手帮他擦了擦，而后说：“谢谢你。”

余朝清的脸瞬间涨红，眼睛不敢再看白初晗：“不……不客气，你不是要帮我补功课吗？现在可以开始了吧？”

白初晗点头道：“我们进屋学习吧。”

余朝清走在后面，看见桌上那束野花，便从瓶子里取出来，追上白初晗，说：“这个给你。”

“早上红玫瑰，中午野花，晚上还有什么？”白初晗偏过头，似笑非笑道。

余朝清挠挠头，说：“我还给你带了猫薄荷。”

白初晗：“……”

她忍不住翻了个白眼，转身进了屋。

下午开会的时候，吕教授安排明天进山的具体事宜，但白初晗有些心不在焉，记笔记的时候掉了好几次笔。林桃帮她捡起来，只见她神色复杂。

会议结束后，有人提出去附近逛逛，因为这里风景不错，可以拍拍照片。白初晗收拾东西准备回余朝清的住处，结果她被林桃拉住了。

“初晗，我有些话想和你说。”

她回过头，看向林桃：“好啊！”

两人走到屋外院子的角落，白初晗问林桃：“今天早上就看你欲言又止，你想说什么？”

林桃不自然地笑了笑，然后说：“昨天我们分别后，你哥找到了我。”白初晗一开始并没反应过来“你哥”这个人指的是谁，直至林桃递给她一个信封，“这是他让我给你的。”

白初晗不用看也知道信封里面装的是钱：“他跟你说什么呢？”

“他问我你的近况。”

“你怎么跟他说的？”

“嗯……我就如实说了。”当时林桃说完就有些后悔了，因为她从没听白初晗说过有哥哥的事，她不知道自己到底做没做对，“我只说这一年来你有点奇怪，别的我没说。”

林桃本以为白初晗可能会生气，没想到她反倒笑了：“嗯，没事。”说完，她接过信封，随手揣进了兜里。

林桃望着白初晗离开的背影，不禁皱起了眉头。虽然她们是同学，是室友，但她感觉自己好像从来没有了解过白初晗。她印象最深的还是开学第一天，她在校外遇到了小偷，钱包被偷走了，她还没反应过来，一旁的一个女生就追了出去，最后那女生把那小偷打了一顿，帮她追回了钱包，那个女生就是白初晗。也正因为如此，她才一直拿白初晗当朋友，并觉得白初晗勇敢、正义。

这个世上每个人都有不想说出口的秘密吧，既然白初晗不愿说，林桃也就不多问了。

回到余朝清的住处后，白初晗才拿出那个信封，把里面的钱倒出来数了数，有一万块，够她下学期的学费，还有好几个月的生活费了。

正从外面钓鱼回来的余朝清瞧见桌上摆着钱，感慨道："现在还有人随身携带这么多现金？"

白初晗把钱收好，看了他一眼："你干吗去了？"

"钓鱼啊！"余朝清得意地把手里的水桶递给她看，"钓到了两条鱼，明天让大厨烧给你们吃，纯天然绿色食品。"

"你也太无聊了吧。"

"本来就无聊嘛。"

"你不看书？不准备考研了？"

"我这是劳逸结合，整天闷在屋里看书受不了。"

白初晗翻了个白眼："我看你是烂泥扶不上墙！快去把书拿来，今天不背完一百个单词别想睡觉。"

余朝清见白初晗神色严厉，知道她动真格了，就放下水桶，赶紧去房间里拿书。

白初晗把钱放回包里。姜游山知道当面给她钱，她是绝对不会要的，所以他才会让林桃代劳吧。想到姜游山，她心里又有些不是滋味。他完全犯不着对她这样，什么兄妹，什么亲人，她只想冷笑。

第二天早上，白初晗和队友们一起朝邽山出发。走的时候余朝清还在睡大觉，她便手写了张字条贴在他家门上，字迹苍劲，力透纸背：今天必须背完一百个英语单词。

上山的路很难走，吕教授在前方领头，虽然每个人都准备了登山杖，但没多久吕教授就因为体力不支掉到了队伍最后。白初晗便放慢脚步，和吕教授并排走。

“教授，你还好吗？”白初晗问。

“没事，别管我。”吕教授挥挥手，让白初晗别等自己，“年纪大了，腿脚没以前好使了。”

“不着急，我等你。”白初晗拉了一把吕教授，“这邽山我上次来过，觉得也没什么特别之处，为什么封锁了这么多年？”

吕教授摸了摸胡子，笑道：“小姑娘，这你就不懂了。那个时候我跟你现在差不多大，当时那则新闻可是震惊全国的，不过很快这方面的消息就被封锁了。至于之前那些科学家和学者研究出了什么，我不知道，但是啊，在植物这块儿，邽山可是有丰富的未知品种。”

“是之前一直都有，还是陨石落下来之后才有的呢？”

“之前就有，但不足为奇。中国地大物博，只要生态环境好的地方，都有一些一般地方见不着的植物，这是环境所决定的。但陨石落下来后，邽山的地理环境发生了些变化，也就跟着长出了一些奇怪的植物。”吕教授站住脚步，喘了口气，“至少迄今为止，这些植物在世界其他地方都没发现过。这也是一般人不能随意进入邽山的原因。”

“那陨石坠落下来影响了此地的地理环境，会不会也使其他常见的植物发生变异呢？”

"哈哈，难说。"吕教授说，"我个人认为是有可能的。我觉得你这个想法很有意思，今天我们可以带点儿常见样本回去研究。"

白初晗笑了笑，不再作声。

他们每个人胸前都挂有考察工作证，但只有吕教授一个人有通行证。进去之后，吕教授让大家两人为一组，先在方圆一公里的地方活动，有发现就叫他。

白初晗和林桃一组，白初晗负责拍照和记录，林桃负责采集有用的标本。

"来之前我就听说这里以前发生过很奇怪的事。"林桃把脚边的草踩到一边，明明旁边没其他人，她还是不自觉地压低了声音，"据说十几年前陨石坠落在这里之后，村民想收集陨石去卖，几乎全村的人都上山了！结果，你猜他们看见了什么？"

"外星人？"白初晗随便猜了个。

"是猫。"

白初晗的眼皮跳了一下，但她仍故作镇定、不动声色，问道："看见猫有什么奇怪的？"

"是很多猫。"林桃说，"据说有十几只吧。虽然村里也有人养猫，但山上可是从来不会有这么多猫的。"

"然后呢？"

"当时很多人都说是异象，可能要发生地震之类的灾难，好多村民都跑走了。你看现在这里的人这么少，就是当时逃走了一大半。"

"那……那些猫呢？"

"不知道，那个时候估计也没什么人在意它们吧。"

白初晗默默跟在林桃身后，现在她脑子很乱，感觉千头万绪，完全理不清。一行人忙了一个上午，并没有发现什么特别的东西，中午大家吃饭休息，准备下午再继续考察两个小时就回去。

白初晗吃不下东西，说想在附近走走。她站在邽山山腰处，便可以看到山脚村子的全貌。村子里的确没什么人，许多房屋都破败不堪，没人居住，留下来的也多是老人。他们不能像青年人那般随意选择生活和居住的地址，像逐渐枯萎的花枝，风稍微大点，就能刮落最后一片花瓣。

这时，白初晗看到一缕青烟从错落的房子中间升起，开始还是一小股，眨眼间就变成浓烈的黑烟，那烟被风吹得张牙舞爪。她突然反应过来，那间屋子是余朝清住的！

白初晗根本来不及多想，拔腿就朝山下跑去。其余人纷纷起身，林桃最先发现事情不对，惊呼道："那……那边好像着火了……"

白初晗高中时拿过学校运动会上的短跑冠军，还破了校纪录，她看似瘦弱，但她小时候每年的暑假她父亲都会送她去少林寺，所以她身体素质一点儿也不差。但不知道是因为她太过着急，还是山路太陡，下山的时候，她不小心摔倒了，直接整个人滚了下去，胳膊和腿都被擦破了皮，所幸没什么大碍。她就这样狼狈地跑回余朝清的住所，却发现整个房子已经完全燃烧起来了，附近的村民都是老弱病残，只能走出家门静静观望着，没人来施救。

"余朝清！"白初晗大喊道，望着不断冒出来的浓烟，一向镇定的她慌了神。她四下望了望，看到隔壁院子里有正在晾晒的床单，她便冲过去取下来，然后去井边打水，准备捂住自己的口鼻进屋找余朝清。

“初晗，你在干吗？”白初晗转过头，提着钓鱼竿和水桶回来的余朝清正望着她，“怎么着火了啊？”

白初晗倒吸一口气，觉得脑部神经稍微松弛了下，但是很快，一股怒气从心底涌了上来，直冲脑门。她把手里打湿的床单放下，几步走到余朝清面前，直接给了他一巴掌。

余朝清没站稳，直接坐到了地上，水桶打翻在地，几条小鱼跳了出来。

“谁叫你平时都睡到日上三竿的？我还以为你在里面被烧死了。”白初晗生气道。

余朝清整个人蒙了，而后支支吾吾道：“但……但我今天早上起得很早，带着英语单词本去河边一边钓鱼，一边背单词了……”

“你还说话！”白初晗粗暴地打断他的话，看都不想看他，直接转身就走。

林桃和吕教授他们一行人赶了过来，瞧见这场景，都不敢吱声，等到白初晗离开后，吕教授才过去问余朝清：“好端端的，怎么着火了？”

余朝清摇头：“我也刚回来。”

林桃说：“我已经报警了，也有可能是人为的。”

“你别太放心上，初晗也是太担心你了才会发火。”吕教授说。

“对啊，她从山上跑下来的时候还摔跤了。”林桃附和道。

“我没介意。”余朝清受宠若惊，“她真这么担心我？”

林桃点头：“是啊，看来她是真的很喜欢你呢。”

夜幕降临，因为房子烧焦了，余朝清没有地方可以住，吕教授便让他跟队里的男生一块住。

“不……不用了，我另想办法就行。”余朝清想到自己的任务，不敢答应吕教授。

“你晚上就睡这里吧。”白初晗不冷不热地说道。

余朝清有些不解，看向白初晗，使了个眼神：那你怎么办？

“我说真的。”白初晗说，“这个时间点没别的地方可以住了，你总不能睡山上去吧。”

余朝清便点点头答应了。

吃完饭，白初晗便借口散步走了，余朝清知道她变成猫的时间快到了，就紧跟过去。

“你今晚怎么办？”余朝清问道。

“就在外面待一晚吧。”

“那你要怎么跟房间里的队员解释？”

“就说晚上看星星看得太晚，不小心在外面睡着了。”白初晗耸耸肩，“虽然理由有点牵强，但她们也不会多想，因为我一向不合群。”

余朝清跟在白初晗后面，两个人不知不觉走了很远。冬天的天黑得早，虽然还没到七点，但晚霞已经收敛了妆容，换上了素净的黑夜衣裳，月亮和永远追随它的北极星也出来了，悬挂在天空，像大海上的灯塔。

白初晗终于停下了脚步，这里四下无人，离住的地方也很远，她随便找了块石头就坐了下去。余朝清在她旁边坐下，自始至终都没开口说一句话。

白初晗转过头：“你今晚怎么这么安静？”

“怕吵着你。”余朝清说，“感觉你不是很开心。”

“自己还能当多久的人都不知道，当然不会开心。”白初晗拔了一根草把玩着。

“就算你变成猫了，我也会继续帮你找治疗办法的。”余朝清说，“我会保护你的安全，不会让你被其他动物欺负，人也不行！”

白初晗看了看他，没说话。

“你不信我吗？”

“我信。”白初晗说，“但我总觉得这事可能不是这么简单。现在我眼前是一团迷雾，而迷雾中有太多秘密，我连从哪里入手都不知道……还有，今天的火灾也很奇怪，家里都没人，怎么会着火？”

“警察调查后说，火源在后门，具体原因还不知道。”余朝清不像白初晗那样把每件事都想得很细，他觉得着火的原因可能很多，天气干燥，或者谁不小心扔了个烟头，等等，不至于是阴谋吧，他又没得罪什么人。不对，他有得罪的人，但是莫覃他们不至于放火烧死他，他们也做不出这种事，所以肯定是意外。

余朝清本来还想再说些让白初晗别太担心的话，但此时白初晗已经变成了猫，趴在石头上，懒洋洋地伸了个懒腰。

一身雪白的小白，在夜幕下像一团雪。余朝清差点就伸手去摸它了，想到白初晗那张仿佛写着“生人勿近”的脸，他赶紧放弃了这个念头，毕竟小白不仅仅是只猫。

晚上吕教授打来电话询问，余朝清就说自己正在和白初晗看星星，让他们不要担心。他脱下身上外套折成垫子，然后趴在上面躺下来，小白就在他的脑袋旁边。它喵地叫了声，也闭上眼睛睡了过去。

午夜时，余朝清感到自己身上有什么东西走过，他睁开眼，四周一片漆黑，过了好一会儿，瞳孔才慢慢适应过来。前方有一点亮光，他仔细一看，是小白在黑暗中的眼睛，碧绿的幽光渐渐远去。

余朝清打了个激灵，这三更半夜的，小白要去哪儿？

不知道是因为夜色，还是周围太过安静，余朝清只喊了一声“小白”，便不敢再发出声音。

小白没有停下脚步，继续往前走，余朝清赶紧站了起来，穿上外套朝小白跑去。

“小白，白初晗！”余朝清站在小白的正前方挡住它的去路，“这么晚了，你要去哪儿？”

小白没有看他，也没有停下脚步，而是绕过他，像一只傀儡猫似的继续往前走，就像他只是一块挡住去路的石头。它好像有自己的目的地，谁也无法阻挡。

余朝清愣了愣，不知道此时是应该直接抱起小白往回走，还是任由它继续这样。周遭静得连虫鸣都没有，偶尔有微风吹过，野草发出沙沙的声响。余朝清有些害怕，缩了缩脖子，却还是决定跟在它后面，看看它要干吗。

走了很远的路，余朝清才发现这是在往邽山上走。邽山四周都围了电网，入口处的门卫室里还亮着一盏灯，在这偌大无人的山上显得孤零零的。

它要进去吗？余朝清正这样想着，只见小白已经从入口处大门的缝隙里钻了进去，而余朝清既没有通行证，也没有瘦小到可以从门缝里进去的本事，他望着小白远去的背影张了张嘴，心里没了主意。

门卫室里的守门人已经睡着了，余朝清一抬头便看到了大门上悬挂的监控，他赶紧抓了把泥抹在脸上，一副此地无银三百两的模样。大门很高，即使他有一米八二，还是费了九牛二虎之力才翻过去，又因为重心不稳，他摔了个狗吃屎。

不知是心理作用，还是山上的温度更低，余朝清觉得一股寒意从脚底直蹿脑门。他想到恐怖电影的几个要素，此时此刻这里全部符合：深山老林，好奇心驱使，四周无人。他缩着脖子，把外套上的帽子戴在脑袋上，只敢注视着前面的小白，不敢东张西望，生怕看到什么不该看的东西。

一阵风吹过，发出呜呜的声音，就像鬼魅在低声絮语。余朝清害怕得双腿发软，然后感到了一阵尿意。余朝清这人有个特点，害怕或者特别紧张的时候就想上厕所。以前上学，临到大考前几分钟，他必定要去一趟厕所。

小白带着余朝清东转西拐，不知道走到了哪里，来的路他也没记，现在已经完全晕头转向，分不清东西南北了。

算了，还是先解决生理问题吧。余朝清停下脚步，明知道小白不会突然回头，他还是下意识背过身去。等解决完生理问题，再一转身，他却发现小白不见了。

这山上并没有什么树林，只有一片开阔的草地，就算小白走得快，也不会立马消失得连个影子都没有。余朝清在周围转了圈，也没找到小白，就开始着急了，可他又不敢喊小白的名字。难道小白还能长出翅膀飞走？这样想着，他还真抬头往天上看了眼，除了那轮惨淡的圆月，一无所有。

他哀叹了一声，往后退了一步，然后脚下踩空，“咚”一声掉进了洞里。

第四章
我不记得你

余朝清觉得自己脸上痒痒的，好像有什么东西在舔他。他以为自己此时睡在家里两米宽的大床上，结果一翻身就被一块石头硌醒了。

余朝清揉了揉眼睛，才渐渐认清自己的处境。他刚从上面的洞口掉下来，因为底下长了很多杂草才没有摔伤。那洞口非常小，现在他抬头去看都惊讶自己竟然没被卡住，而且因为洞口周遭长满了很多野草，所以很难被人发现。

“喵。”

余朝清一惊，发现自己脚边有只黑猫，眼睛有着幽蓝的光，此时看着特恐怖。刚才是它在舔自己吗？此刻，他才发现这个洞底另有玄机，他的右手边有条小路，看样子是可以往前走的。

那只黑猫舔了舔爪子，昂首阔步沿着小路往前走去。

余朝清这才想起自己出门的时候带了个迷你手电筒，他赶紧把手电筒掏出来，然后打开，紧跟着黑猫往前走。

大概走了两三分钟，视野逐渐开阔，余朝清完全没想到在邽山的地下还藏着这么大个地方，这让他联想到曾经看的那些魔幻电影，他感觉自己来到了一个异世界。不过这个地方并没有什么特别之处，有条小河，周边就是杂草野花，还有很多猫。

余朝清第一次见到这么多猫，什么颜色的都有，它们待在河的两岸，趴着、站着、躺着。在黑暗中，它们闪闪发光的眼睛像一只只萤火虫，但他看得毛骨悚然，不敢再往前走了。

“那个……”余朝清张了张嘴巴，才发现自己的嗓子异常干哑，都不像平时的声音了，“我……我只是来找一只白猫的，没有恶意，我很喜欢小动物的，你们千万别害怕。”

他的话刚说完，那些猫突然都站了起来，全身的毛都跟着竖起来，警惕地看向他。在他前面带路的那只黑猫也转过身来，冲他发出凌厉的叫声。他吓得腿一软，差点跪下来。

这时，不知从什么地方传来一阵很轻、很奇怪的声音，像是女生戴在手腕上的银铃发出的声响。这让余朝清全身起了鸡皮疙瘩，他抬头一看，那些猫突然都朝同一个方向转去，齐刷刷地朝前方走去。

见猫都离开了，余朝清赶紧捡起掉在地上的手电筒，犹豫了一会儿，决定还是跟这猫群去看看，毕竟小白还没找着，他这样回去也不安心。

这些猫离开后，余朝清才大着胆子用手电筒照了照周围的洞壁，这不看还好，一看吓一跳。洞壁并非普通的石壁，上面非常光滑，明显是人工打磨过的，更让人震惊的是，上面写着密密麻麻的字，还画了画！

余朝清咽了口唾沫，几步走过去，用手电筒照着石壁仔细看了看。几分钟后，他用他那不太灵光的脑袋拼凑出了一个魔幻故事出来。

这些画和字讲的大概是十几年前陨石坠落在这里的事，那时候余朝清才几岁，之前白初晗说陨石的时候他没在意，现在突然回忆起来好像是有这么回事。

余伟业向来喜欢收集宝石之类的玩意儿，当时还打电话问有没有人能弄点陨石来收藏,但那时余朝清连陨石是什么都不知道。

石壁上讲到附近的村民为了陨石几乎都上山来了，接着村民发现陨石坑周围有猫，大概有十来只。而且猫都朝村民嘶叫，但村民们没当回事，以为是野猫，都只忙着搬陨石。随后奇怪的事情发生了，有的村民搬着搬着就突然不见了，人越来越少，但是猫越来越多。后来人们发现，那些不见的村民都变成了猫……

看到这里，余朝清忍不住打了个寒战……所以，这洞里的猫都是人吗？

那银铃般的声响越来越大，频率也越来越快，余朝清觉得身体很不舒服。猫都走光了，现在这里只剩下他一个人。他沿着洞壁慢慢坐下，靠着休息了会儿才站起身，继续看剩下的文字和图画。

看到最后，余朝清渐渐拧紧了眉头，他明白白初晗为什么会变成猫了。这石壁上写，坠落在这里的陨石具有让人变异的能力，当初那些上山来找陨石的人，全都受到陨石的影响变成了猫，而那些变异的人，为了不被别人发现，找到了现在这个洞穴藏身。它们昼伏夜出，十几年来一直生活在这里。而他们变成猫的时间逐渐变长，十几年过后，他们已经全部变成了猫。为了让未来不小心闯入这里的人知道他们并不是真正的猫，他们就在洞壁上交代了事情的起因。

“上天尚有好生之德，我们无法左右你的决定，但由人变成猫，十几年来远离亲人朋友已经足够痛苦了。如果你心里还有一点悲悯之心，希望你带着这个秘密离去，永远不要告诉第二个人。”

看完最后一行字，余朝清的眼睛渐渐红了。十几年来都生活在这个不见天日的洞穴里，该有多痛苦啊？光是想一下，他就觉得十分难受。

这时，余朝清觉得自己的心脏被什么击打了一下，疼得立马弯腰捂住了胸口。是那声音，好像有穿透人体的效果，直刺你的耳膜，还有体内的五脏六腑。余朝清受不了了，他站起来，朝着声源跑去，他要找到那声音是什么东西发出来的！

不知道是声音的原因，还是身体的难受令余朝清发了狂似的，他从来没有跑得这么快。很快，他就看到了声音的发出者，但他难以置信地睁大了眼睛，因为声音的来源是一株植物。那植物的花茎有点儿像人形，还有两片叶子包着一朵红色的花。所有的猫都聚集在这株植物的周围，像是虔诚的信徒。

余朝清揉了揉眼睛，确信自己没有看花眼，因为他可以清晰地看到这株植物造成的声波，一圈一圈弥漫开来。那些猫像傀儡般站在植物的周围一动不动。

余朝清在那些猫中发现了小白，大喜，准备上前叫它。结果他刚迈步，那些猫突然集体转过身来，个个像是上了膛的子弹一样，随时准备冲过来将他撕碎。

他不敢动了，只能慢慢地把脚挪了回来。

小白跟它们一样，也朝余朝清竖起了全身的毛，一副把他当成敌人的样子。

他不明白了，那株植物到底有什么特别的地方，让这些猫像拜神祇似的。而且只要他稍微做出要靠近的样子，就会立马引起它们的敌意。

算了，好汉不跟猫斗，何况是一群在这里待了十多年的猫，于是余朝清干脆一屁股坐在地上。

洞里湿气很重，因为不透风，加上这是条地下河，所以余朝清在地上没坐多久，就冷得开始发抖。其实他早就困了，对于平均每天要睡上十个小时的他来说，今天真的已经到极限了。可是那株奇怪的植物令他的脑袋难受，一闭上眼，他就觉得有人拿了个钻头在钻他的大脑。

“能不能不要叫了？！”话根本没经过他的脑子，直接从他嘴里发了出来。他一吼完就捂住了嘴巴，但是已经来不及了，离他最近的几只猫突然朝他扑了过来。

余朝清吓得屁滚尿流，直接手脚并用，慌乱逃窜。但是越慌就越乱，那几只猫已经跳到他身上，抓破了他的外套，还有只猫抓破了他的皮肤，一阵火辣辣的疼痛感立刻蔓延开来。

人善被人欺，没想到有朝一日，余朝清会被一群猫给欺负成这样，它们下起手来丝毫不比王斌那小子轻。在地上连打了几个滚后，余朝清像只殊死抵抗的麻雀，突然大叫了起来。

他的祖先可是花了几万年才进化成人类这种高等动物，怎么能被这些脊椎动物给打败？！他用力地将身上的猫甩开，从地上抓起石头朝它们扔去。因为他的反抗，其他的猫纷纷加入了战斗。

虽然余朝清是人，但寡不敌众，何况猫比人更适应黑暗，它们还有锋利的猫爪，随时能抓破他身上的衣服，给他狠狠一击，他的脸上和身上都已经挂了彩。

也不知道这些猫有没有病，万一自己得了狂犬病可怎么办，接着他想到自己出去了，一定要先去医院打针疫苗……

不过那些猫可没给他时间想太多，它们像训练有素的军队，一些猫从正面进攻，一些猫绕到了他的身后，还有的站在旁边，准备随时替补。他再傻也清楚地知道自己根本打不过这些猫，为什么之前还好好的，现在它们就跟发了疯似的？

突然余朝清想到了什么，他转头朝那株植物看去，植物的周围还站着许多猫，像盾牌一样将植物围住，像是在保护植物？

一个念头将余朝清攫住了，他好像明白了什么。他把外套一脱，使劲一挥，朝扑过来的猫扇去，然后拔腿朝那株植物飞奔而去。

什么鬼东西，老子把你拔了，看你还作不作妖！

余朝清脑子里只剩下这一个念头，虽然那些猫已经将他抓得伤痕累累，咬住了他的鞋子，但他还是拼了命地往那株植物跑。这是他唯一的希望，一定是这株植物在搞鬼，只要把它连根拔起，猫才不会受其蛊惑。

但余朝清力气再大，在面对几十只猫围攻的情况下，仍旧束手无策。僵持了没多久，他就感到累了，又困又累的他像只被扎了一个针眼的皮球，以肉眼可见的速度慢慢蔫了下去。他的左手还紧紧拽着他的外套，虽然外套被抓破了，但还能用来挡挡脸什么的。在和猫的抓扯间，一个罐子从他外套包里掉了出来。那是他出门前塞进包里的猫薄荷，本是想给白初晗的，结果后来就忘记了。

罐子的盖子没有拧紧，掉到地上的时候，盖子就滚落到了一边，里面的猫薄荷也跟着倒了出来。这时，旁边的猫凑过去闻了闻，接着那只猫的瞳孔开始收缩，突然变得有些紧张起来，但它凝视的方向是一片虚空，接着它开始打起滚来，在地上翻来滚去，又突然站起来，朝着空气来了一个滑稽的横跨，像中了邪似的。

猫薄荷是一种植物，猫对该植物的反应特别强烈，猫食用之后会变得兴奋不已，上蹿下跳，产生许多古怪的行为，可以说是猫的致幻剂。所以一般给猫食用的时候剂量都要很少，不然它们食用过多会导致呼吸困难。

余朝清突然有了主意，他伸手把那罐猫薄荷捡起来，然后朝自己身边的猫撒去。那些猫一闻到猫薄荷的味道，纷纷凑过去吃，接着那些猫就跟吸了毒似的开始飘飘欲仙，做出很多古怪的行为。一时间，纠缠他的猫少了不少，然后他看到了小白。

小白一直趴在那株植物旁边，对周遭的一切置若罔闻。余朝清甩开那些猫，跑到了植物旁边。虽然小白没有上前咬他，但他心里还是有些发毛，一方面他本来平时就有些怕身为人时的白初晗，另一方面，那些猫都发了疯似的要阻止他，为什么小白如此安静？

“小白？”余朝清轻轻喊了声，小白依旧一动不动。算了，估计它还没恢复心智呢。

余朝清见到这株奇怪的植物就生气，就是它把小白变成这样的，就是它让那些猫来攻击他的！想着想着，他就伸出手准备将它拔出来。这时，小白突然伸出爪子，在他的手背上狠狠抓出了几条血痕。

这一次小白下手真狠！一秒钟后，余朝清痛得大叫起来，好像有人拿着他的手往火上烤一样疼，鲜血汩汩流出，很快就染红了他的整个手背。

小白慢悠悠地站起来，一双碧绿的眼睛注视着余朝清，那双眼看上去，深不可测。

现在余朝清的脑袋里一片空白，他感觉自己好像被小白的眼睛给吸引了，明明里面什么都没有，却有种奇怪的力量把他往下拽，如果不是手背上的疼痛把他从那虚无之境里给拉回来，他估计自己马上就要被小白“一爪封喉”了。

“对不住了。”说着，余朝清用力一挥把小白给扇到了地上，一不做二不休，直接把那鬼东西往上拔。

可那东西并不好拔，余朝清两只手用力地将它往外拽，使出了吃奶的劲儿，两条腿用力往地上蹬。他的身上几乎找不到一块完好的皮肤，手上的血还在继续往外流，他开始有点担心自己会失血过多。体力不支，加上受了伤，让他隐隐觉得自己可能要命丧此地。要是他死了，余伟业和钟灵应该会很难过吧，余伟业那么大的家产，以后谁继承呢？他们年龄也不小了，生二胎应该挺难的吧……

余朝清正想着，手上的力一下子卸掉，手里抓着的植物跟着他一块往外飞了出去。植物离开土地的那一刻，他清楚地听到一声尖厉的叫声。

他狠狠地摔在了地上，脑袋一阵眩晕，差点儿昏厥过去。

可怕的是，那植物像是活人般在余朝清手里不停扭动，吓得余朝清死命地抓住它，生怕稍微一松手，就让它给跑了。

“这到底是什么东西啊？！”余朝清大叫道，但是无人应答，他的声音在山洞里回荡着，寂寥得很，像穿梭在无边的宇宙里。

那些被甩开的猫又聚集起来，准备发动又一轮的攻击。说时迟，那时快，也不知道余朝清的脑子里在想什么，直接抓着那株植物就朝嘴里塞。可他刚张开嘴，那植物就像黄鳝一样直接钻进他的身体里了。他根本来不及反应，它就整个进了他的肚子。

而就在这一刻，那些蓄势准备攻击他的猫纷纷倒地，像是集体被催眠了般。他摸了摸自己的肚子，好像并没有什么异常。这时，他想起了小白，赶紧跑回去找它，担心之前自己把它弄伤了，就抱起它检查。

小白没事，但余朝清觉得自己好像有事。胃里传来一阵绞痛，他弯腰捂住肚子，难受地干呕起来，好像有蛇在他胃里游走，上蹿下跳，似是要把他的肠胃给捅破。

这次可能是真的要死了。余朝清昏过去前，想到的最后一句话是这个。原来人在临死前，并不会回忆自己这一生的跌宕起伏，一口气上不来就一命呜呼了，哪里有时间让你回忆。

不知为何，林桃总是翻来覆去睡不着，房间里除了她，另外两个女生已经熟睡过去了，其中一个还发出若有若无的鼾声。她蹑手蹑脚地从床上下来，穿上拖鞋，披了件衣服便出去了。

这个村子冷清得像个鬼村，她都不知道自己哪里来的胆子，敢一个人跑到院子里来透气。她抱着膝盖，坐在黑暗处的地上，望着天上那轮被云雾隐隐遮住的圆月发呆。她突然想到以前看过的书，上面讲过月亮的盈亏不仅会影响潮汐，还会影响人的情绪。月圆之夜犯罪率也会增加，传说中的狼人也会在月圆之夜变身，还有植物也会受到月圆的影响，比如满月开花的植物香气最浓。非洲一些国家的部落里，每逢满月，人们都在月光下晒粮食，因为他们认为月光的净化作用不仅可以使食物避免发霉，还可以防止虫咬鼠害。所以，她晚上睡不着是因为月圆的关系吗？

林桃突然想到了白初晗，睡觉前她给白初晗打电话，结果是余朝清接的，余朝清说他们今晚不回来睡觉。虽然她明白热恋中的情侣总是浓情蜜意，但在这深山荒野中，她实在想不出有什么浪漫可言。而且这么晚了，他们是露宿山野吗？若是夏天还好，这么冷的天气估计会着凉吧？这样想着，她决定还是再打一个电话问问，如果他们坚持不回来，她给他们送张毯子过去也好。

她刚拿出手机，余光就瞥到一道影子，她吓了一跳，手机差点儿掉在地上。她定睛一看，那身影有些熟悉。

这么晚还出来，也是跟自己一样睡不着吗？林桃心想这正好，可以有个人陪自己聊聊天，便跟了过去，想要叫住对方，但很快她就察觉到不太对劲了。她渐渐放慢了脚步，跟在对方身后，只见对方正朝余朝清之前住的地方走去。那里已经被警察封锁，直到现在她还能闻到空气里的一点焦味，那是木头烧焦后特有的味道。对方弯腰绕过警戒线进了屋子。

云雾被风吹散，月亮从云层里钻了出来，眼前的视野亮了几分，林桃终于看清了那人的背影，然后她睁大了眼睛。

余朝清感觉自己做了一个漫长又复杂的梦，梦里神魔鬼怪都有，一会儿上天入地，一会儿坠入虚空之境。梦里的他一会儿冷，一会儿热，好像穿过了几万里的冰天雪地，又来到了火焰山，又好像刚从海里出来又瞬间进入干涸的沙漠，没有头绪，没有源头，也没有尽头。

他想睁开眼，可全身动弹不得。他明明可以感觉到周遭的一切，身体却只能僵硬地躺在床上。他想拼命大叫，想问问有没有人可以帮忙推他一把，让他从这个深沉的梦魇里立刻醒过来。

他的脑子里仿佛在燃烧，烧得他脑子快要炸裂了，随后脑子里一片空白，他突然想不起自己叫什么名字了，他是谁？他为什么在这里？他为什么会变成这样？

“伟业，我看到小清刚动了下眼睫毛！”一道陌生又尖厉的女声在他耳边炸开，“快叫医生，快叫医生！”

紧接着是一道不耐烦的声音：“你这一天都叫了多少次医生了？医生都说他没那这么快醒来了。”

“这次我是真的看到他在动，是真的！”女人说着说着声音里就带着哭腔。

“唉，今天是最后一次了。”

过了一会儿，余朝清感觉到自己的眼皮被人扒拉开，一束光从外面照了过来，他想开口让对方滚蛋，可他什么都说不出来。

“还是老样子……”眼皮重新合上，应该是被叫来的医生在说话，“并没什么变化。”

然后，余朝清听到女人低声啜泣着。

真烦！余朝清想把这些声音全都屏蔽掉，为什么这些人就看不到他其实醒着的？

余伟业把医生送出病房后，袁叔提着保温桶出现在走廊尽头。在余朝清住院期间，钟灵几乎是在医院安了家，余伟业也不像从前那般忙碌了，只要一有空就立马来医院陪钟灵。虽然余朝清这个儿子不中用，但好歹是他的亲骨肉。

“余总，我送饭来了。”袁叔打了声招呼，他看上去憔悴了不少。最近他忙着四处联系医生，也咨询过中医了，但就是找不到让余朝清醒来的法子。

余伟业点点头，示意袁叔先进去，自己想去楼道间抽支烟。

袁叔进门没几秒，就发出欣喜若狂的声音："少爷！你醒啦！少爷！"

余伟业以为自己听错了，拿烟的手都颤抖了起来，他匆匆跑回病房，就看到余朝清拔了氧气罩正坐在床边。

钟灵还没来得及擦干脸上的眼泪，就蒙了。

余朝清皱了皱眉，把氧气罩扔到一边，接着拔掉输液管。

钟灵大惊，要过去阻止他："宝贝，这个不能拔啊！"

"你是谁？"余朝清在钟灵冲过去前动作灵活地闪开了，他看着病房里的三个人，仔细回忆了下，没有任何头绪，"你们是谁？"

医生给余朝清做完检查后，最后得出的结论是：失忆。

"这好端端的，怎么会失忆呢？他的脑袋又没受伤！"钟灵不能接受自己的亲生儿子不记得自己，急得差点又哭出来。

"这个……"医生在想如何解释，但他压根儿没法解释，从余朝清被送进医院来那天起，他就开始了职业的滑铁卢。他既检查不出余朝清究竟为什么昏迷，也不知道余朝清到底什么时候能醒，病人身上除了到处被猫抓伤的痕迹，其他地方根本没受伤啊！所以，每当余朝清的父母来询问余朝清的病情时，他都十分头疼。终于，这人好不容易醒了吧，居然失忆了。"可能是昏迷太久造成的，也许再过段时间他就能想起来了。"

"真的吗？"钟灵好像抓住了一线希望。

"嗯。"医生吸了口气，"平时你们多帮他回忆一下过去的事情，可能会有帮助。"

“那他脑子没什么问题吧？”余伟业比较关心余朝清会不会变傻，本来他这个儿子就够傻了，要是变得更傻，他就真的没啥指望了。

“没有。”医生犹豫了会儿，才继续道，“而且看情况，他智商很高。”

钟灵“扑哧”一声笑了：“我家儿子什么情况，我们知道，你就别安慰我们了。”

“我说真的。”医生说，“他智商有一百六，可以去做科学家了。”

离开医生的办公室后，余伟业把袁叔叫到一旁，说：“待会儿你跟警察那边说一下，我们不追究青德大学的责任了。人醒了就行，我们又不差钱，反正也问不出个名堂，不折腾了。”

余伟业因为余朝清的事把青德大学给告上了法庭，要学校承担刑事责任。因为余朝清是跟着学校考察队出去才出的事，特别是那个叫白初晗的女生，明明余朝清是跟她在一起才受的伤，但她竟然说不知道余朝清为什么会变成这样，气得余伟业差点在警察局里动手。

余朝清住院期间，那女孩还来过几次，都被余伟业让保镖拦在门外了，还告诉所有人，以后白初晗出现在余朝清方圆五米内，都必须立刻请她离开。他不能让任何可能让余朝清有危险的人靠近，而且从他多年来在商场上摸爬滚打的经验来看，这个女孩并不简单，肯定有什么事瞒着，没有告诉他们。他不喜欢心眼太多的女人，所以当初他才会和钟灵在一起。虽然钟灵这人动不动就哭哭啼啼的，但她心思单纯，近五十岁的人了，每天还活得跟个小孩似的，这让他觉得安心。反正他有钱，他不需要自己的女人多么聪明能干。

余伟业回到病房，见钟灵正在跟余朝清讲他小时候的事，但他满脸不相信的表情："我为什么要做那种蠢事？"

这可把钟灵问住了："哪里蠢了，我觉得很可爱啊！小孩子嘛，做这些不是很正常吗？"

余朝清皱了皱眉："我想出院。"

"好，明天我们就办出院手续。"

"不，我现在就想出院。"

"可是下午还有一项身体检查，检查完了才行……"

余朝清已经站起了身，拿上外套就要往外走，却被门口的余伟业拦下："你要去哪儿？"

"出去转转。"

"你都失忆了，还能找着路？"余伟业问。

"我是失忆，不是失智！"余朝清突然笑了，"难道你怕我找不着回来的路？"

余伟业不说话了，从包里掏出一张卡和几张现金给余朝清："自己小心。"

余朝清走后，钟灵责怪余伟业道："你怎么就让他出去了，他现在失忆着呢。"

余伟业笑了笑，说："我觉得这孩子跟以前不太一样了。"

"哪里不一样？"在钟灵眼里，余朝清永远都是她的孩子，两个眼睛、一张嘴。

"说不上来……"余伟业摸了摸下巴，"不过我感觉这可能是件好事，等过段时间就知道了。"

其实余朝清也不知道自己要去哪儿，但他就是不想待在医院里。他的身体里好像有股奇怪的力量在涌动着，促使着他必须去做点儿什么事。他沿着街道一直往前走，漫无目的。看着街上来往的行人，他心里产生了一种奇怪的情绪，虽然他也只是一个肉身凡人，但好像在这一刻他能够用旁观的视角来看这一切。从宗教的角度来说，就是上帝视角。佛教说“芸芸众生，众生皆苦”，此时他就有这种感觉。

最后他走到一家书店前，摸了摸外套口袋里余伟业给他的钱和卡，进去选了一大堆书。他抱着厚厚一摞书到柜台结账的时候，因为书挡住了他的视线，他没看到前面过来一个人，结果直接撞了上去，书“哗啦”一下全部掉在了地上。

对面的人说着“对不起”，然后蹲下身帮忙捡书，等抬起头来时，露出了惊诧的表情。

“余朝清？”

余朝清抬头看了眼对方，并不认识，他把书重新摞在一起，抱着站起身来。

“余朝清……”白初晗拉住了他，“你醒了？你没事了吗？”

“你认识我？”余朝清问。

白初晗愣了愣，随即笑道：“你该不会失忆了吧？”

余朝清点了点头：“是，我的医生和家人是这样说的，但我认为这并不是什么大问题。”

白初晗拍了他一巴掌：“别跟我开玩笑！你是什么时候醒的？我正想问你那天在山洞里都发生了什么事……”

余朝清往后退了一步，和白初晗拉开距离“对不起，我没时间和你闲聊。”

白初晗见余朝清把书放到柜台上，店员扫描的时候，她瞥见了那些书名：《几何原本》《数学原理》《物种起源》《物演通论》……这里面随便哪本书，对于余朝清来说都是外星文吧，他怎么会买这些书？

“余朝清！”白初晗走过去，拉住他的外套，“我们聊聊。”

“能把这些书送到这个地址吗？”余朝清拿出一张字条递给店员，“这是我家，送书的钱我另给。”字条还是钟灵写给他的，生怕他万一走丢，找不到回家的路，至少还能拜托街上的好心人送他回去。

“余朝清，我在和你说话。”白初晗意识到事情不太对劲，她顿了一下，说，“林桃死了，你知道吗……”话还没说完，白初晗的声音变了一个调，看得出，她在极力压抑自己的情绪。但余朝清毫无反应，挣开她的手，径直朝店外走去。

他真的失忆了？白初晗疑惑地望着余朝清的背影，就算失忆了也不至于不理人吧？白初晗朝他跑去，追上他：“余朝清，你不想知道我是谁吗？”

这时，余朝清站住了，转过身来，看了看白初晗，问：“我们是亲戚吗？”

白初晗摇头：“我们没有血缘关系。”

“那不要打扰我了。”余朝清听完立马掉头就走，毫不犹豫。

白初晗生气了，直接从后面一拳打过去，想把这个臭小子给揍醒，结果余朝清闪到一边，灵活地躲过了。他嫌弃地看了白初晗一眼，拍了拍衣服，不耐烦道：“这位女士，如果你再对我进行骚扰，我就要报警了。”

“我是你朋友。”白初晗说，“很重要的那种！”

“我已经失忆了。”余朝清说，“我不需要朋友了。”

“你就不想知道之前的事？”白初晗觉得余朝清不只是失忆了，还失智了，普通人失忆后的第一件事不应该是急切地想知道过去发生了什么吗？

余朝清看似很无奈的样子，盯着白初晗看了几秒钟，眼神里流露出同情的目光，他又体验到了之前走在大街上的那种上帝视角，觉得芸芸众生真苦，每天烦恼的都是些鸡毛蒜皮的事。他突然很庆幸自己失忆了，要是没失忆，过去脑子里那些东西不得每天烦死他？

“我不想知道。”余朝清说，“我只想学习。”

第五章
危险临近

眼看一年就要到头了，每年的圣诞节青德大学学生会都要举办活动。过去几年，青德大学已经举办过枕头大战、校园音乐节、迷幻摇滚夜，等等。到了今年，大概实在想不到什么有创意的点子，干脆搞了个创意集市，学生会主席拉了几个赞助商，花钱把场地布置得很有味道，像是八十年代的香港街道，白天聚集了各个学院的学生摆摊卖东西，晚上则有一些小有名气的乐队和歌手来表演。据说这届学生会主席为了彰显自己的能力，拉到了一个非常有钱的赞助商，对方是卖啤酒的，便直接用啤酒的名字冠名了这次活动，并免费无限畅饮。

白初晗申请了一个摊位卖植物标本。她去批发市场买了一堆玻璃相框，然后去公园采集了一些植物，做成标本装进相框里。成本几块钱的东西被她一包装，转手到了摊位上就二三十一个，而且竟然卖得还不错。一天下来，她就赚了几百。

她坐在凳子上数完钱，拿起桌上的啤酒喝了一口。虽然她平时不喝酒，但因为这是免费的，她便随手拿了一瓶。活动举办了三天，她这小半个月的生活费基本有了着落。

“你什么时候开始喝酒了？”

白初晗抬头，看见姜游山出现在自己眼前，对方低头看了看那些绿植相框，选了几个，问：“一共多少钱？”

“一百二。”白初晗没客气，亲兄弟也要明算账。

姜游山付了钱，问她：“一起吃午饭吧？”

见白初晗犹豫，他笑了：“这个面子都不给？”

“那你等我收摊。”白初晗说。

姜游山开车带白初晗在一家私房菜馆吃午饭，这里环境非常安静，让她有些不自在。其实今天他来找她吃饭的目的很简单，就是想问她毕业后有什么打算。

“还要继续读书吗？”姜游山问。

“还不确定。”

“要不要跟我一起回茶山，帮我工作？”

白初晗怔了怔，长长的睫毛在灯光下颤动了下，她问：“我能做什么？”

“帮我培育更好的茶叶啊！这不都是你们研究人员做的事情吗？”姜游山喝了口水，冲白初晗笑道，“薪资包你满意。”

白初晗却没有跟着笑，连礼貌的附和都没有，而是神色黯然道：“我不去。”

姜游山没想到白初晗会拒绝得如此干脆，有些讪然。

“还有，你以后别让人转交钱给我了。”白初晗从包里掏出一个信封，这信封还是一个多月前林桃给她的，现在她原封不动还给了姜游山，“我那个朋友死了，我哪儿也不去，我要找到凶手。”

姜游山对这事略有耳闻，毕竟在青德大学这算是一件大事，八个人组成的考察团一起出去，回来只剩七个，听说还有个外人在邽山受了重伤，至今醒没醒都不知道。

“这事交给警察吧，你一个小女生能调查出什么来？”

白初晗没应声，这时菜上来了，她便拿起碗筷呼哧呼哧扒拉起饭来。

吃完饭，姜游山还有其他事，不方便送白初晗回去，便准备用手机软件帮她叫辆车。但她阻止了他：“我坐公交车。”说完，没等他回话，她就朝前走了。

姜游山在原地怔了怔，自嘲地笑了。

他记得自己第一次见白初晗，她还只有九岁，但她的个子比同龄人高了一大截——听说每年暑假她父亲白航都要送她去少林寺，想必习武可以长个子。刚失去父亲的她像只竖起所有刺的刺猬，唯一的行李是一个书包。她双手紧紧把它抱在胸前，眼神里充满了警惕，好似谁靠近她一步，就立马会被她身上的刺给扎到。

当时他打完篮球刚回来，全身汗涔涔的，抱着篮球进屋后，从冰箱里拿出一瓶可乐咕噜咕噜喝下，转头就看见白初晗。于是，他拿了另一瓶出来，问：“要喝吗？”

白初晗看了看他，没有点头，也没有摇头。

姜游山便拧开瓶盖把可乐放在她手里，调侃道：“你是打算这样坐一天？”

白初晗的脸“唰”地一下红了，低头嗫嚅道：“我在等姜叔叔回来。”

“我是他儿子。”姜游山友好地伸出手来，“姜游山。”

很多年后，姜游山都记得那个午后：炎热的夏天，树上的知了没完没了地叫着，阳光透过落地窗照进来，将白初晗脸上的细汗照得闪闪发光。她迟疑地伸出手和姜游山握了握，或许是因为这个动作，她放松了些许，脸上露出了难得的笑容。可能连她自己都没发现，她笑起来其实特别好看，鼻子微微皱起，嘴边露出两个梨窝。

白初晗回到学校后，发现自己的摊位上坐着两个人，其中一个正在嗑瓜子，嗑出的瓜子壳全扔到她的绿植相框上。这两人她认得，是之前找余朝清的那两人，王斌和林跃。

白初晗深吸了口气，把涌上来的怒火压了下去，走过去，露出一个似笑非笑的表情，问：“有什么事吗？”

“哟，终于回来了。”王斌把架在桌上的腿放下来，“好久不见了呀，美女。”

“叫白初晗是吗？”林跃掏出一根烟，咬在嘴里，却不点燃。

白初晗微抬了下眉，露出一个不置可否的表情。

“找个地方聊聊呗。”林跃笑道。白初晗一点也不喜欢看他笑，虽然他长了一副不错的皮囊，但他笑起来总给人一种阴森森的感觉。

“我要赚钱。”白初晗没心情跟他们耗下去，直接冷了脸。

“你这些破玩意儿能赚几个钱？”王斌又嗑了一粒瓜子，又将壳吐到了相框上。

白初晗彻底火了，她抓住王斌的衣领，不料对方早有准备，嬉皮笑脸地摊开手，做投降状：“别生气，别生气，我们是来带你赚钱的。”

白初晗像是听了一个天大的笑话：“你们滚远点就行。”

因为他们的动静太大，引来周边人侧目。白初晗不想在学校里惹人注目，便松开了王斌的衣领，并对他和林跃说：“给你们十分钟时间！”

白初晗带他们到附近的花坛边，这个时候周围没什么人，大家的注意力都在市集那边，没人在大冷天跑到这里来吹冷风。

“听说余朝清失忆了……”林跃终于点燃了嘴里的烟，邪笑道，“还是跟你在一起出的事。”

白初晗皱了皱眉，不知道他们究竟想做什么。

“我们吧，其实就是最近手里有点紧，想从余朝清那里弄点钱花花。”王斌不绕弯子了，说明了来意，“既然余朝清现在失忆了，也不记得过去的事，那我们就不追究了。大家还是好朋友，共患难，共富贵，有钱一起花，有钱一起赚。听说他现在进他爸的公司当经理了，钱肯定不少。”

白初晗长这么大，认识的最不要脸的人里当属姜乾，但好歹平日里他都装着一副衣冠楚楚的模样，像王斌这样明目张胆不要脸的，还是少见。

“你想让我做什么呢？”白初晗双手环在胸前，耐着性子道。

这时，林跃拿出一份文件递给白初晗：“你只要让余朝清签下这份协议就行。”

“我们以朋友的身份跟他谈合作，大家一起赚钱嘛。”王斌摸了摸鼻子，笑道。

“可他也不记得我了。”白初晗说，“我没法帮你们。”

而后白初晗才知道，原来王斌和林跃这俩家伙早就计划好了一切。学校圣诞节的活动冠名商就是余朝清家的公司，啤酒只是他们企业下的一个分支。王斌和林跃早已听到消息说余朝清晚上要来学校参观，就合计着商量了一份商业计划书，其实就是坑钱，反正余朝清的脑子不好使，容易骗。他们现在只需要一个牵线人，因为他们前几天去找余朝清都被拒之门外了，所以他们才盯上了白初晗。余朝清那小子刚进公司没几天，其他没学会，倒是先学会花钱了，听说晚上余朝清会请市集上所有的摊主吃饭。

不过，他们还不知道余朝清现在对白初晗的态度，并不比对他们好到哪里去。

“我没法去。”白初晗说，“晚上我有事。”

“听说你勤工俭学，很缺钱来着。”林跃把玩着手里的打火机，冲她笑道，“你是想让我们用暴力让你以后在学校的日子都不得安宁，还是你主动配合，跟我们分钱？”

白初晗笑了，并不怕他们：“你们可以试试。”其实她挺想去的，不是为了钱，就是想再见余朝清一次，很多事情都还没搞清楚，她心里也急得不行，“不过你们可以把合同给我，下午我要是见着他了，帮你们试试。”

王斌和林跃看了对方一眼，然后答应了。

打发走这两个瘟神后，白初晗翻了翻那份合同，只看到合同里的第一条她就笑了。虽然她不懂法律，也不懂商业，可稍微有点智商的人一看就能看出问题。不知道是他们俩傻，还是他们把余朝清当成大傻子了。她直接将合同撕成了两半，顺手揉成团扔进了旁边的垃圾桶里。

王斌和林跃回到车上，驾驶座上的莫覃回头说：“完事了？”

“放心吧，覃哥。”王斌说，“按照你的安排，那白初晗没有一点怀疑，她肯定会去找余朝清的。”

莫覃没说话，眉眼上的疤痕隐在昏暗里，过了会儿，他才幽幽地吐出一个字：“好。”

到了下午，学生会主席果然在群里通知大家啤酒赞助商下午要过来巡视，让大家打起精神来，赞助商还订了饭店，晚上请大伙吃饭。吃完饭，差不多刚好是音乐节开场，时间掐得非常准。群里的女生听说赞助商的负责人才二十五岁，长得英俊，还是单身后，立马沸腾了起来，活生生把这个群搞成了相亲群。

白初晗的脑子里突然浮现余朝清那张傻乎乎的脸，可怜巴巴地望着她，一副总是担心她生气的模样。她不记得一个月前在邽山的山洞里究竟发生了什么，她醒来的时候就在山洞里，周围有很多猫。她吓得不轻，根本不知道自己为什么会出现在那儿。而余朝清就躺在她身旁，全身上下都是被猫抓过的痕迹，衣服破烂得不成样子，手掌上的血痂看上去触目惊心。当时她吓坏了，以为余朝清已经死了，发现他还有气后，她立即背着他离开。

刚到山下，就看到吕教授和其他人匆匆跑过来，白初晗以为他们是来找自己的，结果吕教授说：“林桃死了。”

白初晗脑子一蒙，整个人僵在了原地，眼前的景物开始变得模糊，随后余朝清被其他人扶走，有人在报警，有人在询问白初晗，有人在哭泣……吕教授的嘴巴一张一合的，可是白初晗好像瞬间失聪了，听不见他在说什么。

事情发生得实在太突然了，昨天林桃还挽着她的手和她说了好些贴心的话，她甚至还可以回忆起林桃手心的温度、睫毛眨动的频率，以及每次笑起来都会有些不好意思地耸耸肩的样子。只一个晚上，余朝清昏迷不醒，林桃突然去世，她不敢相信眼前的一切是真的，是在做梦吧？所以才会发生这么不合常理、不合逻辑的事来，她一定是在做梦，如果是做梦的话，那就快点醒来吧。

白初晗闭上眼睛想让这个梦醒来，可是再一睁眼，吕教授仍在她眼前，还说是一大早有同学起来上厕所发现林桃的。这里的厕所都不在屋里，离房子不远有公共厕所，是用简单的木头搭成的棚子，连冲水器都没有。那个同学上完厕所出来，发现旁边的树边站了个人，天光微凉，那个同学没看清对方是谁，便过去打招呼，手刚搭在对方的肩上，对方就顺势倒了下去，看清林桃已经发青的脸后，那个同学便大叫了起来。

林桃是被人勒死的，脖子上有一圈很明显的勒痕。尸检报告显示她的死亡时间在半夜一点至两点，早上发现她的时候她的身体已经完全僵硬了。因为地处乡下，周围人烟稀少，没有摄像头，一个月时间过去了，警方仍没有任何眉目。

吕教授问白初晗怎么会和余朝清从邽山上下来，她如实回答道：“我不知道，醒来的时候已经在山上了，估计只有余朝清知道发生了什么。”她没有把山洞和猫的事情告诉任何人。

余朝清被送去医院后，白初晗一个人偷偷回了趟邽山。她借口有东西落在了山上，得到门卫的许可进去后，她想重新找到那个山洞，但她花了一个下午的时间，几乎搜遍了所有地方，却一无所获。

白初晗站在山顶，风将她的长发吹乱，她茫然四顾，有种戚然之感从心里升起。虽然她没有任何证据，但她总觉得林桃的死、余朝清受伤，都跟她有千丝万缕的联系。但她只是这邽山上一个渺小的存在，茫茫荒野，大风拂过，根本不会留下任何痕迹，她也不知道该从哪里下手。

白初晗本来一直期待余朝清醒后会有一些线索，但他一昏迷就是大半个月。白初晗去医院看过他一次，还没走到病房门口就被人给拦下了。他的父母似乎误会他俩是男女朋友关系，一副拒人于千里之外的姿态，说了很多难听的话，大概的意思就是让她离他远点。

自古红颜多祸水，看来他们是把白初晗当成祸水了。

其实白初晗有想过，如果余朝清一辈子醒不来，那么她就是罪魁祸首，她甚至做好了准备，如果在他醒来之前，她还没有找到治疗自己的法子，那么等她彻底变成一只猫后，她就日日守在他病房楼下，也算是赎罪了。

白初晗正发着神，一只大手突然伸过来，把她的思绪拉了回来。她抬头看了一眼，是学生会主席苏达，对方冲她露出门牙笑着："学姐，你今晚为什么不来吃饭呀？"

"有事。"

苏达一脸八卦的表情："你该不是故意躲着吧？"

白初晗看了看他，也笑了，不过这笑容是皮笑肉不笑："何出此言？"

苏达清了清嗓子，凑过去，做作地压低声音道："这个啤酒赞助商的负责人，是你前男友吧？"

白初晗："……"

见白初晗沉默了，苏达心想自己肯定猜对了。关于这个八卦，苏达一开始还抱着将信将疑的态度，学生会副主席是个校园万事通，声称青德大学所有角落里的八卦，没有她不知道的。见到余朝清后，她立即反应过来，这不就是在女生宿舍楼下送 Mini

Cooper 的那个富二代吗？于是她立马给苏达科普了这事，经过她绘声绘色、添油加醋的描绘后，苏达脑中勾勒出了一场狗血的爱情悲剧。像这种豪门，一般对未来的媳妇要求严格，听说白初晗家境不怎么样，还勤工俭学，他大概能够理解。

“学姐，真爱无敌，你千万不要被一点小小的困难给绊住脚步。”苏达说，“你要是还喜欢余总，我给你想点办法。”

余总？听到这个称呼的时候，白初晗一时没反应过来，她眨了眨眼睛，无法想象余朝清穿着正装每天人模人样地跟人打交道的样子。

苏达以为白初晗默许了，于是热情地拍了拍自己的胸脯，保证道：“我待会儿安排你们单独见面，加油。”说完就屁颠屁颠地跑走了。

白初晗跟这个苏达一点都不熟，毕竟她是研究生，跟本科那边的人接触并不多。这让她想到一句话：无事献殷勤，非奸即盗。

下午生意不是太好，白初晗靠在椅子上几乎要睡着了，迷迷糊糊间，感觉到有人走近自己，超过了一般人的安全距离。她立即醒来，下意识伸手按住了对方。

“是……是我，学姐。”苏达连忙出声，“我就是想吓吓你……开个玩笑，别这么认真嘛。”

白初晗皱了皱眉，问：“什么事？”

苏达露出委屈巴巴的眼神，他的个子不高，人也长得瘦小，还有一张娃娃脸，配上这样的表情，让白初晗觉得自己好像在欺负弱小。

“学姐，我给你安排好和余总见面了。”苏达讨好地笑道，“在学生会办公室，现在那里没人，你过去吧。”他从包里掏出钥匙，递给白初晗。

“你怎么跟他说的？”白初晗没接。

苏达不好意思地抓了抓头：“我说有很重要的事去办公室，没说是跟你见面，这样才能有惊喜嘛。”

白初晗笑了，接过钥匙：“你聪明得都让我不知道说什么好了。”

苏达刚笑了笑，白初晗直接开门见山道：“说吧，你做这么多事想要什么？”

笑容凝固在苏达脸上，变成一副僵硬的面具，他尴尬道：“学姐，你想多啦。我只是……我只是希望你们好，然后，你看我这明年不是大四了吗？我想去余总的公司学习学习。”

原来是为了实习。

白初晗微微叹了口气：“你就不怕是搬了块砖头，砸了自己的脚？”

苏达不明白。

白初晗没再说话，拍了拍他肩膀，感谢道：“谢了。”

学生会办公室位于音乐教学楼旁边，白初晗经过教学楼的时候还能听到钢琴声。她用钥匙打开办公室的门，屋里有点乱，想必这些学生平日里懒于打扫。她拉开厚重的帘子，窗外的一簇蜡梅挤在窗边，浓烈的气味瞬间扑了进来。

白初晗烧了壶水，坐在椅子上等余朝清。大概半个小时后，她听到办公室门外有窸窣的脚步声。门没有关，开着条缝，来人先礼貌地敲了敲门，她说“请进”，门被推开，进来的却不是余朝清。

自从余朝清进入公司后，袁叔便被余伟业派去给他当了秘书。自从失忆后，余朝清像是重新换了个脑子，不仅精通商业，还对天文、物理十分感兴趣。他接手了啤酒业务后，提出的好几个整改方案都被余伟业盛赞，也算是因祸得福了。

不过除了工作和看书外，余朝清对别的事几乎都不感兴趣。这不，本来该他过来的，硬是让袁叔代替他来。

“怎么就你一个人？”袁叔一眼就认出了白初晗，这时水烧开了，发出“呜呜”的响声。

白初晗把水壶拎开，倒了杯水给袁叔。

袁叔接过水，大概明白眼前是怎么回事了。他犹豫了一会儿，好言相劝道：“姑娘，我劝你还是别白费心思了，我家少爷已经失忆了。”

“他最近怎么样？”白初晗不动声色道。

“挺好的。”袁叔用了两个成语形容，“前程似锦，大展宏图。”

“跟以前比呢？”

“以前？”袁叔似乎压根儿没想过这个问题，喝了口水润了润嗓子，说，“以前少爷是没长大，现在长大了，整个人散发出的气质都不一样了。”

白初晗点点头，若有所思，而后站起来：“可以带我去见他一面吗？我有些话想当面对他说。”

“说什么？”袁叔警觉道，之前余伟业可是交代过不让这女孩靠近余朝清的。

白初晗干脆把戏做足，转眼就红了眼眶，声音软了下来：“既然他忘了我，我也该好好做个告别，叔叔你说是不是？”

袁叔这人最见不得别人示弱，他放下水杯，叹了口气："你们这些年轻人啊，当断不断，必受其乱。"

"真的是最后一面。"白初晗说。

袁叔犹豫了一会儿，觉得这姑娘也挺可怜的，从小就没了父母，据说这一类型的小孩长大后都特别缺爱，在情感关系中也会显得很被动、焦虑，所以他于心不忍，最后决定当回好人，只要不让余伟业知道就行。

"那你得答应我一个条件。"袁叔说。

"什么条件？"

"不要做徒劳的纠缠。"

余朝清巡视完市集后，便回车上休息了，眯了会儿眼睛，就在附近的咖啡馆工作。他把二楼的露天位置全给包了，就是不想有人出现打扰自己。

袁叔带白初晗来到咖啡馆，再三叮嘱，然后念道："阿弥陀佛，剩下的就看你自己的造化了。"

这时，刚好有服务生端着咖啡要送上去，白初晗接过托盘，说："我来吧。"

袁叔冲服务生使了个眼色，表示默许了。

白初晗一上楼便看见坐在尽头办公的余朝清，穿着一套深蓝色的西装，系了领带，头发打了发蜡，跟之前喜欢穿松松垮垮的衣服、头发随便用手扒拉两下的余朝清判若两人。那一瞬间，白初晗觉得眼前的人根本不是余朝清，只是一个陌生得不能再陌生的人。

白初晗把咖啡放下，余朝清头也没抬，眼睛没移开屏幕上的报表分毫，嘴里说了句“谢谢”。过了会儿，意识到人还没离开，他才抬头，见到白初晗后，脸上露出疑惑的神情。

“你是？”余朝清已经想不起来自己上次在书店里见过她了。

“你的《数学原理》和《物种起源》看完了吗？”白初晗微微偏过头，冲他笑道。

余朝清想起来了，问：“你怎么知道我在这里？”

“我可以坐下和你聊聊吗？”

余朝清点头。

白初晗在他对面坐下，露出航空公司空姐脸上的标准微笑：“我是来面试的。”

“面试？”余朝清想了想，说，“我们公司好像并没有招人。”

“我喝过您负责的啤酒，味道不错，但是我觉得和市面上的其他啤酒相比，味道差异不大。”白初晗说，“虽然在包装设计，还有营销创意方面很厉害，但我认为任何产品最关键的核心仍是产品本身。消费者可能一开始会因为包装和创意而购买啤酒，但是如果味道不能一次性打动他们，他们几乎就不会再购买第二次了。”

听完这段话，余朝清开始对白初晗有些兴趣了，他坐直身体，靠在椅背后，示意她继续往下讲。

“有段时间我一直在研究啤酒花的生长习性，还有改良方案，写出的论文还得过奖。”白初晗说，“对了，忘记自我介绍了，我叫白初晗，就读于青德大学，研二。大学本科和研究生专业都是植物学，成绩优异，每年都会拿奖学金，大四我就跟着导师在做研究。”

“所以呢？”余朝清示意她继续讲下去。

"要解决产品本身的问题，就需要研发人员。"白初晗说，"正好我要毕业了，也正在找工作，我觉得贵公司有实力、有前景，所以前来一试。"

余朝清本来就有打算招募一批研究人员做啤酒产品的技术研发，所以听完白初晗的话后，他觉得这个女生很聪明，也很有魄力，于是拿笔在纸巾上写下自己的邮箱，递给白初晗："回头发我份简历，还有你的研究论文。"

白初晗接过来，笑了笑。

"我喜欢聪明人。"余朝清说。

"我以前也喜欢聪明人，讨厌笨蛋。"白初晗望着余朝清的眼睛，现在她在里面看不到任何的情绪起伏，面前的余朝清完全无法和她记忆里的那个人联系起来，"不过，我现在好像有些怀念了。"

在得知余朝清准备聘用白初晗时，袁叔惊得下巴都要掉下来了："少爷，为什么你偏偏要聘用她？我们公司这么有钱，请谁请不到呢？"

余朝清不喜欢袁叔总是在他耳边念叨："觉得她合适。"

"可……可她是你前女友啊！你不怕出什么事？"

"前女友？"余朝清转过头，一脸茫然地看向袁叔，"她是我前女友？"

"她没跟你说吗？"袁叔彻底蒙了，所以白初晗都跟余朝清谈了些什么？

"我怎么记得？"余朝清淡然道，"我聘用她不是因为她曾经是我的谁，而是觉得她未来会对我公司有用，仅此而已。"

见余朝清已经做出决定，袁叔也不好再说什么，只是开始头疼该如何跟余伟业交代。他转头再看余朝清，余朝清已经开始工作了。这段时间以来，余朝清除了工作，就没有任何其他社交，曾经声称是他朋友的人找上门来，也被他以各种理由拒之门外。努力工作是好，但他这有些过头了，可以说是工作狂了："少爷，你还是休息一下吧，昨天你才睡了四个小时。"

余朝清眼睛都没眨一下："我不困。"他是真的不困，他觉得身体里有股强大的力量驱使着他，他必须通过工作来释放，就算不睡觉，他依然可以保持足够的精力。

袁叔不好再说什么，便离开了办公室。

余朝清一直工作到深夜，公司的人已经全部离开了，只有他的办公室还亮着灯。他起身关掉电脑，拿上外套，乘坐电梯去车库。

车库的出口是一个很陡的坡，余朝清每次往上开都非常小心。他看了眼电子屏上显示的时间，明天又是十五了，他不由得眉心微皱，有些烦躁。

这时，一个白色的物体突然从一侧闪过。余朝清急忙踩住刹车，身体因为惯性狠狠朝前撞去。他解开安全带，下车查看，就看见一只白色小猫趴在地上，正抬起头来冲他"喵"地叫了声。

一只猫？

余朝清想把猫赶走，无奈那只猫好像粘在了地上似的，动也不动。他弯腰将它抱起，放到马路一侧。结果它自己站了起来，灵活地跟在他脚边，要随他上车。

"你是要跟我回家吗？"余朝清的心情瞬间好了些，虽然失忆了，但他仍旧喜欢猫猫狗狗。

白猫"喵"了一声，好像在回答他的问题。

“你听得懂我说话？”余朝清来了兴致，他喜欢聪明的人，以及聪明的猫。

白猫又“喵”了声，非常乖巧地拿头蹭了蹭他的手，他便把它抱上车，带回家了。

现在余朝清没在青德大学住了，而是在公司附近买了套公寓独居。白猫跟着他进屋，发现他家里的装潢摆设与之前有了很大变化。从前的他就是个暴发户品位，什么贵就往家里摆什么，现在他住的地方很简单，除了必需品外，没有一件多余的东西。

余朝清剥了根火腿肠喂白猫，然后进卫生间洗澡去了。白猫开始巡视这间公寓，从客厅到卧室，再到厨房和阳台，并没发现什么特别的东西，直到进了书房，看到书架上摆得密密麻麻的书后，才有些惊讶。它跳上书桌想看看这个余朝清都看些什么书，结果刚跳上去，它就被人抱了下来。

余朝清刚洗完澡，头发还是湿的，穿着一件单薄的 T 恤，把猫抱在怀里揉了揉它的脑袋：“别乱跑。”

白猫就这样被他抱出去了。

“给你取个名字吧。”余朝清盯着白猫看了眼，脑子里突然闪过一个念头，当即决定，“就叫小白好了，简单易记。”

嘁，小白心想，取名还是一如既往没有品位。

余朝清把小白留在客厅里，准备进卧室睡觉，但小白想跟着进去，结果他直接把门一关，反锁了门。

这是在防备一只猫吗？

小白无奈，只好回到沙发上休息。凌晨时，它悄悄从阳台溜走了。一开始，余朝清以为它跑掉了，但连续几天的晚上它都按时出现在家里，凌晨又离开，他便习惯了。他买了个项圈给它戴上，是块祖母绿的牌子，跟它的眼睛很像。

白初晗收到消息，今天开始上班。因为她还没有毕业，所有目前的薪资按试用期来算，但福利补贴和正式员工一样。余朝清问她有没有其他要求，她想了想，提出要一个助手，人选是学生会主席苏达。毕竟苏达之前热情帮忙就是想得到一份实习工作，她不想欠别人人情。

余朝清同意了，反正多招一个实习生费不了多少钱。

苏达乐滋滋地来上班，还特地买了一套新西装，系了领带。白初晗见了他，差点笑岔气。

“又不是卖保险的，穿这么正式干吗？”白初晗调侃道。

苏达脸一红，抓了抓脑袋：“学姐，你别笑了，第一份工作嘛，我也想给公司的同事留个好印象。”

“那估计你得失望了。”

余朝清单独给白初晗腾出一间大办公室作为研究室，还另外请了两个研究人员，说是配合她，其实是信不过她。白初晗没有任何工作资历，又还年轻，余朝清看中的是她的创意和魄力，但这两样东西没有丰富的经验和必要的流程是实现不了的。

白初晗和苏达坐在研究室里等余朝清，苏达不是植物学专业的，所以他对一切都非常好奇，这里摸摸，那里看看，一堆问题从他嘴里冒出，问得白初晗有些不耐烦了。

“你能不能安静会儿？”白初晗说。

苏达立马闭了嘴。

余朝清来的时候，带来了另外两位研究人员。白初晗看到来人后愣了一下，随即脱口喊道：“吕教授。”

“都是青德大学的，想必你们都认识了。”余朝清双手插在外套兜里，显得很随意，“你们以后就负责研发啤酒配方和口味，到时候我会让食品技术部的同事跟你们配合。”

吕教授冲白初晗点了点头，算是打过招呼了。自林桃的事后，这还是白初晗第一次见到吕教授，严格来说，她已经很长一段时间没去上课了，因为一坐到教室里，她就会想到林桃每次都会帮她占座位，这让她十分难受。

余朝清简单介绍完公司的管理制度，就离开了。白初晗赶紧追上去，在门外拦住了他。

“我还有个请求。”白初晗说。

“你说。”

“我晚上不能在研究室加班，如果有需要，能允许我在家里加班吗？”

“原因呢？”

“私人原因，我没法说。”

余朝清想了想，他说：“我不在乎你的工作模式，但每个月月底我都要看到进展，否则立马走人。”

白初晗点头道：“好。”

因为有了吕教授的突然介入，这让白初晗感到行动方面受到了不少限制。虽然余朝清并没有明说谁是这次研究的主导人，但吕教授毕竟是教授，又年长她几十岁，无形中已经分了主次。

跟吕教授一起来的人叫汪源，是青德大学毕业的学生，比白初晗高几届，因为和吕教授关系一直不错，便被吕教授叫过来帮忙了。

到了中午，白初晗和苏达先去吃饭。公司里没有食堂，每月提供餐补。白初晗和苏达选了附近的一家小饭馆，各自点了一份套饭。

他们刚坐下没多久，门口就出现一个熟悉的身影，在店里扫视了一圈，最后视线定在白初晗旁边的空位上。

“余总。”苏达看见余朝清后，立马站起身来，想把位子让给他。

结果余朝清直接无视，在白初晗身边的位子上坐下。苏达想帮余朝清点单，这时服务员把他们点了的套饭端了上来。白初晗点的红烧牛肉，苏达点的火爆肥肠，都冒着滚滚热气。余朝清看了眼时间，他待会儿还有个会要开，只有五分钟时间吃饭。他想也没想，就端过红烧牛肉套饭开始吃起来：“你重新点份吧，我赶时间。”

苏达见了，把自己的套饭推过去：“余总，要不你吃我的？”

余朝清嫌弃地瞥了眼：“我不吃肥肠。”

苏达见白初晗的脸都快气绿了，便问她要不要先吃自己的。

白初晗瞪了他一眼，说：“我也不吃肥肠。”

余朝清迅速解决完午餐，就急匆匆往回赶。

苏达看了眼被余朝清吃得一粒米都不剩的空盘子，由衷感慨道：“余总真是工作狂。”

“有时候光努力没用，得讲究天分。”说到这里，白初晗的脸色一变，立马起身追了出去。

苏达莫名其妙，转头向外张望。过了会儿，白初晗回来了。

“发生什么事了？”苏达问。

“没什么。”白初晗转移话题，“你刚才说他很忙？”

“对啊！”苏达说，“听说他周末都无休，除了每个月的农历十五外。”

“农历十五？”白初晗好像想到点什么，但具体又说不上来，“这天有什么特别的吗？”

“这我就不知道了。”苏达津津有味地咀嚼着嘴里的肥肠，“我也是听别人说的，估计企业家都有点迷信吧，比如初一或者十五要去寺庙烧香、吃斋之类的。”

白初晗没作声，她还在想刚才的事。如果她没看错的话，在余朝清进来之前，他身后有个人从饭店门口经过，在他离开后，那人又闪过一次。但是等她追出去后，却没看到任何可疑的人，不知道为什么，她隐隐觉得余朝清可能会有危险。

第六章
冤家路窄

姜乾的六十大寿，他邀请白初晗回去庆生。说来也奇怪，他过去几乎都不怎么过生日，这次却突然想起大操大办，这不符合他一贯的作风。

姜游山说，这是年纪大了的缘故，一岁一枯荣，人啊，总想留下点什么在世上。

听到姜游山这样调侃自己老爸，白初晗笑了笑，不做评价。

生日会定在郊区的一家庄园，长桌上摆满了各色食物和酒水，百合和玫瑰成簇成簇地摆满过道两旁，弄得像是婚礼似的。白初晗喝了口手里的果汁，心想姜乾比她想象的还有钱，但是又怎样呢，她瞧不上。

姜游山陪白初晗站了一会儿，便忙着招待宾客去了。这里没有人会在乎白初晗，她就像这生日会上那些百合和玫瑰一样，不过是一道摆设。

熟悉姜乾的那些朋友对白初晗的存在早就见怪不怪了，每次见到她，对她的称呼仍是“这就是你那个好朋友的女儿啊，都长这么大了”。“好朋友”指的是白初晗的父亲白航，他和姜乾曾是同事，他原本是个颇有名气的中医，后来被姜乾挖走，并和姜乾一起去了另一家公司工作，但他因为贪污公司公款而自杀，姜乾出于朋友的情分便收养了白初晗。然而白初晗直到现在都不相信自己的父亲会贪污公款，他为人一向正直，跟姜乾可不一样。

想到这些，白初晗的视线便移到被人群簇拥着的姜乾身上，他拿着酒杯，一副衣冠楚楚的样子，正和人谈笑风生，任谁看了都会觉得这是一副标准的精英人士模样。

以前白初晗也这么想，但自从她十岁那年发现姜乾将白航的许多研究成果冠以自己的名字发表，来谋取利益后，她就再也看不起他了。

这世上就是有很多奇怪的法则。“窃钩者诛，窃国者侯”，姜乾窃取自己死去朋友的心血而得到现在的名望，真是可笑。

白初晗喝完了手里的果汁，便独自走到长条桌旁挑拣东西吃。过了一会儿，人群中传来一阵喧哗，白初晗嘴里还塞着一块糕点，转过头就看见一个穿着大红色天鹅绒礼服的年轻女生出现在人群中间。姜游山站在女生旁边，女生似乎极为不好意思，脸显得更加红润。

白初晗觉得这个女生自己好像在哪里见过，咽下嘴里的糕点后，她终于想起上次和林桃吃饭的时候，遇见过姜游山和这个女生。所以，这是他的女朋友吗？

姜乾似乎对这个女生很满意，眼里的笑意都快溢出来了，接着他的视线越过人群，找到了角落里的白初晗，带着女生朝白初晗走去。

白初晗无处可逃，只好牵了牵嘴角，挺直腰背，迎接这场虚与委蛇的表演。

姜乾向白初晗介绍道：“这是姜游山的女友，小嘉。”

白初晗冲小嘉笑着点了点头。

“这是我的养女，白初晗。”

“我们见过。”小嘉很热情地伸出手来，一派天真。

白初晗只是笑了笑。

这时，大门口又进来一拨宾客，姜乾便忙着应酬去了。小嘉像是想说点儿什么，白初晗看见她扑闪扑闪的眼睛，友好地拍了拍她的肩膀，说：“你去找游山哥吧，不用陪我。”

小嘉点点头，感激又担心地看了白初晗一眼：“要是你觉得无聊，就过来找我们。”

白初晗看见穿着如此华丽的礼服的小嘉朝姜游山走去，想到了自己小时候也是抱着这样的心情缠着姜游山陪自己玩，心想：自己可能真的喜欢过姜游山吧。其实十二三岁的年纪，她并不明白什么是喜欢，只是每次见到这个人都会觉得开心，晚上睡觉都觉得整个人像吃了蜂蜜蛋糕一样甜。白初晗把这些心事写在日记本上，就像收集漂亮的糖果包装纸，却没想到有一天会被姜乾发现。

白初晗至今都记得姜乾拿着那本日记，趾高气扬地命令她撕掉，并告诉她喜欢任何人都可以，唯独姜游山不行。白初晗被姜乾吓坏了，她从没见过姜乾生那么大的气，嗫嚅着开口喊了声“姜叔叔”，结果“啪”的一声，姜乾把本子扔到地上，指着她的鼻子说："你别忘记是我在养着你！知恩图报，你懂不懂？！"

后来，那句"是我在养着你"几乎成了支撑白初晗唯一的动力，她不再从姜乾那里拿钱，宁可辛苦一点，多打几份工，也不想卑躬屈膝地从他那里拿钱。也是那件事后，她不再主动找姜游山，两人的关系一下疏远了很多。

白初晗觉得自己吃饱了，准备再待几分钟就溜走。此时，她百无聊赖般扫视了一眼来来往往的宾客，突然视线一滞，她看到了余朝清。

最近余朝清的穿着越发人模狗样了。他和姜乾打过招呼后，便拿了杯酒坐在角落。白初晗端了杯果汁走过去，在他对面坐下来。

等他抬头，白初晗头一歪，冲他笑道："好巧。"

"这句话应该是我说吧。"余朝清本来在看电子书，被人这么一打扰，露出不满的神情，"怎么到哪儿都有你？"

"我是姜乾的养女。"白初晗说，"你还觉得是我阴魂不散吗？"

余朝清放下手机，喝了口酒，眼睛看向草坪上的宾客，颇为无奈地叹了口气："我爸跟这位姜叔叔是生意上的伙伴，我过来打个照面而已。"

"你跟以前完全不一样了。"白初晗突然说。

余朝清愣了一下，转过头来，问："你是我前女友？"

"不算是。"

"否定得不够决绝，说明还是有点什么。"

"然后呢？"

“没有然后。”余朝清说，“我聘用你没有任何私人关系，不管从前我喜不喜欢你，和你有没有什么感情关系，从今以后，我们都只是上司和下属的关系。”

白初晗大笑了起来，好似听了一个天大的笑话，笑得差点喘不过气来。而后，她站起来走到余朝清面前，微微俯身，露出一个漂亮至极的笑容，一字一句道：“余朝清，你个王八蛋。”说完，她就转身离开了。

快到七点了，白初晗必须尽早回家。

她去洗手间换掉了礼服，装进背包里后，准备从后门离开。和前门的热闹盛况相比，这里冷清得就像不受皇帝宠爱的妃子住的冷宫。

白初晗突然看到一张熟悉的脸，是那天在小饭馆跟踪余朝清的那个人，对方走得很急，很快就转弯从后门离开了，并没有看到白初晗。

这余朝清是招惹谁了？

白初晗放心不下，犹豫了一会儿，还是掉头去找余朝清了。

她在宾客中看见余朝清后直接把他拽走，他还没反应过来，就已经被她拉到没有人的角落。

“做什么？”余朝清挣开她的手，不耐烦道。

“你有危险。”白初晗说，“你车停在哪儿的？”

“后门。”

“你别开车回家了，打个车吧。”

“我凭什么信你？”余朝清的双手环在胸前，并不配合。

“反正是你有危险，你爱信不信。”白初晗瞪了他一眼，真想一巴掌把他的记忆给拍恢复，“你最近招谁惹谁了？”

“我怎么知道。”余朝清一副理直气壮的模样，“我都失忆了。”

“对，你失忆，你厉害！”白初晗把余朝清拉到墙脚，让他翻墙过去，“从这里走最安全。”

“我不会翻墙。”

“我帮你。”白初晗蹲下身，让他踩上自己的背翻过去。

余朝清站在原地没动。

“怎么了？”

“我不踩女人的背。”

“你怎么这么磨叽？”就要到七点了，白初晗懒得跟他废话，干脆直接扶住他的腰，用力往上一托，命令道，“快给我翻过去！”

大概是白初晗的气势怔住了余朝清，他愣了一下，立马手脚并用地翻了过去。然后只听墙对面传来“咚”的一声，接着是余朝清呻吟的声音：“我的腿摔断了！”

白初晗手脚麻利地翻墙而过，扶起余朝清检查了下，翻了个白眼：“就擦破了点皮，叫什么叫？”

余朝清闭嘴了，觉得这个女人真凶，失忆之前的自己是哪只眼睛看上了她？

两人走到马路边，余朝清伸手去拦车，没注意身后的白初晗。等车停下，他才回过头，想先送她回去，好歹她言之凿凿说是来救自己的，结果他转过身，路上空荡荡的，一个人影都没有。

白初晗呢？

“师傅，你刚才有没有看到有个女的跟在我身后？”余朝清问。

出租车司机用奇怪的眼神看了他一眼，两秒后，骂了一句：“你神经病啊！”

白初晗变成猫后，立刻跑进了树林里，看见余朝清坐车离开后，她才放心地往家的方向走。没走几步，她就在转角看见了跟踪余朝清的那人。

那人应该还在等余朝清出来，不过没多久，他接了个电话，神色凝重，点了点头便离开了。

是有人告诉他余朝清不在了吗？

小白想了想，决定跟过去看看。

虽然这人身形并不高大，但是走路很稳，应该是个练家子。跟王斌和林跃不同，这个人不好对付。要是余朝清真落到这人手里，估计得吃一番苦头了。

走了很远的路，到了偏僻的小巷子后，他就拐进去，接着骑了辆摩托车出来。摩托车呼啸而过，小白追不上他。

小白回到余朝清家中，见他刚洗完澡在用毛巾擦头发。它走过去，跳到沙发上趴下来。

余朝清摸了摸它的脑袋，问：“你又跑哪里野去了？”

小白没说话，它有些累了，闭上了眼睛。

这时，余朝清的手机响起了，他走到阳台上接电话。小白睁开眼睛，竖起耳朵静静地听着。应该是他家里人打来的电话，好像是让他明天回家吃饭。

“明天我有事，就不回去了。”余朝清，“想在家好好休息……你别来，我改天回去……知道了，我真没事，我就想一个人休息，别来打扰我……就先这样，挂了哈。”

工作狂余朝清明天居然要休息。白初晗突然想起苏达说余朝清每个月只有农历十五才休息，所以明天是十五了吗？好像在邽山发生意外的那天，也是十五……

余朝清从阳台走进客厅，看见小白醒了，就去逗了逗它，但它完全不配合。余朝清抓起它的爪子晃，道：“你怎么这么高冷？”

小白另一只爪子挥过去，余朝清眼明手快躲了过去，他有些生气，起身去玄关把运动鞋上的鞋带给取了下来，然后走回来用鞋带缠住小白的两只爪子。

你个浑蛋！小白在心里喊道，虽然它用力挣扎，但是徒劳无用。

余朝清绑好鞋带，轻轻拍了拍小白的脑袋：“明早给你解开，谁叫你不听话。”说完，他回了房间，又锁上了门。

第二天早上，小白恢复人形，手上还绑着鞋带，她只好用嘴咬开，之后气得想冲进卧室里把余朝清从床上揪起来打一顿。她蹑手蹑脚地走进厨房，然后打开冰箱，但里面除了可乐什么东西都没，最后她找到一包盐，撕开袋子，把盐倒进可乐里，摇了摇可乐，就重新把可乐放回了冰箱。

白初晗准备偷偷离去，但经过客厅的时候忍不住朝卧室的方向看了眼。为什么每个月十五余朝清都不上班呢，也不回家吃饭？这其中必有猫腻。

虽然余朝清的家很大，但几乎没有可以藏身的地方，目光一扫，整个空间里的布局一览无余。白初晗打开阳台的门，一把摇椅、一张桌子，还有些绿植。

躲到桌下好了？这样想着，白初晗便钻了进去，幸好她比较瘦削，桌子下的空间还算宽敞。她坐在地上，靠着桌腿又睡了过去。

不知过了多久，房间里开始出现响动，随后卧室的门打开了，传来一阵拖沓的脚步声。白初晗只能看到余朝清的下半身，一双腿从眼前晃过去，然后又晃回来。接着，白初晗听到余朝清痛苦的呻吟声，他走出来倒在客厅的沙发上，蜷缩着身子，满头大汗。白初晗终于看清了此时的余朝清，却惊恐得睁大了眼睛。

余朝清脸上的皮肤全部皱了起来，可以依稀看到里面的青筋，不，准确来说，那不是正常人的筋络，更像是植物的根须，根根分明，布满了他的皮肤。而且他的胸口发出一道异光，幽绿幽绿的，看上去十分瘆人。

白初晗深吸了口气，赶紧往后面缩了缩身子。如果这个时候她被余朝清发现，后果不堪设想。

临到中午，余朝清的情况才有所好转，他从沙发上爬起来，走到厨房，打开冰箱门，拿出可乐来。但他刚喝了一口，就全给喷了出来。

白初晗有些后悔早上给可乐里面加盐了，要知道是这种情况，她绝对大人有大量，既往不咎。

余朝清懊恼地将可乐扔到地上，褐色的汁液流了一地。他直接跑到水龙头旁，拧开水龙头，往嘴里灌生水。喝够了生水后，他又跌跌撞撞往回走，脚踩到地上的那摊可乐，直接仰头倒下，后脑勺着地，白初晗听得清清楚楚。

一声闷响后，余朝清躺在地上不动了，摔昏了过去。

白初晗终于可以伸展一下身体，她的双腿都坐麻了，活动完手脚后走过去，见余朝清安静地闭着眼，她伸手在他鼻子下探了探，还有气。

余朝清脸上的皮肤跟先前没什么变化，白初晗蹲下身来，仔细观察着那些纹路，觉得那很像五加科植物的根须，但又不完全相同。五加科属于双子叶植物，广布于两半球的热带和温带地区，其中人参、西洋参、三七等珍稀药材都属于五加科。

白初晗犹豫了一下，伸手去解余朝清的外衣纽扣，然后慢慢地将他衣服敞开。他有很漂亮的肌肉线条，加之他不喜欢户外运动，所以皮肤特别白。白初晗想看看他胸口发出的那团光的光源，但敞开衣服仍只能看见一团光晕，光源来自他的身体。

那天在山洞里究竟发生了什么？

白初晗努力地回想，可记忆在她变成猫睡着后就戛然而止了，所以问题的关键仍旧在那个山洞。她背着余朝清出洞口的时候，还特意记了位置，但是沿路找回去，那洞口却不见了，在周边也搜寻过，根本没有入口存在。

白初晗将余朝清的扣子重新扣好，突然一个念头闪过！她立即拿出手机查看日历，没错，他们出事那天也是农历十五，月圆之夜。所以，这一天一定有什么特殊的含义。既然余朝清的身体是在这一天发生变化，那么洞口会不会也只在每月农历十五出现呢？

抱着这样的疑惑，白初晗决定今天去邽山看看。她找到了余朝清的车钥匙，在楼下小超市买了尼龙绳和口罩把余朝清绑了起来，趁外面的走道没人时，把他弄了出去，乘坐电梯直达车库。

到达邽山大致就是晚上了，白初晗计算好时间，把余朝清放到车后座。她弄了半天，总算发动了车子，然后她打开车内导航，手心微微出汗。

车子驶上高速公路后，余朝清醒来了。他脸上的纹路消失了，整个人看上去恢复了些许精力。他挣扎着坐起来，看了眼周围环境，见前方开车的人戴着帽子和口罩，全副武装，他皱了皱眉，脱口而出："白初晗，你绑架我干吗？"

"这你都看得出来？"白初晗扯下口罩，被余朝清轻易揭穿，还有些不甘心。

"废话，你是电视剧看多了吧？"余朝清说，"我一看你的背影就认出你来了。"

"OK，那你安静点。"白初晗没有丝毫减速，离邽山还有两个小时的路程了。

"你带我去哪儿？"

"邽山。"白初晗说，"你失忆的地方。"

"我要下车。"余朝清说，"我要告你私闯民宅，还有绑架。"

"那我就把你每月农历十五变成怪物的事说出去。"

余朝清愣了愣，随即否认："谁变怪物了……"

"我都看到了。"白初晗说，"你的身上发出绿光，脸上的皮肤恶心死了，这不像是有病吧，更像是身体变异。"

"你有证据吗？没有证据，你就是诽谤。"余朝清说，"我再给你加一条诽谤名誉罪。"

"你就不想知道自己为什么会变成这样？"白初晗问。

"不想知道。"余朝清说，"这世上奇奇怪怪的事情多了，我要是每件都要搞明白，还不得累死？而且我去医院检查过，身体健康，什么事都没有。"

见白初晗无视自己的话，余朝清扭动着身子，凑到驾驶座上，想让白初晗停车。白初晗眼都没眨一下，直接一拳朝后挥去，把余朝清给打回了座位上。

“我要开除你！”余朝清生气道，“现在！立刻！马上！”

“那我就更不用听你的话了。”白初晗一个急转弯，下了高速，驶上一段坑坑洼洼的泥路。余朝清在车后座上被从左甩到右，再加上颠簸，他觉得自己快要吐了。

“白初晗！”余朝清咬牙切齿道，“我一定会找你算账的……”

白初晗瞥了眼后视镜，心中一紧，将速度开到一百一十码。余朝清感到她在加速，在这样一条破路上开这么快，她不要命了吗？

“我说……”

余朝清的话还没说完，白初晗从前面扔了把小刀给他：“后面有人跟踪我们，你自己弄开绳子。”

是那个人！白初晗通过后视镜看到一辆摩托车跟在后面，是那天意图在姜乾的生日宴会上对余朝清下手的男人。对方戴着摩托车头盔，但是白初晗认得那辆车。

余朝清很快弄开了绳子，但人还没坐稳，车子就被突然赶上来的摩托车狠狠地撞了一下，他的头直接撞向另一侧的玻璃，脑袋上肿了个大包。

白初晗将油门踩到底，想要甩掉跟着的人。

“他为什么撞我们？”余朝清问。

“你应该想想自己最近得罪什么人没。”白初晗说，“上次姜乾的生日会上我说的人就是他，都跟到这里来了，没点深仇大恨不至于。”

余朝清听完白初晗的话后，陷入了沉思，过了会儿，他问：

“我以前是不是个十恶不赦的坏人？”

白初晗见他问得认真，差点笑了，但她忍住了，严肃地回道：“反正不是什么好人。”

余朝清：“……”

余朝清没有说话了，可能陷入内疚、后悔中去了。但后面的摩托车可没给余朝清时间，只听“啪”的一声，对方直接用一个金属物敲碎了车后面的玻璃。余朝清的脸被玻璃碴划伤了，他捂住脸往另一侧闪躲，催促白初晗道：“你再不开快点，我就要命丧于此了。”

“你这车太难开了。”白初晗说，“我已经开到最快了。”

“这可是全球限量版……”话还没说完，那人已经开到前面，一个转弯就把白初晗开的车给逼停了。

对方迅速下车，白初晗也立马解开安全带，推开车门，想拦住来人。但白初晗那点三脚猫功夫哪里是那人的对手，她直接被拧着手臂，推到一边，然后那人打开车门，把余朝清拽了出来。

虽然现在的余朝清身手比失忆前敏捷许多，但在那人面前，依然没什么反抗的余地。他的头被对方死死地按在车门上，两只胳膊被拧在身后，他感到手臂传来一阵刺痛。

白初晗看到对方掏出针管抽了余朝清一管血，然后转身走了回来。她在对方戴着的头盔上看到了自己的影像，像一只脆弱的小白兔，压根儿没有还手之力。不过对方直接绕过她，骑上摩托车，快速离去了。

余朝清回过神，看了看自己的胳膊，什么伤痕都没有，然后跑去看白初晗。

白初晗感觉左胳膊不能动了，说道：“可能脱臼了。”

“居然对女生下这么狠的手。”

“来不及了。”

“什么？”

还有两个小时就到七点了，白初晗没时间再去邽山，更没时间原路返回。她的左胳膊不能动了，她如果变成猫，处境会变得极为危险。

“我送你去医院。”余朝清把她扶到副驾驶座上，帮她系好安全带。

“去镇上医院就行。”白初晗脸色苍白，右手紧紧抓住余朝清的胳膊，一字一句道，“要快！”

余朝清赶紧上车，将车掉转方向，朝镇上开去。

冬天天黑得很快，六点钟小镇已经变得一片漆黑，街道两旁亮起了路灯，街上没什么人。余朝清按照导航把白初晗送到镇上的医院里，医生处理好了她脱臼的胳膊，给她打了石膏，缠上绷带。

望着窗外的夜色，余朝清问白初晗：“我们是吃了饭回去，还是回去再吃饭？”他一天没吃东西，快饿坏了。

白初晗转头看了他一眼，问：“你有没有觉得身体有什么不舒服的地方？”

“全身发热，感觉有股东西在我身体里面乱窜。平时还好，但每到农历十五，那股力量就变得特别强大，好像要戳穿我的身体似的。”余朝清看着窗户里灯光映出的影像，见白初晗神色凝重，一副心事重重的模样。

“几个月前，我和青德大学的考察队一起去邽山考察，你也去了。”白初晗想让余朝清知道事情的原委，便把发生的事简单地告诉了他。

“所以你是想去邽山找那个山洞？”

“嗯。”白初晗说，“我想一定跟那里有关系。”

“那现在去吧。”余朝清晃了晃手里的车钥匙，“过去两个小时。你不用怕，我们可以在车里休息一晚，明早回去。”

白初晗看了眼医院墙上的钟，往后退了步：“今晚不行了。”

“为什么？”

“我还有事得先走了，你自己回去吧。”白初晗说，“路上小心，那个人今天抽了你一管血，还不知道他要干什么。”

见白初晗要一个人走，余朝清在后面喊道：“你车都没有，能去哪儿？”

白初晗没回他，走得更快了。余朝清怒火上来了：“你私闯民宅绑架我的事，明天我再跟你算账！”

白初晗跑出医院，跑到附近一个偏僻的巷子后，才慢慢松了口气，直接坐在地上。她又累又饿，因为低血糖，她的脑袋开始发昏，她捧着脱臼的左手臂，希望待会儿变成猫后，她能平安度过今晚。

余朝清开车在镇子里转了圈，照理说，白初晗受了伤又没有交通工具，应该走不远，但他找遍整个小镇，都没看见她的人影。而这时，他感到自己的身体越来越难受，仿佛有枚炸弹在自己的身体里，随时都要爆炸。

最后，他在一家旅馆开了房，进屋后，立即体力不支，倒在了地板上。

小白在镇上看见余朝清的车后，便一瘸一拐地跟着他到了旅馆。她爬上房顶，从打开的窗户跳了进去。

余朝清的全身又开始发光了，脸色极其难看，无数盘根错节的根须布满了他白皙的皮肤。

小白“喵”了一声，见余朝清没回应，便趴在他的身边睡了过去。

早上余朝清醒来时，抱住了一团软绵绵又温暖的物体，他一时没反应过来，以为是自家床上的抱枕，等他想翻身时，才惊醒过来。睁开眼，看见白初晗的脸正对着自己，他直接吓得叫出了声。

这个女人是怎么回事？每次都出现得莫名其妙，神出鬼没的！

因为昨天太累，白初晗的生物钟失灵了，直接睡过头了。她坐起身，揉了揉眼睛，见余朝清靠在窗边站着，一脸迷惑又警惕地盯着她，好像她是个怪物似的。她想解释点什么，但这种情况好像她说什么都是多余的。

余朝清盯着白初晗看了半天，突然露出一抹冷笑，双手环在胸前，走近她，道：“我最后一次警告你，不要再花心思在我身上了，我不喜欢你！或许我从前喜欢过，但现在和未来我都绝对不会喜欢你。”

白初晗愣了一会儿，等反应过来，余朝清已经下楼退房了。

今天天气出奇的好，太阳毫不吝啬地投下暖洋洋的阳光，把整片大地烘烤得像个温暖的被窝。白初晗离开旅馆后，在路边买了几个包子和一杯豆浆，准备待会儿在路边搭车回去。

“喂。”余朝清开车停在路边，把窗子打开，对白初晗喊道，

“上车吧，不过你别想多了，纯粹是绅士风度。”白初晗还没开口，他又补充了句，“帮我买笼包子，我快饿死了。”

白初晗真想把手里的豆浆倒在他的头上，但为了维持现有的和平，不让他把她开除，她照办了。

回到公司后，余朝清让白初晗先下车，因为他不想让其他人看到，造成不必要的误会。

白初晗回了句：“求之不得。”

白初晗坐电梯遇到了袁叔，袁叔一看到她，五官立马拧成了一团：“我的小祖宗，你一个人来上班了？”

白初晗觉得莫名其妙：“不然应该几个人？”

袁叔一副“别瞒着了，我早就知道了”的表情，道：“你不是和我家少爷在一起吗？他人呢？他知不知道余总今天来了？我给他打电话一直没人接，真是急死人了！”

白初晗想了想，说：“他手机好像没电了。”

“果然，你们昨晚在一起。”袁叔把白初晗拉到楼道里，“你今天别上班了。昨天余夫人去少爷家送汤，结果在路上看到少爷的车开了出来……开车的人是你对不对？”

白初晗点了点头。

“所以，你们昨晚在外面过了一夜？”

白初晗没点头，也没摇头。

袁叔这才发现白初晗的左手打了石膏：“你们昨晚干什么去了？”

没等白初晗回答，他又自顾自道：“我就知道当初不应该让你们碰面。”他深吸了口气，又重重地叹了口气，“你回家吧，要是让余总知道你现在在少爷的公司里上班，可不得了。”

“但我还没请假……”

“还请什么假！我待会儿直接跟少爷说就是了。”他说着就把白初晗往前面推，催促她快点离开。

余朝清刚进办公室，就看见袁叔和自己的老爸在里面。余伟业一般不会没事来自己公司，难道是业务方面出了问题？他往旁边一看，袁叔正冲着自己挤眉弄眼，这是……得沙眼了？

“你是不是还跟那个女生有来往？”余伟业开门见山。

“谁？”余朝清丈二和尚摸不着头脑，不明白父亲在说什么。

“你还装！”余伟业一巴掌拍到桌上，“那个叫白初晗的。”

余朝清反应过来后“哦”了一声，回答道：“对啊，她现在在我的公司工作，负责研发下一季啤酒的新口味。”

“什么？”余伟业见余朝清说得如此理直气壮，差点气得吐血。过了一会儿，他才想起，他之前并没有跟余朝清说过关于白初晗的事。

余朝清觉得父亲生气的点很奇怪，便不再管父亲，自顾自到办公桌前开始办公。

“你必须把白初晗开除了，并且和她断绝关系。”

余朝清盯着电脑屏幕，头也没抬，道：“为什么？”

“因为你受伤、失忆都是她造成的。”

“哦。”余朝清淡然应道，一副无关紧要的样子。

余伟业见自己的儿子毫不重视自己的意见，过去直接把电脑给扣上了：“你想跟这种女生交往，我是绝不同意的。”

余朝清没料到余伟业反应这么大，皱了皱眉，说：“她是你那位姓姜的朋友的养女。”

余伟业脸上没什么变化，看来他是一早就知道的。

“而且，我没和她交往。”余朝清说，“我又不喜欢她。”

余伟业听到这句话，愣了愣，但他没有完全相信：“既然如此，那我给你介绍一个女生，家境、样貌、学历样样都好。”

余朝清耸耸肩：“我不想谈恋爱。”

“那就先做朋友。”余伟业霸道的性格不允许别人反对他。

“随便。”

“那就这样定了。”余伟业让袁叔给余朝清的行程预留一天出来相亲，“还有，以后白初晗在公司和这家伙的所有接触，都要向我汇报。”

袁叔连忙点头：“是的。”

余伟业走了，袁叔立刻松了口气，回过头来，对余朝清说：“我的小祖宗咧，你胆子也是真大，昨晚你跟那女生跑哪里去过夜了？”

余朝清翻了个白眼，打开电脑：“不关你事。”

“幸好我一大早就把白初晗支开了，不然余总非得去研究所找她谈话。”

“你把她支开了？”

袁叔点点头，一副特有先见之明的模样。

“那她今天这算是请假了？”

“按理说是的。”

“那工资从谁那里扣？”

“什么？”袁叔没反应过来。

“就从你这个月的工资里扣吧。”

袁叔：“……”

白初晗离开公司后直接回了家。她有好几天没回家了，家里已经落了一层薄薄的灰尘，她花了一个上午的时间将房间打扫干净，然后躺在地毯上休息，正好看到墙角的那台空调，她的心里动了动，找到遥控器打开了制暖模式。

温暖的风从空调出风口吹出来，白初晗不由得闭上了眼睛。脚边散落着许多植物学方面的书籍，过去一年多，她把所有精力都花在了研究植物上，想从中找到治愈自己的突破口。想到余朝清脸上那些奇怪的纹路，她坐起身来，在那堆书里翻找起来。

大学期间去古镇玩的时候，她在一个旧书摊上买了本书，是什么古典草药书籍，讲的是植物与宗教以及一些神秘用途和传说。在中世纪时期，欧洲还存在炼金术师和魔法师这样的职业，当时他们人手一本植物图谱。像《哈利 · 波特》里面有专门的魔法草药课，虽然从现实的角度来看，这根本是无稽之谈，但无论如何，植物都是地球上最古老的生命形式之一，它们生存在这片土地的时间远远超出了其他物种，而最初关于植物的书籍也无不掺杂了神话或奇闻轶事。

中国的《山海经》里面就记载了许多奇奇怪怪的植物，比如迷榖，人们佩其枝叶或花就能不迷惑；比如蒙木，人们服用了它就能不糊涂。还有欧洲的药草典籍里面记载了植物的花蕊变成了人头，和会吃草的植物羊，等等。而至今，三叶草都是爱尔兰和凯尔特人族的标志和象征，甚至在一些异教中，教徒会在特定的节日里用九种不同的木头来做祭祀的篝火。

当时白初晗买来这本书只是把它当成打发时间的读物，但最近发生的这些奇怪的事让她忍不住怀疑，那天晚上余朝清一定是被什么奇奇怪怪的植物给影响了，所以才会变成现在这样。而且之前，她自己也是在山上吃了野菜，或许不是那些野菜的问题，而是其他的植物影响了她……

看来，想要知道邽山的秘密，只能等下个月的农历十五再去邽山一趟了。可是就目前余朝清对她的态度来说，想要带上他一起估计有点难。

这时，白初晗的手机响了起来，是余朝清。电话刚接通，她就听到余朝清在那头大吼："你在哪儿？"

白初晗把手机拿远了些："家里。"

"来公司一趟。"

"现在吗？"白初晗想到早上袁叔的话，心里拿不定主意。

"现在！立刻！马上！"

"那我马上过去。"

白初晗还没挂电话，就听到"嘟"的一声。

这家伙……白初晗告诉自己千万不要生气，于是闭上眼深呼吸。

第七章
解开谜团

到了公司，余朝清已经在研究所里等了，见白初晗进来，他只淡淡地扫了她一眼，然后招呼她过去，看他刚获得的一批啤酒花品种。

苏达见白初晗的左手臂上缠着绷带，惊呼道：“学姐，你的手怎么了？”

“昨晚摔了一跤。”白初晗换上工作服，戴上手套，走过去，拿了个放大镜观察啤酒花。她看了看吕教授，吕教授站在一边没有说话，想必这批东西他已经看过了。

“我们以前使用的是青岛大花，但种植这个品种已经超过五十年了。一个品种的啤酒花，使用年限不能超过三十年，否则就无法达到应有的质量标准。”余朝清说，“所以我让人在国外找了一批新的，这个是我觉得最好的，但是成本太高，你们看看能不能找到成本较为低廉的替代品。”

“其实马可波罗和札幌一号都不错。”吕教授说，“虽然我不是啤酒领域的专家，但还是略知一二。据我所知，这两个品种也是目前啤酒行业里用得最多的。”

余朝清瞥了吕教授一眼，走了几步，坐在椅子上：“我们就要用跟别人不一样的！否则怎么打造差异化优势？我成立这个研究所可不是听你提意见的，我只要结果。”

一把年纪的吕教授被余朝清这个愣头青说了一顿，脸上很是不好看。汪源见了，上前解围：“教授也是为了余总着想，如果能省钱当然就省一点，也没别的意思。”

白初晗附和道：“是啊，吕教授是实用主义。”

余朝清并没理会，说：“月底我要看到进展。”

“那不就只有半个月了……”一旁的苏达小声嘀咕了一句。

白初晗瞪了他一眼，示意他不要多嘴。

余朝清好像并没听到，在研究所里待了会儿就离开了。

“半个月时间，算多还是少呢？”苏达悄悄问白初晗。

“打个比方吧……”白初晗说，“爱迪生在发明灯泡之前，失败了九百九十九次，但是在第一千次尝试之前，他是不知道自己要经历多少次失败的。我们目前的情况跟爱老师差不多。”

苏达打了个嗝，再回头，白初晗已经工作去了，他只好东看看，西瞧瞧，看能不能帮得上什么忙。

“别晃来晃去的。”汪源一直看不惯苏达，觉得他什么都不懂，还碍手碍脚的。

两个年轻气盛的人眼看就要吵起来，吕教授一声轻喝：“要吵出去吵！”

于是两个人都闭了嘴。

苏达悻悻地回到白初晗身边，问她需不需要喝水。

白初晗知道他无聊，便让他去泡茶：“把我昨天带来的那罐茶泡了吧，记得泡之前洗洗。”

“好嘞。”苏达拎着水壶屁颠屁颠地离开了。

茶是姜游山带回来的，白初晗对茶没什么研究，但一来二去倒喜欢上了喝茶。

苏达去了很久都没回来。白初晗完成手里的事后就坐在沙发上休息，见苏达还没回来，她便站起来准备出去看看。结果她刚打开门，就瞧见苏达一脸惊慌地往回跑。

白初晗堵住苏达，问：“有鬼在后面追你吗？”

苏达大口大口地喘气，吞吞吐吐道：“比……比鬼还可怕！”

白初晗把苏达拉到一旁，示意他说清楚。

苏达看了看周围，理顺了呼吸，眼神还是带着些惊恐：“我刚在洗手间碰到余总了……”

“然后呢？”

“洗水壶的时候我不小心把水壶打碎了。”苏达说，“然后我就弯腰去捡破了的内胆，结果我的手被割破了。”

白初晗看了眼苏达的手，明明什么伤口都没有。

“余总过来帮我，结果他的手也被弄破了。”苏达说到这里，深吸了口气，“怪事就在这个时候发生了！因为我们的手不小心碰到了一起，我的伤口沾到了余总的血，结果你猜发生了什么？”

白初晗眨了眨眼睛，说：“你的伤口自动愈合了？”

本来这情节讲得很有悬念，没想到一下就被对方猜到了，苏达惊呼：“这你都能猜中？”

“因为你手上没有伤口啊！”白初晗问，“那余总呢，他的手怎么样？”

“他的手好像没什么变化。”

“给我看看你的手。”

苏达有些不好意思，结果白初晗直接把他的手拉了过去，仔细看了看他的手，确实完全看不出伤口。

“你怎么知道是他的血让你的伤口愈合的？”

“怎么说呢……”苏达顿了一下，继续道，“就是在接触到他的手时，我觉得我的伤口一阵痒，我抬起手来想抓抓伤口周边，仔细一看，我的伤口以肉眼可见的速度愈合了，然后我用水一冲，就什么都没了。”

“这事余总知道吗？”白初晗问。

“我怎么敢告诉他！”苏达小心翼翼地道，“你说他是不是个怪物？”

白初晗翻了个白眼：“他要是怪物，早把你在洗手间里大卸八卦，直接吃掉了。”

听到这里，苏达觉得不寒而栗。

“这事你保密，别跟任何人说。”白初晗觉得光这样说可能效果不大，于是动之以情，晓之以理，“一来，万一他真是个怪物，要是知道你把这事说出去了，肯定会找你算账。二来，职场法则第一条，就是管好自己的嘴巴。”说着，白初晗在嘴前做了个拉拉链的动作，说得就像她在职场里混了几十年似的。

苏达点点头，毕竟在这个公司里，他能信任和依靠的只有白初晗了。

“那个……”苏达犹疑道，“你是不是早就发现余总异于常人了，所以才和他分手的？”

白初晗笑了笑，再次对苏达做了个拉拉链的动作。

苏达立马捂住嘴，用力点了点头。

白初晗拿了纱布和红药水去余朝清的办公室里，见他正忙着工作，便敲了敲门。

“进来。”

“听说你的手受伤了。”白初晗说，“我帮你清理伤口吧，不然伤口感染就麻烦了。”

余朝清靠在椅背上伸了个懒腰，这才好好看了一眼白初晗。今天白初晗扎了个马尾，看上去很素净，白衬衣从工作服里露出领子，纤细白皙的脖子边有一绺头发，让人有想帮她绾上去的冲动。

“我不是说……”

“我可没有勾引你。”白初晗已经知道余朝清要说什么了，无非就是他不会喜欢自己，不要做无用功什么的。

余朝清有点自找没趣的意味，便伸出右手：“真巧，昨天你的左手受伤，今天我的右手受伤。”

白初晗看了看他的手掌，那里有一条很明显的伤口，不过血已经止住了，跟普通的伤口并没有什么两样。所以，他的血只能治愈别人的伤口，不能自愈吗？

“你看什么呢？”余朝清见她一直盯着自己的手掌看，有些不好意思，道，“你是手控吗？我知道我的手长得好看，但麻烦你克制一下，啊！”他的伤口被白初晗狠狠地按了一下，痛得他叫出了声。

“好了。”白初晗收拾好药水，转身要走。

“白初晗……”余朝清其实也没什么要说的事，但不知怎么的，他张口就喊出了白初晗的名字。

“还有事吗？”白初晗转过身来。

余朝清瞥到办公桌上袁叔刚送进来的两张话剧票，这是为明天见余伟业介绍的那个女生准备的，于是他开口问道：“我明天要去相亲，你们女生都喜欢什么礼物？”

空气里瞬间散出一种尴尬的气氛，沉默了几秒后，白初晗俏皮地歪了下头，说：“用人民币折九百九十九朵玫瑰花送给她，保证感动得她涕泗横流。”

“我没那闲情逸致。”余朝清说，“而且对方是拉小提琴的，这样做太俗了吧？”

“不俗不俗，越是这种看上去优雅、高高在上的女生，越是容易被接地气的行为感动。”白初晗继续瞎编，“不是有句话嘛，‘如果她涉世未深，就带她看遍世间繁华；如果她历经世事，就带她坐旋转木马’，想要打动人心，就要给她从未经历过的。再简单点来说，两个字：稀罕。”

“好像有点道理。”

“我怎么会骗你呢。”白初晗笑得人畜无害，看得余朝清毛骨悚然，“如果没其他事的话，我就先出去了，余总。”

这是白初晗第一次叫“余总”，余朝清一时没反应过来，再看过去，白初晗已经消失在办公室里。

送人民币折的玫瑰花？余朝清忍不住笑了，亏她能想出这样的馊主意。不过这正好是他想要的结果，于是他打电话给袁叔，让袁叔去银行取现金。

第二天是周六，白初晗一大早就醒了，她像往常一样做早餐、看书、做有氧运动，但今天她总是心不在焉，脑子里想的都是余朝清要去相亲的事。

年纪轻轻的，一天不忙于工作，整天想着情情爱爱，肯定没什么出息。白初晗不满地想道，然后随意吃了几口东西，围上围巾便出门了。

快过年了，街上许多商店都挂上了灯笼，贴上了喜气洋洋的贴纸，超市也已经打出年货特卖的招牌招揽着路上的行人。白初晗吸了吸鼻子，冷气直蹿脑门，她想到去年过年的时候，接了个外地的兼职，过年那天她是一个人在宿舍里烫着火锅度过的。过年对别人而言是节日，对她而言是找罪受，因为在那天，她会深刻体会到什么叫作“热闹是别人的，我什么也没有”的心情。

不知不觉，她竟走到了余朝清的家附近。

这个时间，他肯定还在睡懒觉。白初晗走累了，便在花坛附近的长椅上坐下来休息，弯腰揉了揉脚踝。

她一转头就见到前方一双黑色运动鞋慢慢朝自己走近，然后在她面前停下，她一仰头，就看到逆光站着的余朝清。这么冷的天，他只穿了一件短袖，戴着运动耳机，看不清表情。

“我说……”余朝清本来准备发火的，但白初晗刚抬头的那个表情，生动又无畏，他突然就什么也不想说了。这个女人会不会太爱他了？大早上跑到自己家楼下来吹冷风？

白初晗惊讶地张了张嘴，坐直身子：“你这么早起床？”

“跑步啊！”余朝清在白初晗旁边坐下，伸了个懒腰，“一天之计在于晨，生命在于运动。”

白初晗：“……”这话怎么听也不像是从他嘴里说出来的。

“吃早饭没？”余朝清问。

“吃了。”

“你是来找我的吧？”余朝清站起身，“有事？”

“纯粹路过。”白初晗说。

余朝清瞥了她一眼，满脸写着“你就坦白吧”，但他什么都没说，只是站起身来，问了句莫名其妙的话：“你知道拉普拉斯妖吗？”

“知道一点。”白初晗说，“根据牛顿定律，只要能够测量宇宙中所有粒子的当前位置和速度，原则上就有可能精准地推测出任何时刻的情况。”

余朝清露出赞赏的表情：“我身边的人里，只有你回答出了这个问题。”

“有什么意义吗？”

“你不觉得很有意思吗？如果可以推测任何时刻的情况，那我们就是这个世界的上帝了。”

“我对当上帝没兴趣。”

余朝清笑了起来：“我对无法把握的事情没兴趣。但是做企业、赚钱、研究物理、成为自己的神，却是可以把握的事。”

白初晗的睫毛颤了下，她清楚地看见余朝清说这些的时候眼里的欲望，仿佛有一团在熊熊燃烧的火，可能他自己都没意识到。

“可是……”白初晗舔了舔嘴唇，问，“做到这些以后呢？”

“长生不老。”余朝清收敛了笑容，严肃起来，“我相信未来永生是肯定的。"

"你是学植物学的，肯定知道龙血树吧。"余朝清说，"龙血树的树龄可达八千多年，甚至上万年，是地球上最长寿的树木。吕教授一直在研究龙血树，发现了它长寿的基因。如果可以把这长寿的基因移植到人体上，人的寿命将会大大增加。"

"吕教授？"白初晗愣了愣，"他什么时候开始研究这些了？"

"我忘了告诉你。"余朝清说，"吕教授的主要任务并不在啤酒花，所以这个项目你多上点心。"

见白初晗没再说话，余朝清有点没劲，便说："我要去吃早饭了，你继续坐这儿？"

白初晗站起身，理了理坐皱的衣服："我要回家了。"

余朝清望着白初晗离开的背影，总觉得似曾相识，但又什么都想不起来。

余朝清和相亲对象约的是晚上八点见面。袁叔把用钱折成的玫瑰花束送到家里，见他已经换好衣服，犹豫地开口道："你这样做，白小姐会不会伤心？"

"她伤心关我什么事？"

袁叔没再说话，心里觉得自家少爷自从失忆后，除了智商高了点外，在道德方面变化了很多。

余朝清抬头看袁叔还站着，便让他回去："我这里没事了，你可以下班了。"

余朝清拿上那束玫瑰，闻到了一股纸钞的味道，一阵恶心，便回卧室拿男士香水喷了喷，刚出来，他就听到一阵猫叫。

“小白？”余朝清已经好几天没见到小白了，这只猫真是非常不顾家。

小白懒洋洋地趴在沙发上，自顾自地舔爪子。

余朝清一眼看到小白左爪上的伤痕，然后走过去抓起它的爪子瞧了瞧：“再外面玩野了吧，受伤了才知道回来。”

“喵。”

“我要出门了，你自己在家反省反省。”说完，他拿上车钥匙，抱着花开门离去。

小白看见余朝清的卧室门没关，便溜了进去，然后跳上书桌，去看余朝清房间里的那排书架。架子上都是些光看名字就很高深的书，一个人从傻瓜变成天才后，第一个梦想竟然是长生不老，谁给他的胆子？

小白在书桌上走了圈，想到余朝清去相亲，心中一股无名火涌了上来，然后一挥爪子，把架子上的东西全给挥到了地上。小白刚在客厅的桌上看见了那两张话剧票，并记住了地址，于是它跳下书桌，准备过去瞧瞧。

余朝清到达剧场门口后，突然想不起相亲对象的名字了。不过，一下车他就看见了对方，是一个非常清秀的女孩，齐耳短发，左侧别了一只海豚图案的发夹，穿着乳白色的大衣，围一条虾红色围巾。对方瞧见他后，先露出了笑容。

“你好，我叫思甯。”女孩先伸出手来。

这倒是免了余朝清想名字的烦恼，他轻轻握住对方的手，搞得像是见客户。

小白等他们走进剧场后，便走到余朝清的车旁边蹲下来。它看着街上来来往往的行人、手挽手的情侣、三五成群的人，大家都热热闹闹的，好似赶着参加一个盛会。它已经很久没有享受过人类的夜晚时光了，虽然它也没什么朋友，没谈过恋爱，但如果保持人类的样子，至少还能参与到同类的生活中，变成了猫，它是没法和那些真正的猫为伍的。

两个多小时的话剧结束后，门口涌出来的人吵醒了熟睡的小白。它抬起头来，在人群中寻找余朝清，过了会儿，便看见那张熟悉的脸。不过他没看这边，而是对着旁边的女生在笑。

看来很合心意啊！小白心想。

他们说说笑笑朝这边走来，余朝清为女生打开副驾驶座的车门，然后从里面拿出花束递给她："送你的礼物。"

小白顿时坐直了身体，等待好戏开场，估计这个美妙的夜晚会被一个耳光结束掉吧。

思甯见到那一大束用人民币叠成的玫瑰花束，显然被惊住了，她往后轻轻退了步，然后双手捂在嘴边，惊呼道："这些是你折的吗？"没等余朝清回答，她已经开心地接过了花束，然后靠近他，踮起脚吻了吻他的脸颊，"谢谢你，费心了。"

余朝清完全没有料到事情会变成这样，看见思甯的脸蛋红扑扑的，他一时不知道说什么好。

小白看着他们上车，然后扬长而去。它在原地自找没趣地舔了舔爪子，第一次发觉这个冬天原来这么冷。

周一上班，余朝清发了份文件给市场部的人，然后去研究所办公室要这个月的报告。他推开门，吕教授和汪源都没到办公室，白初晗和苏达两个人懒洋洋地坐在沙发上喝茶，桌上的茶壶还徐徐冒着白烟，不知道的还以为误入了一间茶室。

余朝清双手抱在胸前，喊了声“白初晗”，才说：“月报告。”

白初晗不疾不慢地喝完手里的茶，然后站起身去拿文件。

苏达站起来，问：“余总，喝茶吗？”

余朝清看了看，说：“看来你们很闲啊！”他接过白初晗的文件，转念一想，“要不你们去仓库帮忙吧，最近那边的人手不够。”

他本以为白初晗会立马反对，没想到她脾气甚好，应道：“好的，余总。”

余朝清疑惑地扫了她一眼，觉得似乎不太对劲，但又懒得多问：“那，一会儿等仓库那边的人联系你们。”

余朝清走后，苏达呜呼道：“学姐，我们可是研究人员，为什么要去做苦力啊？”

“天将降大任于斯人也，必先苦其心志，劳其筋骨……”白初晗说，“谁让他是老板呢。”

苏达心里嘀咕道：看来是前任的报复。

中午，他们两个人吃完饭，就去仓库帮忙了。有一批啤酒要搬上货车，大家都在忙碌，仓库里都是男人，白初晗一进去，大家都朝她看去。她没一点不自在，戴上手套和口罩，干起活来不比旁人差。

负责管理仓库的人叫徐明，据说是余朝清失忆前介绍对方到这里工作的。失忆后，余朝清压根儿忘记这号人了。不过因为徐明的身手快，头脑聪明，很快就升为了主管。白初晗记得这名字，不就是因为这个人，余朝清才被王斌那伙人追着打吗？

徐明进来检查的时候，白初晗正在搬一箱啤酒，被挡住了脸。徐明看见女生来仓库工作，有些惊讶，便过去帮忙，刚抬起啤酒，两个人四目相对，白初晗差点没控制住心里的惊讶。而对方的心理素质明显比她好，徐明地眼里闪过一丝惊诧，随即用亲和的、不动声色的笑容掩盖了过去："你一个小女生怎么来仓库工作了？"

"哪里需要我，我就去哪里。"白初晗做洒脱状，"我叫白初晗，初次见面，还请主管多多指教。"

"哈哈，别人是研究所的。"旁边的工人笑起来，"徐主管可别上当啊！"

"原来是高才生。"徐明笑道，"今天真是荣幸。"

待徐明转身，白初晗慢慢收敛了笑容。她没有认错，徐明就是前段时间跟踪余朝清的那人，就是他抽了余朝清的一管血。

"学姐，学姐！"苏达在远处叫白初晗，"过来一下。"

白初晗走过去，见苏达蹲在地上，问："怎么了？"

"我肚子痛。"苏达的额头上一层冷汗，"可能是吃坏肚子了。"

白初晗向徐明请了假，扶苏达去医院了。

苏达是急性肠胃炎，医生推他去病房输液，白初晗就帮他办理住院手续。排队的时候，白初晗听到一个声音有些熟悉的人在打电话："晚上不回去吃饭了，我在医院陪游山。"

白初晗转头就看到了小嘉。小嘉挂完了电话，转身朝这边走，一眼看见了人群中的白初晗，她表情愣了一下，然后惊讶地走过来："小晗，你怎么在这儿？"

"朋友生病了，我帮他办理住院手续。"白初晗问，"游山哥哥怎么了？"

“他的身体有些不舒服，这几天一直在医院里呢。”

“他生了什么病？”白初晗一点都不知道这事。

小嘉的脸上闪过一丝犹豫，支支吾吾道：“也没什么，一点小病，过几天就好。”

“他在哪个病房？我待会儿过去看他。”

白初晗处理完苏达的事就找去姜游山。姜游山住在医院顶楼的私人病房里，这里跟下面人山人海的景象完全不同，安静得只能听见自己的脚步声。白初晗敲了敲门，是小嘉来开的门。

“小晗来啦。”小嘉冲房内的人说。

白初晗进去，闻到了淡淡的消毒水味，姜游山挂着点滴，躺在床上看书。他抬头见到白初晗，脸上露出淡淡的笑容。

“你还好吗？”白初晗不知道如何开口，见姜游山手背有些肿，想必是输液扎针扎的，“你瘦了。”

“瘦点儿好。”姜游山合上书，“一点小病，过几天就好了，正好减减啤酒肚。”

白初晗知道姜游山没有啤酒肚，并不拆穿，只是笑：“你不照顾好身体，小嘉姐该担心了。”

姜游山转头看向了站在门口的小嘉，她温柔，楚楚动人，嘴角微勾。她是个好姑娘，既体贴又细心，这天底下可能很难再找到这样的好女生了。

“好多吃的。”白初晗转头便看见桌上放着的水果、零食和糕点，她伸手拿过一盒绿豆糕，然后打开包装吃了起来，“搬了一下午的东西，饿死了。”

姜游山收回了视线，看到白初晗饥肠辘辘的模样，不自觉笑了起来。

“我带你出去吃饭。”小嘉走过来，“吃这些太没营养了，都是朋友送的，我都不让他吃，怕伤身体。”

“那不如都给我吧。”白初晗说，“别浪费了。”

小嘉无奈：“如果你不嫌弃，当然可以。”

白初晗坐了会儿，然后找了个袋子把桌上的东西都搜刮走了。本来她想拿出一部分零食给苏达，可想起他是急性肠胃炎，只能喝稀饭，便作罢了。

等白初晗再回到公司，已经到了下班时间，她打了卡，收拾了一下办公室，也准备下班。走的时候，她路过余朝清的办公室，看见里面的灯还亮着，便忍不住多看了眼，结果看见了徐明，她几乎是下意识就冲了过去。

余朝清和徐明听到门口的动静，纷纷转过头来，脸上露出惊讶的神色。

“你干吗？”余朝清皱起眉来，厉声道，“进办公室前敲门是基本的礼貌，你不是知道吗？”

白初晗怔在原地，后知后觉徐明是来做汇报的，她赶紧道歉：“对不起，我……我有点儿急事。”

“什么事？”余朝清按捺住怒火。

“你们先聊，我待会儿找你。”白初晗赶紧退出去。

结果余朝清叫住了她：“你给我站住，你的胆子真是越来越大了！上次的事我还没找你算账，你是不是觉得自己很聪明、很能干，就能无视公司纪律了？”

“我没这个意思。”

余朝清看向徐明：“报告放我桌上就行，你下班吧。”

徐明点点头，退了出去。

余朝清站起身，深吸了口气，看向白初晗："你说吧，要是事情不重要，你明天就不用来上班了。"

白初晗见余朝清这副姿态，气不打一处来，跟他顶嘴道："不来就不来。"

"这是你要说的事？"

两个人大眼瞪小眼，杠上了，僵持了几分钟后，余朝清的表情有些奇怪，先让了步："我饿了，陪我吃个晚饭吧。"

白初晗这才反应过来已经六点了，直接拒绝道："我还有事。我是想跟你说，上次骑摩托车追我们的那个人就是徐明，你自己注意点。"

"你说徐明？"余朝清笑了，"怎么可能，听袁叔说，我可是他的恩人。"

"恩将仇报没听说过吗？"白初晗说，"虽然我不知道他在为谁做事，但这事没那么简单。你别以为自己现在智商高了就什么都不怕了，你还是血肉之躯。吃完饭早点回家。"

余朝清突然笑了起来，脸上带着一丝漠然，看向白初晗："我觉得比起徐明，你更加值得怀疑。"

"我？"

"你擅自闯入我家，还告诉我有人跟踪我，现在又来告诉我小心徐明。"余朝清想了想，就算白初晗真的对自己有其他感情，也不至于到这种地步吧，"我倒是怀疑你一直在跟踪我，而且我当初出事的时候，你不是跟我在一起吗？"

白初晗愣住了，她确实没想到这一点。她忘记余朝清已经失忆，她对他而言不过是个刚刚的陌生人，联想到他身边那些若有若无的危险，她才是这些事里做得最多、说得最多的角色，他怀疑她也不奇怪。

见白初晗没吭声，余朝清心里的猜疑多了几分：“还有，今天上午你来我办公室，是因为发现是我的血让苏达的伤口愈合了吧。”

白初晗眸光微转，感到眼前的余朝清突然变得深不可测。

余朝清脸上的笑更冷了，声音像是一条吐着信子的眼镜蛇，感觉凉丝丝的：“还有，林桃是你杀的吧。”

不是疑问句，而是带着笃定的陈述句。

空气里有淡淡的空气清新剂的味道，办公室里的暖气很足，人待久了会有些憋闷。白初晗觉得鼻子有点堵，大概是在外面冷风吹太多了。她吸了吸鼻子，也跟着笑起来，只是她这笑看上去格外凄惨：“我承认我如此大费周章地接近你，有我自己的原因，但我可以向你保证，我永远都不会是你的敌人。”

余朝清看着她，没有说话。

“时间不早了，我要回去了。”白初晗转过身，走了几步又回过头来，看向余朝清，“我明天还用来上班吗？”

余朝清此刻的心里有些乱，他的脑子里一团糨糊，没法从里面理出头绪。

“我又没开除你。”余朝清的嗓子有点干涩。

白初晗点了点头，步伐沉重地走了出去。

余朝清回到椅子上拿出手机看了眼通话记录，两个小时之前，莫覃打了通电话来，莫覃是他现在唯一的朋友。自失忆后，他与所有朋友都失去了联系，唯独因为跟莫覃有业务上的往来，又重新联系起来了。听袁叔说，他以前经常跟莫覃一块玩，连祸都一块闯。

“我要提醒你当心那个叫白初晗的女生。我前女友和白初晗是大学一个寝室的，后来出了事，我一直怀疑跟她有关，就请了人调查她，发现她很有问题。因为你是我朋友，我才打电话特意提醒你，你可以自己仔细想想。”

莫覃只说了这些，但经过这样一提醒，余朝清坐下来仔细想了想后，是发现了很多端倪。他突然想起白天在洗手间里自己不小心被水胆弄破手，苏达的伤口碰到了自己的血后就愈合了，接着白初晗就来自己的办公室，说要给自己包扎伤口……其实她是来看自己受伤的情况吧。还有，农历十五那天自己的身体出现异常后，她是怎么进到自己的家里的？种种事情联系起来，他倒觉得自己身边最危险的人是她。

他放下手机，转头看向窗外，外面夜色浓重，夜幕里亮着几点灯光，稀稀疏疏的，像是盘子里的珠玉。

余朝清觉得左眼突突跳着，心中涌现出些许怅然。

姜游山出院那天，白初晗去医院接他。小嘉扶着他，白初晗替他们拿行李，默默地跟在后面。到了家后，他见白初晗要走，执意要留她吃晚饭。他知道白初晗这些年和姜乾之间生了嫌隙，他一直很想让他们和好。

看在姜游山的面子上，白初晗推托不过，便留下一起吃晚饭。

徐阿姨烧了一桌丰盛的菜，姜乾还特意开了瓶酒。不过姜游山不能喝酒，只能看看。吃完饭，徐阿姨收拾碗筷的时候小声地向姜乾问了句，这周五她可不可以请假，因为她的儿子过生日。

姜乾已经微醺，心情爽朗，一口答应道：“去吧去吧，你也好久没休息了。”

白初晗这才知道，原来徐阿姨还有个儿子，因为她很少在家，所以对徐阿姨的了解甚少，只知道徐阿姨家里经济情况不是很好，还不到三十岁就离了婚，七老八十的父母都需要她赚钱养活，非常辛苦。

“你儿子现在怎么样？”姜乾问徐阿姨。

徐阿姨说：“挺好的，前段时间刚升了主管。”

姜乾点点头：“这小子很有出息嘛。”

徐阿姨有些不好意思地笑了笑，然后回了厨房。

白初晗愣了愣，转念一想，便站起来朝厨房走去。

“徐阿姨，你今天做的那个南瓜甜品真好吃！”白初晗说，“你可以告诉我方子吗？我好回去自己做着吃。”

“好啊！”徐阿姨说，“我待会儿写在纸上给你。”

“谢谢了。”白初晗笑道，然后装作不经意地关心道，“你儿子今年过多少岁生日啊？”

“二十六了。”一提到儿子，徐阿姨脸上的笑就收不住了，“也不小了。”

“哪里，还年轻。”白初晗问，“他叫什么名字呢？”

“徐明。”徐阿姨说，“随我姓，明白的明。”

第八章
不只是它

自从上次余朝清和思甯见过面后，余伟业便把这事告诉了钟灵，以至于现在钟灵每次给余朝清打电话，都要询问两人的进展。

“明天把她带回家里吃饭。”钟灵热情道，“我亲自下厨。”

余朝清找了各种理由推托，但就像被确定了死刑的罪犯一样，再怎么自欺欺人，上刑场的这天终究会到来。后来，钟灵觉得跟余朝清说没用，便自己打电话把思甯请到家里来，然后千叮咛万嘱咐余朝清准时回家。

四个人像一家人坐在一起吃饭，有良好教养的思甯让余父余母格外开心。饭后，钟灵拉着思甯在沙发上聊天，余朝清觉得没趣，但又不能一个人走开，便坐在一旁看电视。

钟灵拿出自己家的相册给思甯看，听口气是打算从自己和余伟业相识相爱讲起。那些相册比《辞海》还厚，钟灵以前又特爱照相，故事讲起来真是旧时女人的裹脚布——又臭又长。余朝清有些同情思甯了，但他不准备说什么，最好让思甯自己觉得厌烦，以后再也不上自己家来。

不过思甯倒是饶有趣味的样子，翻到余朝清小时候的照片时，思甯兴致高昂，一边看一边笑："朝清小时候好可爱。"

"他从小就好看。"钟灵自豪道，"随我。"

"这是什么？"思甯指着一张照片问，照片里的余朝清看上去只有七八岁的模样，手里抱着一块黑乎乎的大石头，他和余伟业并肩站着，还咧开嘴，笑得傻里傻气的。

"这是十几年前陨石坠落留下来的陨石。"钟灵说，"那时你还小，不知道记不记得。你余伯伯平时就喜欢收藏这些奇奇怪怪的东西，这块陨石是他特意托朋友才买到的，现在还放在他的书房里呢。"

思甯眨了眨眼睛，说："不太记得这回事了。"

于是钟灵直接翻页，给思甯讲余朝清小时候的其他趣事了。

思甯一直坐到晚上才走，余朝清开车送她，一路无话，沉默横亘在两人之间，气氛有些尴尬。

"你小时候真可爱。"思甯率先打破了沉寂。

余朝清淡淡"嗯"了声，没有就这个话题把话延续下去。

"下周我过生日，你来吗？"思甯甜甜地问，好似并没察觉气氛不对劲。

"下周我可能要出差。"余朝清说，"我不确定。"

思甯不再说话了，直到下车前，她突然扑闪了几下睫毛，红了眼圈，哑着嗓子道："你是不是很讨厌我……"

余朝清哪里见过这阵仗，瞬间慌了神，赶紧抽了几张纸巾递给她："你别哭啊，要是没事我一定去，行不行？"

思甯擦擦眼睛，轻轻点了点头。

余朝清不知道该说什么安慰她了，只觉得心中一阵烦躁。他不喜欢两人这样的相处模式，这时他反倒想起了白初晗，有什么不爽就直接发脾气，两个人吵一架就好了。这个念头从脑中一闪而过，他自己都吓了一跳。

思甯见余朝清不吃她这套，识趣地打开车门，拿上包，和他道别："那下次见。"

余朝清连"再见"这种敷衍的话都懒得说，只冲她眨了眨眼睛，好似答应了。

小白从花园的栅栏空隙里钻进去，见三楼卧室里的灯暗了下去，才跳上房梁，接着从阳台上开着的窗户里跃进去。这个时候，姜乾大概已经睡了，但是他的房间关着门，小白很难进去。

小白在偌大的别墅里踱步，脑子里捋着各种关系。如果说徐明的母亲是徐阿姨，而徐阿姨又在姜家工作了多年，那么徐明和姜乾大抵也认识，所以徐明的一切行为会不会是受姜乾指使？而这一切的幕后人都是姜乾。可是姜乾是怎么知道余朝清的事的？

不知不觉，小白已经走到了楼下。徐阿姨已经下班回家，离开前给客厅里开了盏暖黄的壁灯，整个屋子散发出一股鬼魅的气息。突然，小白停住了脚步，退回几步，又看到了墙壁上那幅奇怪的画。上次回来她就注意到这幅画了，因为按照姜乾的收藏习惯，他不会喜欢这种抽象派的画。小白仰着脖子仔细观察，可又看不出个所以然来，或许是自己想多了。

"哪来的猫？"一道声音从楼梯上传来。

姜游山突然想喝东西，就披了外套出来，结果就看到了小白。小白拔腿准备逃走，结果被眼明手快的姜游山给抱了去。

"毛色真好。"姜游山抱起小白左看看，右看看，像发现了新大陆一般，"你的眼睛竟然是绿色的。"

小白"喵"地叫了声，挣扎着想要逃脱，姜游山一个没抓稳，它便跳了下去。不过它没往地上跳，而是借助姜游山的身体朝那幅画撞过去，它想要用自己的身体把那画撞下来。

只听"啪"的一声，小白坠落在地，打了个滚起身，墙上的画被它撞得摇摇欲坠，但并没有掉下来。

"你这猫！"姜游山轻声训斥着，走过去把那画取下来，准备重新挂正，结果一个文件袋从画框里掉了出来。

小白立马走过去看，是一个牛皮纸文件袋，上面印了个日期：2003 年 3 月 2 日。其余什么都没了。

姜游山显然也不知道这东西的存在，他好奇地捡起来，抱着小白走到沙发旁坐下来，然后拆开文件袋，里面是几张已经泛黄的纸片，还有几张老照片。

小白跳到姜游山的腿上，这样它才能看清照片上的东西。

姜游山没赶走它，因为他此时的注意力全在照片上。第一张是姜乾年轻时候的，他和一个年纪相仿的男人并肩站立，比了个剪刀手的姿势，从身后的悬崖能够看出他们在一座山上。第二张照片里有个巨大的坑，周围还散落着一块块巨大的石头，还有些穿着制服、戴着口罩的人，看样子像是在工作。第三张照片姜游山就看不懂了，上面是一些猫，并且拍得很模糊。

他放下照片，低头一看，发现小白全身的毛都竖起来了，一副紧张兮兮的模样。他吓了一跳，赶紧伸手轻轻抚摸它的脑袋，说："别害怕，这里很安全。"

姜游山没看懂的，小白看懂了。

照片里姜乾身边站着的那个男人，是白初晗的父亲，白航。

姜游山拿起那几张纸翻翻，嘀咕了句："这纸都快放脆了。"

小白把前爪搭在姜游山的手臂上，支着脑袋去看纸上有什么东西。姜游山看到小白的这个动作，不禁觉得奇怪，用手指戳了戳它的脑袋，好笑道："莫非你看得懂这些字？"

小白"喵"地叫了声，懒得搭理他。

很快，姜游山脸上的笑容僵住了，看完文件的内容后，他有些难以置信，又重新看了遍。因为翻页过于用力，有几张纸飘飘悠悠地落在了地上。小白立即跳下去，从那几张碎纸上依稀看到了自己父亲的名字。

这时楼上传来一阵动静，姜乾走下楼来了，看到沙发上的姜游山，再看到放在一旁的挂画，心中明了了，怒气涌上来，他走过去，声音冰冷道："谁让你乱动这些的？"

姜游山抬起头来，双目里布满了红血丝，然后用一种极其陌生的眼神看向姜乾："这些东西是白叔叔的？"

姜乾伸手去夺姜游山手中的画，姜游山却握着没放手，结果画纸被撕成了两半。姜乾踉跄着往后退了几步，小白赶紧重新跳回姜游山身边。

"小晗爸爸的死，是你造成的吧。"

其实姜游山之前就怀疑过这事，当时他还小，姜乾似乎每天都很忙，家里总会来一些他从没见过的客人。他没事就在家里踢足球，从这头踢到那头，有次足球滚到姜乾的书房门口，他就去捡球，正好听到里面人的谈话。

“能对自己朋友下手，你真够厉害的。”

“他太迂腐了，既然不是同一条路的，也不勉强了。”

姜游山听到这里就没继续听下去了，他已经拿到足球，便没逗留了。

后来白初晗来到他们家，姜游山听说她是姜乾一个去世了的朋友的女儿，姜乾收养了她，以后她将要和他们一起生活。当时，姜游山的脑子里闪过那天自己在姜乾的书房外听到的话，但只有片刻，那些便消失殆尽。

“你爸爸怎么死的？”姜游山问当时只有九岁的白初晗，他自己也还是个乳臭未干的小子，还不懂得委婉地将“死”这个字换成更易让人接受的字眼。

白初晗咬着下嘴唇没说话，泪水顿时蓄满了眼眶。姜游山慌了神，赶紧拿纸巾给她，做投降状：“你当我没问好不好？别哭了。”

“我爸爸没拿那些钱……”白初晗小声啜泣道，“没拿……”

几个月后，姜游山才通过各种途径了解到，白初晗的父亲白航是业内小有名气的中医，十分了解药草，跟姜乾一样，也是青德大学毕业的。后来，姜乾进了一家医药公司，因为这个公司的薪资待遇不错，便把白航挖了过去。然而没到一年，白航便被查出贪污数额庞大的公款，警察去抓他的时候，他竟从阳台上纵身一跃……

在他们争吵的间隙，小白走到地上的文件旁边，探头看了眼，上面是一些奇怪的图画，跟挂画上的图形有异曲同工之妙，而让它惊讶的是，每张纸的右下角都签有“白航”两个字。

白初晗想到小时候每次去书房里找父亲，父亲都埋头在草纸上演算，他还有一种习惯，会在他用过的每张草稿纸上顺手签上自己的名字。

所以，很明显，这几张纸都是出自白航之手。

而姜游山则陷在惊讶和困惑中，其实他早就有所怀疑，只是这些年来，他不敢去细想，一个是他的亲生父亲，一个是他视若亲人的白初晗的父亲。

“当年白叔叔贪污公款的事，其实是你从中作梗的吧？”过了良久，姜游山终于问出了这个埋在他心中许久的问题。

姜乾没有直接回答姜游山，而是弯腰捡起地上的碎片，并拿出打火机点燃了。望着燃烧的碎纸，他喃喃道：“当年就该一把火将这些东西烧掉的。”

这几张纸确实出自白航之手，这幅画是当年他在欧洲的拍卖会上发现的。这画是中世纪欧洲的一幅植物祭祀图，他觉得或许和陨石有些许关联就买了下来。纸上的内容，也都是他当时演算留下的。

然而在白航跳楼自杀后，姜乾便把这些纸拿走并放在了自家储藏室里。前段日子，徐姐打扫卫生的时候看到了，便拿出来挂在了墙上。虽然姜乾看见画被挂出来了，但也没太注意，毕竟都是些陈年往事了。

“是你吧？”见姜乾没说话，姜游山更加肯定心里的猜测，一激动就剧烈咳嗽起来了。

小白听到他们的对话，全身的毛发都竖了起来，绿色的眸子闪着幽光，只是没人注意到。

“你别管那么多。”姜乾走过去，把挂画拿着，对姜游山说，“你现在身体不好，就别回茶山了，待在家里休息。”

说完，姜乾转过身，便看到一旁的小白，皱了皱眉，他不喜欢猫。

“这猫是从哪里跑进来的？明天让徐阿姨弄出去。”说完，姜乾带着画上了楼。

小白重新回到姜游山身边，见他捂着胸口大喘气，很难受的模样，便过去蹭了蹭他的胳膊。姜游山抬起手臂摸了摸小白的脑袋，好似在说“我没事”。

第二天早上，白初晗直接去仓库找徐明，她知道自己打不过他，但事到如今，她没有别的办法了。她冲进办公室里，徐明正在整理资料，见她气势汹汹地进来，立即防备起来。她还没出手，他便先发制人，一把擒住了她的胳膊。

“果然是你。”白初晗转过头，冲徐明笑道，“那天骑摩托车来拦我和余朝清的人，是你吧？”

徐明松开手，往后退了步。

白初晗活动了下被弄疼的手臂，看向徐明：“余朝清可是你的恩人，你这人怎么能恩将仇报？”

“我不知道你在说什么。”徐明回到座位上继续工作，不搭理白初晗。

“是姜乾让你这么做的？”白初晗的双手用力地拍在徐明的办公桌上，不让他工作，把那些文件全部扔到地上，“他给你多少好处，我双倍给你！”

徐明抬起眼，淡淡地扫了白初晗一眼，问：“你有钱吗？”

“我慢慢赚给你，行不行？”

办公室里的动静传到了外面，仓库里的人面面相觑，不知道发生了什么事，也没人敢进来。

徐明站起身，双手环在胸前，冷冷地盯着白初晗：“我劝你不要管这事，你和余朝清又不是男女朋友，他也没把你当朋友，你何必自找没趣？”

白初晗冷笑起来：“看来你这是承认了。”

“我没承认。”徐明狡猾道，“我压根儿不知道你在说什么。”

白初晗气极，可又不能拿徐明怎样，这种感觉真窝火。最后，她干脆将气撒到一旁的椅子，用力地把椅子踹到了墙脚。

这个时候，余朝清进来了。看见办公室里乱成一团，白初晗一副气势凌人的模样，余朝清差点没被气得吐血：“白初晗、徐明，你们在做什么？”

原来是有人本想偷偷把这事发到工作群里，结果发错地方了，发到了公司的大群里，被余朝清看到了。

徐明瞬间变得老实起来，一脸无辜地道：“我也不知道发生了什么。刚才我在这里工作，白初晗突然就闯了进来，然后二话不说把办公室搞成了这样。”

余朝清看向白初晗，她的表情有些尴尬，没说话。

“我想是误会了什么吧……”徐明说，“她一直说我是什么骑着摩托车的人。”

余朝清心里大概清楚原因了，他瞪了眼白初晗，厉声道：“你跟我出来。”

白初晗觉得这会儿真像读书的时候，她闯了祸被班主任叫出教室的场景。以前每次遇到这情况，她都吐吐舌头，背着手出去，不论老师说什么，她左耳进右耳出。反正她的成绩好，她知道老师顶多说自己几句，最终还是拿自己无可奈何。

可余朝清不一样，他不是老师，他不会因为白初晗的脑子聪明就任由她胡来。

“你明天不用来公司了。”余朝清说，“你被开除了。”

白初晗愣了一下，没有辩解，也没有求余朝清留自己，而是耸了耸肩，笑得一脸怅然：“好啊！”

“啤酒花的研究我会交给吕教授全权负责的，你今天就跟他交接好。”

“好啊！”

“至于苏达，如果他想继续留下来，那就去帮帮吕教授，这方面我没问题。”

“好啊！”

“你能不能不要一直说‘好啊’？”

“那我该说什么？”白初晗笑道，“你是老板嘛，我当然得听你的。”

“以前没见你这么听话过。”

“最后一天了，留个好印象呗。”

余朝清蹙眉道：“你别拿这种语气和我说话。”

“那我该用什么语气？”

然后两个人都不说话了，空气仿佛在他们之间凝滞不动，一张有毒的沉默的大网罩了下来。余朝清不知道为什么事情会变成这样，可更奇怪的是，这要是在从前，白初晗是这种态度，他直接转身就走，今天竟然就这样跟她耗了下去。要是她能够稍稍服软，他立马就改口不让她走了，但她仰着头，身板挺得笔直，一点示弱的迹象都没有。

余朝清心里窝火，却找不到发泄口。

过了会儿，白初晗觉得腿站疼了，便说："那我回研究所交接工作了。"

余朝清怔了怔，还没答话，白初晗已经走了。

听到白初晗被余朝清开除了，苏达整个人都蒙了。

"怎……怎么这么突然？"

"对啊！"白初晗故作轻松地耸了耸肩，"不过你可以继续留在这里实习。"

"你都走了，我还留在这儿干吗？"苏达愤愤不平，"余总太不近人情了，就算念在昔日情分上，也不该这么对你啊！"

白初晗笑了笑，把桌上的茶杯、毯子都塞进包里，然后去找吕教授交接工作。

吕教授最近头发白了不少，大概是熬夜做研究的缘故。得知白初晗离职了，他露出了诧异的神情："怎么这么突然？"

"不想干了。"白初晗随便找了个理由，"还是想回学校继续念书。"

"你很聪明，应该继续做学问的。"吕教授说，"不要放弃。"

"吕教授你也是青德大学毕业的吧？"白初晗问。

吕教授笑了笑，道："我都是青德大学二十世纪的学生了，老古董了。"

白初晗算了算吕教授的年龄，如果没算错的话，他应该和白航差了三岁，但白航是医学院的，想必他们不会有什么交集。

“我想弄个活动，请青德大学的老校友回来聚聚，我应该上哪儿查之前学生的信息呢？”白初晗说。

“这个哪能随便查。”吕教授推了推眼镜，“那都在人才交流服务中心里保存着，一般人查不到。”

白初晗露出失望的神色，吕教授见了，问：“你找老校友回来做什么呢？”

“啊，没事。”白初晗笑得不太自然，拿了东西说要去人事部做交接，然后匆匆离开了。

白初晗交接完工作后，苏达一冲动也辞了职，两个人便一起离开了公司。

白初晗问苏达：“你后不后悔？”

“工作没了再找就是！”苏达豁达得很，“主要我觉得待在这儿没劲，才待这么点时间我就待腻了。”

白初晗瞥了苏达一眼，故作语重心长：“年轻人，要耐得住寂寞啊！”

冬日的阳光从树叶的缝隙中洒下来，照在白初晗的脸上，她觉得暖洋洋的，不禁闭上了眼。她没有想象中难受，大概糟糕的事太多了，她已经不知道该为哪一件难过。

白初晗回到家的第一件事便是去找父亲白航的遗物。以前她过生日时，白航特地托了同事从国外带了盒进口糖果送给了她。那个糖果铁盒特别好看，花花绿绿的，很梦幻，它不是直接打开的，而是往右边轻轻旋转一下才能打开。糖果吃完后，她就拿来装自己喜欢的东西，比如明信片、星星发夹，后来父亲去世了，她便用这个盒子来装父亲的遗物。

白航生性木讷、寡言，是个典型的学究性格，除了工作、看书，几乎没有其他感兴趣的事。他平日里生活也极为简朴，衣服一年四季的加起来也不到十套，都是中规中矩的衬衣。他的朋友也很少，家里几乎不会有客人来。

白初晗找了半天，最终在箱子里翻到了铁盒。她打开盒子，倒出里面的东西，因为太久没有拿出来过了，里面的物品都已经发黄。东西不多，一块手表、一本相册，还有一本父亲的记事本。她打开记事本，里面白航按部就班地记录着工作日程。

——2003 年 1 月 2 日，周四。1. 完成上月总结报告；2. 下午有个会议；3. 下班回家给小晗买鲜肉饼。

——2003 年 2 月 11 日，周二。1. 上午有个会议；2. 下午研究、看书；3. 晚上和姜乾见面谈事。

——2003 年 2 月 13 日，周四。1. 外出调研一天；2. 晚上和姜乾见面谈事。

……

白初晗发现自二月开始，白航和姜乾见面的次数极其频繁，几乎隔一两天就会见一次。而在一月底到二月初的几天时间里，白航的记录本上一片空白。白初晗打开电脑，输入“陨石坠落”“邽山”两个关键词搜索，但网上关于这件事的信息少之又少，新闻报道也非常官方，找不到一点奇怪的蛛丝马迹。她看了看陨石坠落的时间，2003 年 1 月 28 日。

白初晗开始回想那一年发生了什么，好像那段时间父亲一起不在家，他说要出差一段时间，就给了她一笔数额不小的生活费，让她在外面的小饭馆里吃饭……

所以，当时父亲是去邽山调查关于陨石的事情吗？白初晗感觉自己的脑子里那些纷杂无章的东西渐渐有了头绪。

如果是这样，当时一定发生了什么事。因为父亲自杀前的一段时间里一直郁郁寡欢，甚至开始抽烟喝酒了。后来白初晗以为，是因为父亲贪污了公款才性情大变，如今看来并不是这样的。

这时，桌上的手机响了，白初晗的思绪被打断了。她起身去接电话，发现是余朝清打来的，犹豫了几秒，她还是接听了。

“喂，你的东西落下了。”余朝清说，“你还要不要？不要我就给你扔了。”

“什么东西？”白初晗记得自己把办公桌上的东西都收走了，还能落下什么？

“你的茶具啊！研究所办公室的桌上那套紫砂壶茶具，看上去还挺贵的。你如果不要，那我收着了。”

白初晗这才想起自己把那么贵重的东西忘在了研究所里。那套茶具还是姜游山送她的生日礼物，是他特地从宜兴带回来的，品相、质量都属上乘。

“我明天去拿。”白初晗说。

手机那头的余朝清突然不说话了。

“有问题？”白初晗问。

“那个……”余朝清咳嗽了两声，道，“我给你送来了，你在学校是吗？”

“我没住学校。”白初晗说，“不用麻烦，我明天自己去拿就行。”

手机那头静默了会儿，而后传来余朝清不太耐烦的声音：“我都到青德了，你说你在哪儿吧，我不想事情没做完就回去。”

于是，白初晗发了个地址给余朝清。

挂了电话，余朝清觉得自己可能是疯了，他竟然放下手里的工作跑来给白初晗送茶具。这不符合他的人生设想，也不符合他的做事风格，但在白初晗发来了地址后，他立马掉转了车头，朝她家开去。

白初晗在楼下等余朝清。她穿着一件很厚很大的白色羽绒服，双手插在兜里，见到余朝清的车后，便走过去："给我吧，谢谢了。"

余朝清没有直接把茶具给白初晗，而是打开车门下车了，又伸了个懒腰，说："我午饭还没吃，这附近哪里有吃的？"

白初晗的眼皮垂下一半："这附近只有苍蝇馆子。"

"那你至少得请我吃顿饭感谢一下吧？"

"牛筋面？"

余朝清点了点头。他是真饿了，现在给他任何东西他都吃得下。

白初晗带余朝清进了一家面馆，里面没有暖气，余朝清只穿了一件西装外套，被冻得瑟瑟发抖，他对白初晗说："你真会挑地方。"

白初晗抬了抬眉毛，淡然道："那是自然。"

直到一碗冒着热气、撒了葱花的牛筋面上来，余朝清才稍微暖和起来，这场景让白初晗想到刚认识余朝清时，他们一起吃早饭的那次。那时候，余朝清没有像现在这样穿得人模人样的，而是傻里傻气的，想到当初余朝清笑起来的样子，白初晗忍不住弯了弯眉眼。

"你笑什么？"余朝清看到白初晗脸上无缘无故浮现出慈母般的微笑，心里一颤，她该不会对自己母爱泛滥吧？

“笑好笑之人。”白初晗说。

余朝清吃完面，还把面汤喝得一干二净。

“汤那么辣，你也喝得下。”白初晗说道，“到时候拉肚子了，你可别后悔。”

吃完面，两人走回停车的地方。余朝清把茶具拿给白初晗，犹犹豫豫地道：“其实你要是舍不得这份工作，我可以酌情让你做兼职的。”

白初晗接过茶具，看了看余朝清，问：“你不是怀疑我吗？现在我离开了，你该开香槟庆贺才是。”

“你这人……”余朝清本想说白初晗“冥顽不灵”，结果腹部传来一阵绞痛，“厕所……我要借用一下你家的厕所……”

刚才的牛筋面太辣，余朝清吃着没什么感觉，现在他的肚子却遭了罪。他冲到白初晗家的厕所，关上门，一待就是半个小时。

白初晗非常嫌弃地计算着时间，坐在沙发上，随手抓了本书看。余朝清出来的时候，发现屋里没有暖气，虚弱地问：“有没有毯子，我快冷死了。”

白初晗走到阳台关上窗户，打开空调，把温度调高。热风徐徐吹出来，余朝清暂时缓过了神。

“这空调不错，我家里也是用的这个牌子。”余朝清在沙发上坐下来之后，东看看，西瞧瞧，发现白初晗家里的东西很少，除了一大摞书外就是最基本的家具，“你也太穷了吧，女生不都喜欢买买买？”

“这只是租的房子，买太多东西放进来，搬家时会很麻烦。”白初晗烧了壶水，准备泡茶。

见白初晗坐在茶几旁温具、置茶、冲泡、倒茶，一系列动作行云流水，余朝清的心里动了动，涌上一些熟悉又奇怪的情绪。他觉得自己好像有两个灵魂，一个稀里糊涂，总是想把他往白初晗这里拉扯；另一个理性透彻，非常清楚自己想要的是什么。大多数时候，他都可以控制得很好，将稀里糊涂的那个灵魂压制住，不让其突然冒出来干些蠢事，但今天在白初晗离开公司后，那个灵魂他就怎么也压制不住了，然后本能盖住了理性，直接把他带到了这里。

“我说……”余朝清清了清嗓子，犹疑地朝白初晗问了个问题，“我以前是不是很喜欢你啊？”

水烧开了，发出了“咕咕”的声响，白初晗拎起水壶，把水倒进茶壶里，盖上盖子。

从侧面看去，她的睫毛又长又翘。余朝清看见她微微愣了下，才笑了笑，答非所问：“这个问题在现在看来已经没有意义了。”

余朝清接过白初晗递来的热茶，喝了一口，甘洌、微苦。

“其实我不得不承认，我的确是在处心积虑地接近你。”白初晗说，“但我对你没有恶意。”

“我想到了芥川龙之介的《罗生门》。”这是余朝清前不久看过的一本书，里面的人为了掩盖自己的错误而扭曲模糊真相，以至于没人知道事情的真相究竟是怎么回事，“我谁也不信，我只相信自己看到的。”

白初晗笑道：“可是，真正重要的东西眼睛是看不到的。”

余朝清把杯子递过去：“再给我倒杯茶吧。”

两人喝茶一直喝到傍晚，直到袁叔打来电话说公司有急事，余朝清才离开。白初晗把他送至门口，不知怎么，他心里有一种预感，这可能是他们最后一次见面了。

余朝清匆匆赶回公司，得知是研究所出了事情。吕教授做实验的时候发生了意外，现在他人在医院里，研究所已经被警察封锁起来了，谁也不能随便靠近。

事情发生得突然，正是午休时间，公司里的人大多在午睡，突然一道“砰”的声音，像是什么炸开了。后来大家才得知是研究所里发生了爆炸，吕教授被炸伤了，并被送去了医院。奇怪的是，吕教授做的又不是化学实验，根本不会接触危险物品，怎么会突然发生爆炸呢？警察在研究所里发现了爆炸危险物品二亚硝基苯，至于爆炸的具体原因，警方还在排查中。

余朝清见了警察后去了医院，吕教授的手臂和前胸被炸伤了，虽然没危及性命，但也得在医院里待一段时间。本来下周吕教授他们要到云南出差，去看培育新啤酒花的土壤和环境，现在看来计划只能推迟了。

“要是推迟的话，计划表就全乱了。”袁叔在一旁提醒道，“而且跟云南那边负责人约的时间也是好不容易腾出来的，如果这次不去，估计只有等到下个月了。”

余朝清皱了皱眉，说：“我想想办法。”

这个办法自然是只有把白初晗重新请回来了，因为除了吕教授，她是最了解这个项目的。不过，想到白天才开除了她，晚上就要重新把她聘请回来，余朝清还是拉不下脸来。何况，下午在她家喝茶的时候，她那脾性倔强得很，如果他真的主动去找她，估计她得把尾巴翘上天去。

思来想去，他决定算了，难不成没有白初晗他还做不了事？

回到家，余朝清才看到手机上有十几个未接电话，都是思甯打来的。他突然想起今天是她的生日，原本他是答应了她要去参加她的生日会的。

思甯的生日会上宾客都已散去，她在手机那头说话，似乎带着哭腔："等了你一晚上，本来还想和你喝杯酒的。"

"抱歉。"余朝清说，"今天公司出了点事，事情一忙就忘了。"

"没事，那等我回来的时候你再单独给我补上吧。"

"你要出远门？"

"我过几天要去云南表演。"思甯说，"和学校的同学老师一起过去。"

余朝清说："真巧，我过几天也要去云南一趟。"

"是吗？方便的话你还可以来看我的音乐会，我给你留几张票。"思甯开心道。

余朝清犹豫了会儿，而后答应了："好。"

放下手机，他觉得那股奇怪的情绪又涌了上来，心里空落落的，有种怅然之感。

余朝清不记得过去的事，对任何人的感情都很浅，哪怕是对余伟业和钟灵，不过因为他们是父母，这个没法改变。而思甯则因为是自己父母介绍的对象，从社会道德的标准来看，他没有理由拒绝。但令他奇怪的是，对于白初晗，他常常没法用理性的角度思考，她就像一个异数，偶尔搅乱他的心。

临过年，火车票变得特别难买，白初晗还是托了苏达，才买到去云南的硬座票。她在父亲的记事本里看到一个叫汪培的人，他和父亲过去是同事，她在网上查到了一些他发表过的论文。

白初晗花钱找了个黑客，帮忙查到了汪培现在的住址，得知目前他在云南一个小县城里，白初晗便决定动身去找他。

近八个小时的路程，坐得白初晗双腿发麻。下了火车，她又立即赶去汽车站，直到傍晚才赶到县城。她一下车，便有拿着写了“住宿”的废纸板来询问的当地人过来，问她要不要住宿。

“多少钱一晚？”白初晗算了算身上的钱，这几天得省着点用。

“五十。”双脸红彤彤的妇女道。

“便宜点吧。”白初晗说，“我多住两晚，算我四十。”

那妇女打量了白初晗一眼，心想：这姑娘长得白白净净的，怎么这么小气？不过最近生意不好，她便答应了。

到了住的地方，住宿条件比白初晗想象的还要简陋。一栋三层楼的旧房子，她住的房间在走廊尽头，有个小窗户，房间极窄，卫生间也很脏。她看了眼卫生间就立刻把门关上了，连澡也不想洗了，从背包里拿出一盒泡面，准备吃了就睡觉。

因为怕房间里的泡面味太重，她便推开窗户。这不开窗户还好，一开窗户瞬间有了对比。对面是一家金碧辉煌的酒店。她数了数，酒店一共有七层楼，属于欧式建筑，名字叫“马可波罗”，估摸着是这个小县城里最豪华的酒店了。

七点一到，白初晗就变成了猫。它从开着的窗户跳了下去，准备先去汪培家看看。

按照那个黑客给的地址，它走了近一个小时才找到。这是一栋单独的房子，比起周围动辄有三四层的楼房来说，汪培家显得有些寒酸。从大门进去，有一片菜园，看来这家女主人挺居家的。

小白跳上院里的梧桐树，跃上窗台，进了屋子。

二楼一片漆黑，只有一楼的客厅里亮着灯，还有窸窸窣窣的声音，好像是在放电视。小白站在楼梯上看了眼，看见沙发上坐着一个妇人，她靠在沙发上，一边打毛衣一边看电视，屋子里再没有其他人了。

汪培今天不在家吗？

小白转了转，发现卧室里只有一个枕头，衣柜里也没有男人的衣服。这栋房子里没有男人用的东西，真是令人奇怪。难道汪培不住在这里？要找的人没找到，小白倒是在阳台发现了猫砂和猫窝，他们家养了猫吗？

正想着，小白听到一声“喵”，便赶紧找了个地方躲起来，再偷偷把头伸出去。然后小白看到那只花猫走了进来，向楼下的客厅走去。

花猫下了楼，就跳进了那个妇人的怀里。妇人放下毛衣针，伸手摸了摸花猫的脑袋，语气颇为怜爱：“今天又去哪儿了？现在才回来。”

花猫蹭了蹭妇人的手掌，撒娇地叫了声。

“刚刚儿子打电话回来，说研究有了进展，估计要不了多久，他就能找到把你变回来的方法了。”

花猫没有回应，而是闭上了眼睛，一副懒洋洋的模样。

“唉——”妇人叹了口气，“一晃十几年了，也不知道你现在还能不能听懂我说什么。汪培啊，要是你还能够变回来，还能记得我是谁吗……”

第九章
穷途末路

今天是赶集的日子，所以街上特别热闹，白初晗点了碗米线，坐在路边吃。然而她还没吃几口，突然就下起了暴雨，雨水落进了碗里，米线不能吃了。她站起来结了账，匆匆跑到对面的小店避雨。

“别看这店面装修不怎么样，却是几十年的老字号了，这里的过桥米线味道特别正宗。”

听到“米线”二字，白初晗开始心疼起刚才那碗没吃几口的米线，忍不住转头朝店里看了眼，心想这特别正宗的过桥米线能长什么样子，结果一转头就看见了余朝清。

他正把砂锅里的米线慢慢挑进碗里，夹起一夹放到嘴边吹了吹。他吃饭的样子一向斯文，白初晗才想起，有钱人家的孩子就算脑子不太好使，读的书不多，但这些礼仪教养是必不可少的。再一看，他的对面坐着一个跟他年纪差不多的男人，白初晗总觉得有点眼熟，可一时又想不起来那人是谁。

雨来得快，去得也快，很快天开始放晴。白初晗拍了拍身上溅到的雨水，朝汪培家走，还在路边卖水果的摊贩那里买了些水果。毕竟上门拜访他人，总得带点礼物才算礼貌。

开门的人是昨晚的妇人，白初晗这才看清对方脸上那些深深浅浅的纹路。

对方并不认得白初晗，便问："请问你找谁？"

"请问汪叔叔在吗？"白初晗说，"我的父亲是他的老同事，之前听我父亲说过。这次我来云南出差，正好路过此地，便来拜访拜访。"

妇人警惕道："我们跟过去的朋友同事早就没了往来，而且搬过几次家，你怎么找到住址的？"

白初晗愣了一下，没想到汪培他们搬过家，便笑道："只要有心，这个年代还有什么是找不到的呢。"说着，她故意将右手的袋子换到了左手，装出一股柔弱的样子，似乎拎不住那袋水果了。

妇人看了看白初晗，犹疑了会儿，才答应："进来吧。"

看得出对方的戒心很重，白初晗为了缓和一下氛围，便问："您是汪叔叔的妻子吧？我该怎么称呼您呢？"

"我姓吴。"

"吴阿姨，我买了些水果，也不知道您喜不喜欢吃。"

"你喝水吗？还是茶？"

"水就行。"

吴阿姨倒了杯水递给白初晗，开门见山道："说吧，你今天来的目的是什么？"

白初晗笑："吴阿姨您别急，先坐下来。"

那只花猫大概是听到了动静，从楼上下来后蹲在吴阿姨脚边，两只褐色的眼睛死死地盯着白初晗。

"我的父亲叫白航，是汪叔叔过去的同事。"

听到白航的名字，吴阿姨脸上明显闪过一丝错愕，不过很快掩盖过去了，她说："十多年前的事了，老汪的同事我都不怎么记得了。"

"汪叔叔呢？他今天不在家吗？"

"他有事，这段时间都不在家里。"

白初晗笑笑，继续说："我来是想问他一些关于我父亲的事情……"

"我跟老汪的同事不熟，所以帮不了你。"

"那您可以给我汪叔叔的电话吗？我打电话联系他。"

吴阿姨愣了愣，随即编了个谎话："他不用手机。"

白初晗脸上的笑容渐渐敛去，她喝了口水，看了看屋子里的陈设，然后将视线转移到花猫身上，说："这只猫长得可真壮实。"

吴阿姨下意识把身子挪了挪，想挡住花猫，大概是发现自己的这个动作很蠢，吴阿姨脸上浮现出不自然的笑容，说："我平时饮食比较油腻，这只猫吃些剩菜剩饭，所以长得肥硕了些。"

"据说宠物养久了就会跟主人长得很像。"白初晗弯起眉眼，"这只猫应该长得很像汪叔叔吧。"

吃过早饭，余朝清便随莫覃去看啤酒花的培育基地，地点在乡下，开车过去要三个小时。莫覃的眼睛旁有一道疤，他说是之前出车祸不小心撞到的。

“那个姓白的女生没来？”莫覃坐在副驾驶座上，头微微侧过去，看似很随意地抛出了个话题。

“她辞职了。”余朝清说，他并不是很想提起她。

“怎么这么突然？”莫覃明知故问。

余朝清懒洋洋地靠在座位上，笑道：“还得多亏了莫兄你提醒，不然我都没发现身边有这么一号可疑人物。”

“那你探出了什么究竟来没？”

“究竟？”余朝清坐直身子，手肘枕在膝盖上，双手托腮，“她看上去很无辜，不像你说的那么歹毒。可是，她为什么要害死自己朋友呢？”

汽车驶上坑坑洼洼的泥土路，车子开始晃起来，余朝清伸手抓住车顶的抓手以便稳住身体。

莫覃幽幽的声音从前方飘过来：“我也想知道。我想了很久，只想到人为财死，鸟为食亡，除此之外，我找不到更好的理由了。她无父无母，据说跟养父的关系也不好，一个人打几份工，想必生活拮据。往上爬的路不多，能抓住时机她自然不会放手。”

“听上去很社会达尔文主义啊，但杀死自己的好朋友能有什么好处呢？”余朝清昨晚没睡好，忍不住打了个呵欠，“话说，那个叫林桃的是你前女友？”

这回轮到莫覃沉默了，他打开车窗，点了支烟。风把烟雾往后一吹，余朝清立刻咳嗽起来。莫覃迅速抽了两口，将剩下的烟扔了出去。

“快到了。”莫覃说。

车窗外快速闪过郁郁葱葱的树林，余朝清觉得空气都变得格外舒适了，而后的一路上，莫覃都没再主动开口说过话。

其实林桃谈不上是莫覃的前女友，两人不过是高中同学。上学的时候，林桃的成绩很好，是老师和家长眼中的乖乖女，但莫覃永远是坐在教室的最后一排、不学无术的学渣。没人知道，每天放学回家，他们两个人都会去电玩城打几局游戏，然后坐在快餐店里喝奶茶、吃烤肉。说来两人相熟的契机也很特别，林桃是学校的纪律委员，每周会有三天在校门口检查学生穿校服和上课迟到的情况，而莫覃上学时隔三岔五迟到，还顶个非主流的发型到处招摇，自然成了林桃的“眼中钉”。在屡次的斗法中，两人竟成了朋友。

这样的关系持续了数年，莫覃喜欢林桃，只是从未点破，两人默契地维持着友达以上、恋人未满的关系。不过莫覃生性顽劣，大学读了三年，便因为在校外打了人被学校开除了。他索性不读书了，反正家里有钱，多他一张嘴不多。之后他整日和一些狐朋狗友混在一起，做些不怎么见得了光的生意赚点钱，也因此和林桃渐渐疏远了。

林桃一直对莫覃很愧疚，因为莫覃是为了她才打了人，被打的人是她的一个追求者，三番五次骚扰她。莫覃知道后，忍无可忍就揍了对方一顿。后来她找了莫覃很多次，希望莫覃能重新回学校读书，不要和那些不三不四的朋友混在一起。两人因此大吵了一架，两人赌气，谁也不肯主动联系谁，谁知再相见，他们竟已阴阳两隔。

莫覃怀疑白初晗的原因很简单，在林桃出事后，他想找白初晗了解情况，可是他发现白初晗每晚都不在家，白天也总是神神秘秘的，不知道在做什么。一个二十出头还在学校读书的女生，生活和交际的圈子不可能特别复杂，而一旦超出常理，必有原因。所以他让王斌和林跃找到白初晗，也想方设法接近余朝清，毕竟当时一起出事的还有这小子，可气的是余朝清醒来后把什么都给忘了，他就没法从余朝清身上下手。当初白初晗也在场，他觉得让他们再次接触可能会找到什么线索。

不过，现在已经不需要再辛苦地寻找线索了，想到这里，他的嘴角不自觉勾了勾。偏僻的啤酒花培育基地，给了他待会儿行事很好的庇护。

吴阿姨脸上的笑容渐渐消失，而后换上了警觉的神情，摸了摸大花猫的头，笑道："时间不早了，我要出门买菜了。"

"吴阿姨，我也不卖关子了。"白初晗说，"我来的原因很简单，我的父亲白航十几年前因为被人诬陷贪污而跳楼自杀，我发现他生前和他的研究团队一起去过邽山，我想一定是在那里发生了什么事情，他被牵连了。当时和他一起去的还有汪叔叔，我想找汪叔叔了解当时究竟发生了……"

"别说了。"吴阿姨打断白初晗的话，显得很不耐烦，"十几年前的事，早就过去了，我不知道。"

"您真的不知道吗？"白初晗盯着对方，目光锐利，"这只花猫是汪叔叔吧。"

空气瞬间凝滞，白初晗觉得自己的呼吸开始沉重起来，大概是房间里不够通风，她深吸了口气，突然觉得眼前的景物开始变得模糊，脑袋一阵眩晕，她赶紧扶住沙发旁的抓手，捂住胸口："你在水里下东西了？"

吴阿姨的声音听上去格外遥远："是你自己找上门的……"

白初晗来不及开口说话，眼前一黑，倒了下去。

白初晗感觉身体像被人抽去了所有力气，但脑子还在运转着，她感到自己被人绑了起来，然后一路拖拽，在路上碰到障碍物，对方也没有绕开，直接拽着她一路前行。不过她已经感觉不到疼痛，她的胳膊、大腿、脑袋不知道撞到了多少东西，最后她感到自己被人抱了起来，扔到了疑似汽车的座椅上。之后发生的事，她便没有了任何知觉。

白初晗醒来时发觉手脚被绳子反绑着，房间里没有光线。过了好一会儿，她才慢慢适应过来，看清周遭的环境后，她才知道自己是被人关在了仓库里。仓库里只有铁门那儿有一扇很小的窗口，还横着栅栏，就算她是只鸟也飞不出去。

白初晗想动动身子换个舒服的姿势，稍微一伸展，全身便隐隐作痛。这个吴阿姨也太粗暴了吧，拖拽她的时候竟然一点儿都没怜香惜玉……不对！拖拽她的应该另有其人，因为吴阿姨的个子不高，看上去也不是经常运动的人，加上年龄，吴阿姨不可能有那么大的力气，所以拖她上车的是其他人吗？不过如今最令她困惑的是，吴阿姨为什么要绑她？

“这个人怎么办？”仓库的门并不隔音，说话人的嗓门又大，声音便直接传了进来，“也关在仓库里吗？”

“不，关到厨房里去。”一个年轻男人说道，“让他们待在一块我不放心。”

白初晗挪动身子，费了九牛二虎之力才移到大门处，凑到小窗口朝外看去。因为视线受阻，她只能看到眼前的一小块区域，一个眼角有刀疤的男人站在正对面，和旁边的人说着什么。这个刀疤男……不就是之前要找余朝清算账的那人吗？虽然只见过一面，但对方脸上的疤痕她记忆深刻，而刀疤男旁边的人站的位置偏远，她看不见是什么模样。

此刻，她的视线能看到的附近是大山，估摸着自己被带到一个前不着村后不着店的地方了。吴阿姨怎么会跟这些人有联系？他们到底想干吗？

一直熬到晚上，除了有人送了次饭食，给白初晗松了下绑外，其余的时间都没人再进来过。刀疤男那伙人好像离开了，外面一直没有声响。白初晗躺在冰凉的地板上，觉得浑身上下都不舒服，可能因为药效还没完全散去，很快她又睡了过去。再次醒来，她已经变成了小白，绳子都松掉了，它立即站起身，躲到了角落。这样等到晚上八九点钟，仓库的门才被人重新打开，进来的人蒙着脸，在看见地上的绳子后，低呼了一声“不好”，匆匆忙忙地跑了出去。

小白便趁此机会溜了出去。夜色朦胧，风吹在身上是透骨的冷。小白跳到房顶上，环视了下周围的情形，不远处有个铁栅栏，旁边有个亮着灯的哨岗亭，里面有人影。收回视线，小白扫视了眼所处的地方，这个片区很大，有仓库，有办公室。之前在仓库里，它闻到了花香气，如果没猜错的话应该是啤酒花，所以这个地方是啤酒花培育基地吗？这时候，远处走来几个人，为首的人是刀疤男，他看上去很急躁，大声质问：“好端端的，一个人怎么会不见？！”

“我……我也不知道，打开门就看见绳子解开了，被扔在地上，但大门又是锁着的。”

“你真是要蠢死我！”莫覃说，“她当时肯定还在仓库里，根本没出去。如果她真逃出去了，哨岗亭的人也会发现。她还在这周围，给我仔细搜。”

说完，他又朝看守的人要了钥匙，去了厨房一趟。从厨房出来之后，他又嘱咐人好好把守。

趁他们离开，小白走到厨房的屋顶，厨房因为有窗户，它便直接跳了进去。它落到地上的时候，就听到了余朝清的声音。

“谁？”抬起头来，发现是一只小白猫，余朝清这才松了口气，不过这只猫看上去怎么这么眼熟？

小白见余朝清五花大绑被绑在椅子上，模样极其狼狈，忍不住想笑。不过猫没有笑的表情，于是它喵地叫了声，抓了抓脑袋，然后走过去，跳到余朝清的身上。

“喂喂……”余朝清偏着脖子去看小白，害怕和小白靠得太近，也不知道这荒野山村里的野猫有没有病。

小白见余朝清一副避之唯恐不及的神情，也没搭理，而是直接在他腿上趴了下来。它咬不断他身上的绳子，周围也没有什么顺手的工具，那只能等待时机了。

余朝清盯着身上这只猫看了良久，突然想到了自己家的小白：“你长得跟我家的小白简直一模一样，它也是绿色的眼睛，不过我已经很久没见过它了。野猫捡回了家，最终还是要离开的。”

小猫“喵”地叫了声。

“《聊斋》里总是有化成精的动物来搭救主角，这次估计没人能找到我了，你要是是只猫妖该多好……”余朝清自言自语着，很快夜深了，他就睡过去了。

小白在余朝清身上蹭了蹭，找了个舒服的姿势也睡了过去。

凌晨时，小白机警地醒来，跳到了地上，然后躲到余朝清看不到的地方，等变回人后，才走过去帮他解开绳子。

余朝清感到有人在自己旁边，便睁开眼，见到白初晗之后，吓得差点儿大叫起来。

“你……你怎么……在这儿？！”他的声音断断续续从白初晗捂住他嘴巴的指缝里传出来，“你是……人是……鬼……”

白初晗用手拍拍余朝清的头：“我要是鬼，早拿你当替身了。”

“你还没说你怎么在这儿。”余朝清站起身，揉了揉发麻的腿。

“来救你的。”白初晗冲余朝清露出一个灿烂无比的笑容。

“是不是警察来救我了？”余朝清想：肯定是自己突然失踪，袁叔便报了警，伟大的人民警察找遍全县，终于在这个旮旯里找到了自己。

白初晗没搭理余朝清，搬起椅子使劲往地上一摔，椅子顿时四分五裂了。她挑了两根粗的椅腿，把其中一根递给余朝清：“佛说，要自渡。”

过了一会儿，外面把守的人就听到厨房里面传来一阵急促的敲门声，想也没想就把门打开了，结果他们刚走进去，后脑勺就各挨了一闷棍，栽倒在地。

余朝清咽了咽唾沫，高智商的他在此刻脑子完全短路了，茫然地看向白初晗，问：“我们该怎么办？”

白初晗非常镇定地把看门人拖进厨房里，然后走出去将厨房门关上。

“跟我来。”昨晚白初晗已经找到另一个出口，绕到房子后面就行，那里没人看守，从铁门翻过去就能逃走。

余朝清惊讶于白初晗的冷静和有条不紊，好像她原本就住在这里似的，他心里的疑惑越来越强烈，甚至开始怀疑她是不是和莫覃他们是一伙的……要不是此刻不宜谈这些，他早就开口问了。

站在铁栅栏前的一刻，余朝清有种特别熟悉的感觉。他没记错的话，不久前，他在白初晗的帮助下翻了一次墙。为什么跟这个女人在一起，自己总是要上蹿下跳？

见余朝清站在门前发呆，白初晗问：“要我帮你？”

余朝清瞥了白初晗一眼，挽起袖子道：“不用。”说着，他就干脆利落地朝上翻去，结果他刚抓住门顶，就感到一股电流从自己的身体穿过，他立即松开手，摔到了地面上。

“这门有电！”余朝清惊魂未定，心有余悸地朝后退了步，仿佛只要离那铁门稍微近点就会被电到。

白初晗没想到这门会有电，她环顾四周，发现围墙太高了，就算踩在余朝清的肩膀上，她都翻不出去。她没发现自己的眉头都快皱成“川”字了，直到一旁的余朝清拍了拍她，说：“别苦着脸，我有一个办法。”

“什么办法？”白初晗仍旧把身旁的余朝清当成以前的余朝清，以为什么事他都得依赖自己，忘记他已今时不同往日了。

“来。”余朝清突然抓住白初晗的手，牵着她往回走。她愣了一下，见他胸有成竹的模样，就放心地跟上他的脚步。

“这里是啤酒花培育基地，在作业的时候员工一般都会穿橡胶制作的衣服，我们只要找到他们放置衣服的地方就行了。”

余朝清说，“橡胶不导电，我们换上就能出去了。”

白初晗笑道：“看不出你还挺聪明的嘛。”

“这点常识，用脚指头想都能想到。”余朝清倒是毫不客气，突然他发觉哪里不太对劲，低头一看，自己怎么和白初晗手牵着手？

“你……你干吗牵着我的手？”余朝清举起他俩牵在一起的手，一脸错愕，好似他被轻薄了。

白初晗难以置信地瞪了余朝清一眼，立刻甩开他的手：“神经病。”

余朝清一脸茫然，不知所以。

他们好不容易找到了工作服并换上，这时正好进来两个工作人员，对方瞧见他们先是一愣，而后用当地方言和他们打招呼。

白初晗的大脑一片空白，因为她压根儿听不懂对方说的什么。但她没想到余朝清竟然回了句当地话，发音标不标准她不知道，但是对方毫不怀疑，直接让他们走了。

“你什么时候学的云南话？”

“昨天。”余朝清学习能力很强，在云南待的这几天差不多掌握了当地话的精髓，听懂当地话早已没问题，刚才他说的也极其简单，无非是“你们吃了没”“我们出去抽支烟就进来”。

白初晗在余朝清背后翻了个白眼，心想：嘚瑟个什么劲儿，还不是因为跟她去了趟邦山才变聪明的，归根结底，他该感谢她。

两人穿着橡皮制服很轻松就翻了过去，但不幸的是，余朝清刚爬到顶上，就被基地里的人发现了。然后那些人纷纷朝这边跑来，他一紧张，又从门上直接摔了下去，摔了个狗吃屎。

看来我还是适合做个翩翩公子，飞檐走壁这种事，以后少做为妙。余朝清在心里这般想着，还没来得及摸摸摔疼了的膝盖，就被白初晗一把拽着往前狂奔。

两个人都不识路，跟无头苍蝇一样瞎跑，眼见前方出现了两条岔路。余朝清想要摆脱的不仅是莫覃他们，还有现在这个总是神出鬼没的女人，他现在觉得谁也不可靠。但刚朝其中一条岔路迈出一步，他就感到脖子处一紧，又立马退了回来。原来是白初晗伸手抓住了他的衣领，把他往另一条路拉。

“你这个女人……”话还没说完，余朝清便呛了起来。

白初晗一心想着逃命，没空搭理余朝清，眼看前面没路了，便拽着他往山上跑。上坡的路不好走，他俩跑得踉踉跄跄。他的体力本来就不及白初晗，没过一会儿，他便落在了她身后。

白初晗知道两人这样跑下去不是办法，所以冲到制高点后便停下来朝山下望去。结果余朝清为了甩开后面追上来的人，来了个猛冲，等发现她站在前面的时候，已经来不及停下脚步，因为惯性直接撞了上去，两个人顿时便朝山坡下滚去。

余朝清下意识抱住了白初晗，在往下翻滚的时候，他觉得自己的胳膊被什么挂了一下，还没来得及感知疼痛，便“咚”一声栽到了下面的湖里。后面追上来的人见山顶没人，四下也一个人影都没有，便掉头朝其他方向追去了。

白初晗是被湖水给冷醒的，她打了个激灵，呛了几口水后立即往上游，游到中途才想起余朝清来。于是，她转头去找余朝清，只见他已经没有挣扎了，身体徐徐往水底沉去。她立即浮出水面深吸了口气，又钻入水中去救他。

“余朝清！”白初晗把余朝清捞上岸后，使劲拍打他的脸，见他没反应，又赶紧解开他的衣服，双手覆在他的胸口使劲按压，水虽然从他的嘴里吐了出来，但他还是没醒。于是白初晗一只手捏住他的鼻子，另一只手把他的下巴抵住，双唇覆在他的嘴上，给他做人工呼吸。

余朝清只觉得双唇一片柔软，意识渐渐恢复过来，睁开眼就瞧见白初晗正给他人工呼吸，他的大脑瞬间一片空白，忘了反应。这时，白初晗抬起头来，看见他已经醒了，双眉一蹙，直接给了他一巴掌。

“你干吗打我？”余朝清坐起来，又咳嗽了几声，觉得胳膊火辣辣地疼，于是把胳膊伸到眼前，只见一条约三厘米长的伤口还在流血。

白初晗也看见了伤口，便问：“这什么时候弄伤的？”

“刚才滚下来的时候，应该是被石头或者树枝剐伤了。”

“这么长的口子，你又碰了水，要是破伤风的话，你就死定了。”

听到破伤风，余朝清有点慌了，他按住伤口笑笑：“不至于吧。我的血可是能帮别人愈合伤口的，你有没有哪里受伤啊？不要浪费我的血……”说着，他把胳膊凑了过去，白初晗嫌弃地往后躲开。

“喂，你去哪儿？不是要丢下我吧？”见白初晗走远，余朝清赶紧站起来要去追她，结果没一会儿她又回来了。她手里拿了几株野草，拔了叶子放进嘴里嚼碎了，然后伸手抓住余朝清的胳膊，把碎草敷在他的伤口上。

“杀菌的。”白初晗说。

余朝清觉得伤口顿时凉丝丝的，舒服多了。

"我们快点找到出去的路吧。"白初晗说。

余朝清听了这话，清俊的眉眼闪过一丝阴霾，他问："今天是农历多少了？"

白初晗这才想起快到十五了，她的手机被拿走了，看不了具体时间，就说："明天好像是十五。"

"你可知从这里走出去要多久？"

白初晗摇头。

"我们开车进来花了三个多小时，如果走路出去，先不说会不会遇到莫覃他们，光是论体力我们也支撑不到走出这里。"余朝清说，"而且要到十五了，莫覃势必要在这之前找到我，因为他想要炼化我的血。"

这次白初晗就完全听不明白了。

余朝清叹了口气，可能失血过多，导致脑袋晕乎乎的，他抓住白初晗的胳膊借力撑住自己，说："我们先找个地方藏身。"

白初晗发现一处山洞，但周围杂草丛生，她不敢进去，便拖了余朝清过来，让他先进去探探路。

余朝清见里面黑咕隆咚的，指不定有什么蛇虫鼠蚁，他不傻，干脆一屁股坐在了地上："就在这儿休息吧。"

白初晗跟着坐下了。跑了一上午，现在她的肚子饿得咕咕叫，她摸了摸肚皮，蔫蔫的："你说莫覃要炼化你的血是怎么回事？"

不提这事还好，一提这事余朝清就来气："还不是为了那个林桃。"

现在回想起来，余朝清才发现自己进入了一个被人精心设计的局，而且是环环相扣，现在他还没找到幕后凶手。

到了啤酒花培育基地后，余朝清刚下车就被人打昏了，他醒来后就见莫覃身边站着两个人。他们似乎都认识他，一个叫王斌，一个叫林跃，光看长相就不像好人。

“那莫覃不知受了什么蛊惑，非说我的血可以救活林桃。为了验证我的血异于常人，莫覃当场用刀把我的手划了道口子，又把他自己的手划伤。他发现我的血确实能让伤口愈合后，开心得像疯了一样，让人把我关押起来，说是等到农历十五就抽干我的血。”余朝清不由得叹了口气，“我只相信医学能够让人长命百岁，不相信任何科学或者医学能够让人起死回生，这根本就不符合自然规律。”

白初晗突然想起林桃的家人把她接回去后确实没有火化她，虽然设了灵堂，办了葬礼，却没告知任何人她的墓地在哪里，如今想来她的遗体应该还被她的家人保存着。

“莫覃和林桃什么关系？”白初晗从没听林桃提起过这号人物。

“他们大概有什么感情纠葛吧。”余朝清对情情爱爱的事没有兴趣，所以毫不关心。

“莫覃是听谁说你的血可以让人起死回生的？”

余朝清摇头：“我也想知道。”

白初晗突然想到一件事，脑子里的东西就像火花一样炸裂开来，她瞬间明白姜乾家里的那幅画上画的是什么了。那幅图古怪至极，每次回去，她都忍不住多看几眼，因为画很抽象，她并不懂画的内容。如今想来，那应该是一幅祭祀图。

在和植物相关的神话和与宗教相关的资料中曾经提及，在古异教的传统中，瓦尔普吉斯之夜是异教最重要的节日之一，在四月三十日和五月一日的夜里庆祝。根据传统，这个祭祀的篝火需用九种不同木头，每种用三块，然后点燃篝火许愿，完成仪式。

德国的思想家歌德在《浮士德》当中提到过瓦尔普吉斯之夜，据说每年四月三十日女巫们会齐聚一堂，和恶魔共同狂欢，背靠着背跳舞，直到第一声鸡鸣才消失无踪。而女巫去参加瓦尔普吉斯之夜骑的扫帚则需要涂“飞行软膏”，然后念诵咒语才能到达地点。不过据后来的药理学家发现，所谓的飞行软膏中含有大量类似麻药的药草，会让人产生强烈的悬浮感，从而让人以为自己飞上了天空。

白初晗一直相信人类的神话故事都不是无中生有的，或许没有那么玄乎，但其中一定隐藏了某种真相。比如姜乾家的那幅画，如果她没有猜错，图上的圆形符号应该代表圆月，意指农历十五，其余几个似人形的图案指代需要几个人，中间围着的符号应该代表某些植物。

见白初晗发呆，余朝清也没打扰她，安静地坐在一旁，见她额前垂落下来一绺头发，余朝清也不知道自己是怎么想的，竟然伸手帮她别在耳后。余朝清觉得自己的身体里面有两个灵魂在拉扯，一个逼着他努力工作，研究长生不老的方法；一个却懒懒散散、不思进取，而且似乎还对白初晗“另有企图”。

白初晗白皙的脸上瞬间泛起一丝红晕，她回过神来，盯着余朝清。两人四目相对，空气中弥漫着暧昧的气氛。

余朝清的脸确实经得起细看，俊逸秀朗，眉宇间有一股英气。不过只要他开口说话，人设就瞬间崩了：“我知道自己好看，但你也不用一直这样盯着我吧？”

白初晗立马翻了个大白眼，移开视线，不想再搭理这个浑蛋。

“你饿吗？”余朝清问。

白初晗点头：“饿。”

“你不是学植物的吗？应该分得出哪些植物能吃，哪些不能吃吧？”

白初晗转过头，语气中带着质问：“你在使唤我？”

“不是不是。”余朝清换了个坐姿，盘起腿来，“我们现在这不是共患难了吗？当然得计划计划未来。”

“我有个毛病。”白初晗突然话锋一转，严肃起来。

“什么？”

“其实我有一个家族遗传病。”白初晗故意皱起眉头，一副娇弱的模样，“每到晚上我就会发病，所以我才不住学校，害怕吓着其他人。”

“癫痫吗？”

“不，比癫痫还可怕。”白初晗说，“不过只要安安静静地睡觉就没事了，但是对我身边的人有个要求。”

余朝清咽了口口水：“什么要求？”

“就是身边的人不能打扰我，不能跟我说话，也不能看我。”白初晗指了指黑漆漆的山洞，“为了保证你的安全，我决定晚上睡在里面，而你就委屈点睡在外面。过了今晚，明天我们再找路出去。”

“你该不是到了晚上就变成吸血鬼了吧？”余朝清从没听过什么遗传病这么奇怪，忍不住哈哈大笑起来。

“无知真可怕，世上大多的惨剧都是因为无知造成的。”

余朝清不笑了，敛了神色：“你说我无知？”

"智商高不代表全知全能。"

"我看你是心里有鬼。"

"脑子长在你头上，我管不着。"白初晗摊手，然后站起身拍了拍身上的泥土，去找野菜了。

余朝清则帮白初晗把风，虽然心中对她不够信任，但好歹是她救了自己，总不至于害他。

白初晗采了野菜，蹲在湖边洗干净了再拿回来给余朝清吃。

余朝清看了看绿油油的野菜，问："生吃？"

"你能变口锅出来吗？"说着，白初晗就地坐下，握着一把野菜喂进嘴里嚼起来。一旁的余朝清看得目瞪口呆，学着她的样子咬了口，立马就吐了出来。

"太难吃了。"

"填饱肚子更重要。"白初晗说，"不然怎么有体力挨过去？"

余朝清只好捏住鼻子把手里的野菜塞进嘴里，咀嚼了两三下就咽下了。

眼看天渐渐暗了下来，白初晗大着胆子走到洞口，把拔掉的杂草都堆在洞前，和余朝清隔开来。

"记住我说的话，晚上无论发生什么事都不要进来打扰我。"白初晗又叮嘱了一遍余朝清，她深知这样对余朝清说几乎没什么效果，所以刚刚在摘野菜的时候发现了木菊花，便摘了些回来。它的花瓣味道香甜，无论是动物还是人，只要一闻到它的味，立即就会变得昏昏沉沉。如果是摘了一片尝，用不了多久，生物便会昏倒在地。她把它小心地放在衣服里，准备待会儿找个时机先弄昏余朝清。

余朝清嘴里叼着一根草茎，懒洋洋地侧倚在地上，深深叹了口气："都说'女人心海底针'，'最毒妇人心'，'唯小人与女子难养也'……"

"你到底想说什么？"白初晗打断余朝清的话。

"你是不是准备把我弄昏？"

白初晗脸上没显露任何异常神色，但心底倒吸了口凉气，他是怎么知道的？

"我之前看你摘了木菊花，你要用它干什么？"

白初晗静静站着，没有回答余朝清的问题，但她的手已经不动声色地放进了外套兜里，并握住了木菊花。

余朝清取下嘴里的草茎，仍旧半躺着，眼里带着嘲弄和戏谑之意。他享受这样的出其不意，一方面显得他非常聪明，另一方面他喜欢看白初晗错愕的神情。虽然她极力压抑着，但他知道她心里肯定乱了，他就等着，看她还能编出什么借口来。

但余朝清没想到的是，白初晗什么话都没说，而是直接朝他冲了过去，他根本来不及反应，就被白初晗扑倒，躺在了地上，随后白初晗趴在他的身上，把手伸向了他的鼻子。

白初晗把木菊花的汁液都弄到了手上，余朝清闻到木菊花味道后，便觉得脑袋昏昏沉沉，全身乏力。然后她坐起来，骑在他的身上，不疾不缓地拔了片木菊花的叶子喂进他嘴里，然后像拍小狗一样拍了拍他的脑袋："乖乖睡一觉吧。"

为了不被人发现，白初晗把所有杂草都堆到了余朝清的身上掩盖住他。

到了晚上，天气冷得要命，小白不敢去山洞里面，便挨着余朝清睡下了。深夜，余朝清在睡梦中连打了好几个喷嚏，小白也被冷醒了。

天空中的月亮趋于正圆，空气里是冻得快要结冰的霜气。

天气太冷了，小白忍不住挪到余朝清的脖颈处，那里有些温暖。而小白柔软的身体正好成了余朝清的靠枕，两人就这样依偎着睡到了天亮。

早上白初晗是被余朝清声嘶力竭地喊叫声弄醒的。她睁开眼时，余朝清已经蜷缩成一团，痛苦地呻吟着，他脸上的皮肤已经彻底变了，胸口处那团光芒若隐若现。

“余朝清……”白初晗害怕地往后退了一步，见余朝清完全没有反应，一时不知道该如何是好。

“水……水……”余朝清的嘴里不断念叨着，“我要喝水。”

白初晗立马跑到湖边给余朝清打水，她把一片叶子轻轻折过来舀起水，然后回到余朝清身边喂给他喝。这样来来回回几次，她累了，幸好余朝清没再要水，不然她肯定得发脾气。

余朝清脸上的纹路越来越深，白初晗蹲在旁边仔细观察着，就像看一只小白鼠似的。他突然睁开眼来，白初晗竟然在他眼里看到了一丝杀气，吓得她往后坐到地上，怔住了。

“我……我要……”

“你要什么？”白初晗说，“不是又要水吧？”

余朝清后面的话断断续续的，白初晗没听清，只见余朝清身上慢慢生出那天她在他家里看见的植物根须似的纹路。她觉得身上的鸡皮疙瘩都起来了，立刻和他拉开距离，准备先去找点东西填填肚子再回来看他，就把那些杂草又盖回他身上，然后到周围活动去了。

过了一会儿回来，白初晗便看到有几个人在山上走，吓得她立马蹲下身，猫着腰跑回余朝清身边。

“别说话！”白初晗捂住余朝清的嘴巴，拉住他往山洞里拖。

余朝清看上去痛苦万分，又出不了声，憋久了，便一口咬住了白初晗的手，一点怜香惜玉的心思都没有，直接咬出了血。

白初晗痛得落下泪来，可她不能喊出声，只能忍着，用另一只手继续拖拉余朝清。两人终于进了山洞，她便一屁股坐到了地上，使劲抽回了手，手背上留下了两排醒目的牙印，咬开的皮肉里面渗出血来。

“牙齿比狗的还利。”说着，白初晗把余朝清身上的衣服撕下来一块，塞进他的嘴里，继续往里拖。

山洞里光线昏暗，白初晗心中先前对山洞的恐惧敌不过外面更大的恐惧，也不怕什么蛇虫鼠蚁了。

山洞外面的脚步声越来越大，很快白初晗就听到有人在外面说话。

“这儿有个山洞。”

“人会不会在里面？”

“这里面黑咕隆咚的，几十年没人进去过了吧……”

“要不要进去看看？”

“你胆子大，你进去。”

……

而后，人声消失，脚步声也渐渐远去。白初晗松了口气，才发现冷汗已经打湿了额前的碎发。就在她准备等会儿再将余朝清重新拖出去的时候，就听到了窸窸窣窣的声音。她屏住呼吸，倒吸了一口凉气。那是蛇吐舌头的咝咝声，在黑暗中听着格外瘆人。她全身僵硬着不敢动，死死地按住余朝清，免得他乱动引起蛇的注意。

可余朝清的力气太大了，直接将白初晗掀开，把她推向了一侧的墙壁。那蛇迅速地蹿起，像一支离弦的箭般朝余朝清飞了过去。

白初晗还没来得及发出惊呼，就见余朝清已经稳稳抓住了那蛇的七寸，然后在手里挽了挽，奋力朝地上一掷。蛇挣扎了几下，便不动了。

“扑通”一声，余朝清跪倒在地，好像刚才的一切都没发生过。

白初晗目瞪口呆，过了好一会儿才缓过神来，然后迅速将余朝清拖离了现场。

第十章
山重水复

为了缓解余朝清的痛苦，白初晗把剩下的木菊花喂给了他，等他醒来的时候，已经第二天早晨。

余朝清闻到柴火的味道，觉得非常陌生，忍不住打了个喷嚏，然后他坐起来，发现自己躺在一张简陋的木板床上。这是一间很小的房间，墙壁是那种非常老旧的样式，石灰色，没有涂白，墙上挂着杂七杂八的东西。他正诧异着，木门“吱呀”一声被人推开。白初晗换了身藏青色长衫，头发绾了个松松垮垮的髻，并用筷子插着，端着托盘进来了。

“醒啦。”白初晗取下托盘上放着的清粥和泡菜，对余朝清说，“吃饭。”

“这是哪儿？”余朝清抓了抓脑袋，低头看见自己也换了衣服，不禁脸一红，立马掀开被子看自己有没有换裤子。

“放心，你的衣服不是我给你换的。”白初晗忍不住翻了个白眼，“是这家主人。”

原来那天白初晗把余朝清拖出去后，在路上遇到了一个驾着马车的当地村民，她拦下对方，拜托对方把他们俩安全地带出去。于是，她和余朝清藏在这个村民马车上的干草里，一路被载到了这里。

“谢谢。”余朝清郑重地感谢白初晗，毕竟一个身形瘦弱的女生要把他这么个大男人拖来拖去，想必是颇费了些周折的。他正准备去拿碗筷，低头便看见白初晗手背上清晰的牙印：“你的手被谁咬了？”刚问完，他就感到白初晗投来的一束冰冷的目光……难道是自己？

“狗咬的。”白初晗说。

余朝清心想大人有大量，好歹自己是个总裁，还是不跟白初晗一般见识了。他端着碗，仰起头，咕噜咕噜将清粥喝了个底朝天，而后问道：“还有吗？”

白初晗双手环在胸前，在一旁的椅子上坐下，跷起了二郎腿：“你没手还是没脚？”

余朝清撇了撇嘴，便下了床打算出去盛饭。他一推开门，外面明媚的阳光就迎了上来，院子里有个头发花白的老汉在劈柴，老汉穿着单衣单裤，脖子上搭着一条毛巾，不时地停下来喘几口气，再继续干活。

老汉姓刘，因为城镇发展迅速，住在附近的村民都迁走了，只有他还留守在这里。因为他老伴的坟就在后山，他不想离老伴太远。这方圆几里都见不着人烟，他偶尔也觉得特别寂寞、无聊，在路上捡了白初晗和余朝清两人回来，正好给生活添点滋味。

“刘大叔，你有电话或者手机吗？”余朝清问，他想打电话报警，并让袁叔派车过来接他们回去。

刘大叔继续劈柴，头也没抬：“莫得。”

“那从这里到镇上要多久？你方便送我们过去吗？”余朝清继续问。

这时，刘大叔终于抬起了头，用一种非常鄙视的眼神看着余朝清，用当地方言说道：“你们年轻人咋个这么没礼貌哦？我救了你们两个，你们不感谢我一下就要走了？”

“放心，我会感谢您的。”余朝清说，“两万块够不够？要不我再叫人帮你把房子翻修一下？”

“啪”一声，刘大叔把斧头狠狠地劈进了面前的木头里，吓得余朝清的心猛然一跳。

刘大叔说：“钱钱钱，有钱了不起啊？我稀罕你那点钱不成？！你要真想感谢我，你就留下来帮忙，田头的萝卜、白菜熟了，等会儿你们给我摘回来。”

余朝清刚想说“不”，就被白初晗往后一拉：“好，我们待会儿就去田里干活。”见余朝清还是一脸茫然，她凑到他的耳边说，“好歹人家救了我们，满足下他的要求也不过分。”

于是，白初晗和余朝清吃过早饭，便一人拿着锄头，一人提着篮筐往附近的菜地里走。

刘大叔的菜地里什么都有，余朝清从没体验过乡村生活，突然感到一阵新奇，蹲在地上研究了一番，然后惊叹道：“原来萝卜是长在地下的。”

“不然是长在树上吗？”白初晗鄙夷道。

余朝清撸起了袖子，兴致盎然：“所以《拔萝卜》那首歌是真的咯？萝卜是拔出来的，不是摘下来的。”说着，余朝清两只手握住萝卜苗，轻轻一拽，一个肥硕的萝卜就从土里钻了出来，“太好玩了吧，太有趣了！”

白初晗还来不及阻止，余朝清就迅速拔光了地里的萝卜，装了整整一篮筐。

“你全部拔出来干吗？”白初晗无语道，“我们吃得完吗？”

“萝卜不就是用来拔的吗？”余朝清成就满满地伸了个懒腰，笑道，“原来干农活这么简单。”

白初晗看了眼脚边的萝卜，叹了口气：“我觉得待会儿回去，我们还是自求多福吧。”

回去的路上，白初晗走在前面，余朝清拎着萝卜跟在她后面。

此时太阳升到了正空中，暖洋洋的阳光照在他们身上，仿佛碎金洒在白初晗乌黑的头发上，亮闪闪的。她一身青布长衫，在这样荒无人烟的开阔地带更带着一股仙气，像落入凡间的仙子。余朝清在后面看得有些入迷，不知不觉落后了一段距离。

白初晗转过身，见余朝清走得慢吞吞的，大喊道：“你干什么呢，捉蜗牛吗？”

白初晗的声音在空荡荡的原野里像水中的波纹一圈圈荡开，然后消失得无影无踪。突然，余朝清朝她咧开嘴笑起来，特别纯良无害。

白初晗愣了愣，无奈地叹了口气，等余朝清慢悠悠地赶上来后，她才继续往回走。

果然，余朝清提着萝卜回去后，非但没有得到预想中的表扬，还迎来刘大叔的一顿臭骂：“你把我萝卜全部拔完干吗？以后我不吃了吗？！”

“你这老不死的，我帮你把萝卜全部拔出来了，你不感谢我，还骂我。”余朝清生气道。

两人吵了起来，白初晗站在一旁劝解道：“别吵了，吃不完可以做腌萝卜嘛。”

但这一老一少谁也没有让着谁的意思，余朝清认为刘大叔不讲道理，刘大叔认为余朝清不仅脑子不好，还不懂得尊重长辈。白初晗见劝不动两人，便拖着那篮子萝卜进了厨房，开始烧水做饭了。

等烟囱飘出缕缕白烟，厨房传出饭菜的香味时，余朝清和刘大叔也吵累了，默契地选择了停战休息。

“年轻人啊，以后的路还长着呢。”刘大叔掏出一支烟点上，吧嗒吧嗒抽了几口，不再说话了。

余朝清觉得口干舌燥，没搭理刘大叔，进屋喝水去了。

而白初晗已经做好了午饭，葱油萝卜丝、蒸萝卜丝、萝卜炖排骨和萝卜糕。刘大叔见了之后，连连称赞白初晗：“果然，女孩子就是不一样，瞧瞧人家小晗多心灵手巧。”

一旁的余朝清假装没听见，默默盛了三碗米饭，坐下来准备吃饭。

下午，余朝清坐在院子里腌萝卜，这样才能保证吃不完的萝卜不至于坏掉。白初晗因为做午饭有功，被刘大叔特许午睡去了。余朝清戴着草帽，把切好的萝卜抹上盐，手脚笨拙地把萝卜码进坛子里。

刘大叔坐在远处监工，不时提醒几句。余朝清心里不爽，但奇迹般地按捺住了性子完成了手里的任务。事后，他走到刘大叔跟前，双手搓了搓，问："有没有擦手的东西？"

"擦手？"刘大叔瞥了眼余朝清的手，龇牙道，"你一个大老爷们还挺讲究。"

"不是，之前白初晗的手受伤了，我想拿点药膏之类的东西给她擦擦。"

刘大叔心里很喜欢白初晗这个丫头，本来是可以直接给的，但见余朝清这样顺从的模样，反倒有点想为难为难他了。

"要东西是要付出相应劳动的。"刘大叔指着水井说，"挑几桶水，灌满厨房的水缸吧。"

余朝清连扁担怎么放肩上的都不知道，最后索性提着水桶直接去井边，打了水上来，又一步步吃力地挪进厨房里。花了将近一个小时时间，他才把厨房里的水缸给填满，而他的掌心都被磨破了皮，通红一片，用力握拳都疼。

刘大叔满意地抽着烟，拿出一个蓝色小盒子递给余朝清："家里没有药膏，只找到一盒雪花膏，也不知道过没过期。"

余朝清接过雪花膏，一打开便闻到一股劣质香精的味道。他想起钟灵化妆台上那些昂贵的护肤品，瞬间对白初晗产生了一种说不出的愧疚。

白初晗正好午睡醒来，屋子里很暗，又极其安静，她便闭着眼睛养神。突然听到门被轻轻推开的声音，她睁开眼，一转头，就看见余朝清站在阴影里，但只能看见他的轮廓，看不清脸上的表情。

白初晗问："怎么了？"

余朝清慢慢走过去，伸出手，摊开掌心，里面躺着一盒雪花膏："死老头家里只有这个，你先擦擦手试试，等回去了我再找医生来。”

见白初晗发愣，余朝清便直接打开雪花膏的盖子，拉过白初晗被咬伤的那只手，弄了一块雪花膏敷在伤口上，然后用食指和中指慢慢抹匀。

雪花膏的香气很浓，很快味道就在整间屋子弥漫开来。白初晗的脸渐渐红了，不过因为屋里灯光昏暗，余朝清并没察觉。擦完雪花膏，余朝清便把盒子塞进白初晗手里：“没事就抹点儿，死老头说送我了。”

白初晗的手指轻轻用力，握住了那盒雪花膏，问：“你跟他水火不容的，他怎么愿意送你东西了？”

余朝清不自在地咳嗽了两声：“我自然有我的办法。”

“谢谢。”白初晗把雪花膏放到枕头下面，又压了压枕头，好似藏了什么值钱的玩意儿。

“对了，明早他会送我们去镇上。”余朝清将视线从白初晗的脸上移开，有些不自在地站起身来，在屋里踱了两步，“你记得早点起。”说完他便出去了。

吃过晚饭，刘大叔邀请他们俩一起赏月，白初晗以身体不适为由推托了，然后进了房门直接上锁，等变成猫后，才从窗户里跳出去，跃上房檐。

余朝清和刘大叔坐在院子里，一边吃烤红薯，一边赏月看星星。四周没有灯光，倒显得这里像个暖融融的火炉，越发静谧。

小白趴在房檐上，心里有些遗憾，夜晚有许多美好的瞬间，只是它都不能与他人分享。

“其实乡下也挺不错的。”余朝清咬了口热乎乎、甜滋滋的红薯，心情跟着好起来，“感觉时间过得好慢，没有手机也没有网络，倒也适应过来了。”

刘大叔笑了笑，把手边的烟递向余朝清，问他要不要尝一口。

余朝清犹豫了一秒，然后接过烟，吸了口，接着便咳嗽起来，立刻把烟还给了刘大叔。

“哈哈哈。”刘大叔大笑。

“话说……”余朝清问，“你一个人生活在这荒山野岭，不觉得寂寞吗？”

“习惯了。”刘大叔一笑，脸上的皱纹更深了，“以前跟老伴一起住在这儿，倒没觉得有什么。后来她去世了，只剩下我一个人，最开始的那几年，我真的很不习惯，也想过要不要和其他人一起搬到镇上去住。但一想到这里有我们几十年的回忆，她的坟就在后山，我便不舍得离她那么远，害怕她一个人在这里待着会觉得寂寞……”

山里的风吹过，空气更凉了，余朝清紧了紧身上的大衣，心里并不明白刘大叔的那种情感。于他而言，人死后就一切都结束了，刘大叔的老伴又怎么可能觉得寂寞呢？他搓了搓手，从地上捡起一块木柴扔进火炉，火焰一下旺了起来。或许对一个人的思念，就像这木柴一样，只需要一点星火，就能使那些已经消失了的人，重新在记忆里燃烧起来吧。不过他没有记忆，所以他无法体会那样的心情。

第二天早上，余朝清是被白初晗叫醒的。

大清早的，白初晗的脸色就很臭，她把余朝清的衣服扔到他床上，催促道：“快点，刘大叔都在等我们了。”

余朝清觉得莫名其妙，穿好衣服后出来，但白初晗坐在马车后面，抱着双腿，也不看他。

这是怎么了？

马车驶上坑坑洼洼的泥路，余朝清才想起自己没吃早饭，他摸了摸肚皮，问白初晗："你有吃的吗？"

白初晗靠边坐着，一直别着头没有看余朝清，听他问话，才转头说道："吃完了。"

都说女人心，海底针，余朝清这才体会了这句话的真正含义，明明昨天她还好好的，怎么今天说变就变了？于是，余朝清也把头扭向一边，生闷气去了。

"对了，你的东西。"白初晗从包里掏出几张折叠的纸，皱巴巴的，扔给余朝清，"早上给你收衣服的时候掉出来的。"

余朝清接过展开才发现，是思甯给他的演出门票，演出时间是昨天。

白初晗见余朝清盯着皱巴巴的门票发呆，以为他是在为错过了演出而感到遗憾，心里就更不爽了，她把脸又转回去，赌气似的不再理他。

到达镇上已是中午，白初晗和余朝清本想请刘大叔吃个饭，结果刘大叔非常潇洒地扬起马鞭，说了一句"有缘再会"，就驾着他的马车"啪嗒啪嗒"地离开了。

想起昨天大家还一起开开心心地吃饭、斗嘴，白初晗心里有些不是滋味，一直站在路口目送刘大叔离开。

余朝清心里倒没任何感觉，见白初晗站在路边不走，便过去伸手拉她："饿死啦，快找个地方吃饭，然后打电话给袁叔让他来接我们。"结果第一次拉没拉动，余朝清又倒了回来站在她面前，发现她的眼圈竟然有些发红，一时无措，"你这是怎么了？"

白初晗微微扬起头，看向余朝清："你就没点不舍之类的？"

"为什么要有那种情感？"余朝清神情淡然，好像这才是正常反应。

白初晗皱了皱眉，想说什么，最后却变成了："走吧，我们去吃饭。"

袁叔本来不在云南，但接到余朝清的电话，听说他被莫覃绑架后，立马让公司的司机驱车四小时，风尘仆仆地赶到他面前，然后心疼地一把抱住他："少爷，你有没有受伤？天哪！你这手是怎么回事？回去了我该怎么向董事长和夫人交代呀……"

余朝清最讨厌袁叔婆婆妈妈的样子了，于是用手遮住袁叔的嘴，示意袁叔安静。

袁叔一转头，看见白初晗后，顿时一惊："她……她怎么也跟来了？"好像每次余朝清发生意外，这丫头都在他身边，难道这就是传说中的"克夫命"？

白初晗冲袁叔微微点了点头，没有多加解释。

"报警没？"余朝清问。

"报了呀，我的小祖宗。不过那个莫覃干吗要绑架你，你们不是朋友吗？这次的啤酒花培育基地不也是他介绍的吗……"袁叔完全不知道其中缘由，觉得这听上去完全就是个离奇的故事。

"这就是个圈套。"余朝清说。

"对了，你的手机卡我帮你挂失重新补办了，这是你的新手机。"袁叔把一个崭新的手机递到余朝清面前，"你以前联系人的电话我在路上都给你存进去了。"

白初晗心里惊叹袁叔的办事效率，自觉没自己什么事了，便对余朝清说：“那我先走了。”

“你去哪儿？”

“回家。”

余朝清拦住白初晗：“你还没说你怎么会出现在这里。”

白初晗撩了撩耳边的头发，笑了笑：“一些私事，无可奉告。”

“我看你八成跟莫覃是一伙的，待会儿让警察先审问审问你。”余朝清抓住白初晗的手腕，心里不想让她走，一来是她身上太多疑点了，二来他总觉得这次分别有些突然。他好像隐隐能够明白，之前她为什么会在刘大叔离开的时候那么伤感了。

“神经病！”白初晗甩开余朝清的手，“我三番五次救你，你非但不懂感恩，还倒打一耙。”

见两人吵得不可开交，一旁的袁叔清了清嗓子，上前劝解：“大家少说一句，以和为贵嘛。既然都到云南了，虽然之前发生了一些不开心的事，但现在何不放下过往，享受当前的快乐，把这次行程当作一次旅途……”

余朝清和白初晗被袁叔的碎碎念弄得烦了，便同时转头朝袁叔道：“闭嘴！”

白初晗最后没走成，原因是没有买到回去的票。在袁叔的强烈挽留下，她便假装勉为其难地同意坐他们的车一道回去，晚上也顺势住进了袁叔订的酒店里。反正她身上也没钱了，睡酒店总比住几十块钱的旅馆好。

晚上要在酒店的餐厅里吃饭，白初晗刚洗完澡，头发还没吹干，因为余朝清一直在门外催，她只好顶着半湿半干的头发打开门。余朝清一只手撑着门，没听到屋内的动静，门突然一开，他没站稳，便直接朝房间里面倒去，下意识就抱住了白初晗，然后一股香甜的洗发水味钻进了他的鼻子里。

白初晗吓了一跳，等反应过来，立马将余朝清推开了。两人的脸都红了。余朝清赶紧站稳，退后几步，走出房间，在外面低声说道："去吃饭。"

袁叔点了一桌子的本地特色菜等着，还让服务生醒了一瓶红酒，见余朝清和白初晗一前一后走来，两人神色都有些奇怪，心想：这两祖宗该不会又吵架了吧？

余朝清看了眼饭菜，先盛了碗汤喝。

用餐的前十分钟，都没人开口说话。

"对了……"余朝清突然想起工作上的一件事，正要说下去，桌上的手机却响了。

一张图片先跳了出来，余朝清还没反应过来，便看到莫覃发来的一条信息：思甯在我这里，想让她活着回去，别报警，别声张，按我说的做。

袁叔见余朝清的神色不对，问："怎么了？"

余朝清摇了摇头，不动声色地将手机拿到桌底下，打开那条短信来看。莫覃让他今晚十二点在郊外见面，只能他一个人去。

"我吃饱了。"白初晗擦了擦嘴，站起身来，"我回屋休息了，你们慢用。"

"哎，这酒不喝啦？"袁叔问，"这可贵了呢，晚上喝红酒助眠。"

白初晗假装没听到，已经走到电梯间，一眨眼的工夫就不见了。

袁叔正准备倒酒给余朝清，没想到他也"噌"一下站了起来，说了句“我有点事”，就匆匆离开了。

袁叔愣在原地，手里的酒瓶放下也不是，继续倒也不是，心里一气：现在的年轻人都太不行了。

白初晗准备晚上再去汪培家看看，弄清吴阿姨和莫覃之间是怎么回事。入夜，天色渐晚，它走了近一个小时的路才到汪培家。汪培家里亮着灯，吴阿姨在家。

小白跳上二楼，汪培家里的陈设没有任何变化。楼上仍旧黑漆漆的，只有楼下客厅里亮着灯。

“吴姨，现在我们是一根绳上的蚂蚱了，你觉得你还能和我撇清关系吗？”一个男人的声音从楼下传来，小白听出那人是莫覃。它悄悄地走到楼梯边探出脑袋去看，只见客厅里坐着好几个人，它一眼就认出了王斌和林跃。他们吊儿郎当地坐在沙发上，姿态悠然，全然把这里当自己家了。

吴阿姨坐在一个小板凳上，那只大花猫被她抱在怀里，面对莫覃的趾高气扬，她选择不回应。

“你到底还想不想救你老公了？”莫覃问。

吴阿姨舔舔嘴唇，没有抬头：“救人也不能杀人，那是犯法的。”

莫覃大笑道：“你把那个姓白的女的弄昏的时候，怎么没想到那也是犯法的？”

“总之，你们不能把那个女孩关在我家，你们快带走。”

“啪”一声，莫覃一脚踹翻了茶几上的果盘：“都跟你说了，等十二点一到，我们就带走，你嚷什么？！你是不是要让你家邻居都知道你家里关了个人？！”

吴阿姨噤声了。

王斌站起身，笑嘻嘻道：“哎呀，消消气，别跟长辈一般见识嘛。”

莫覃一沉下脸，就显得格外阴郁，加上脸上的那道疤，看上去分外吓人。

“你说余朝清那小子会一个人来吗？”林跃问。

“会的。”莫覃的神情稍微松懈下来，“除非他想让他的女朋友被人撕票。”

女朋友？小白听到这里忍不住抻长脖子，竖起耳朵，想听得更仔细点，余朝清什么时候有女朋友了？

“你休息会儿吧。”王斌拍了拍莫覃的肩膀，“听说警察到处找你，补足了精神，晚上才好和余朝清玩游戏。”

吴阿姨仍旧紧紧地抱着花猫，苍老的指节慢慢抚摸着它的脑袋，嘴里喃喃道：“真是造孽啊，造孽……”

小白打了个呵欠，它太累了，便趴在地板上眯了会儿。楼下的人大概也休息了，渐渐没了动静。不知过了多久，它觉得身边好像多了个人，下意识打了个激灵，睁开眼站了起来。

不是人，是那只大花猫。它两只溜圆的眼睛死死地盯着小白，没有任何生气，对这个陌生来客露出了不太友好的眼神。

小白很少和真正的猫打交道，一来，它听不懂猫语，所以无法真正和对方交流。二来，它发现自己和这些真正的猫相比，身上似乎少了什么气味，所以总是很难融入它们，所以它经常被野猫追打、欺负。不过，大花猫也不是真的猫。

小白机警地往后退了几步，大花猫立马逼近，这让小白意识到事情不太妙。它轻轻地“喵”了一声，然后迅速朝窗口跳去，大花猫也迅速追了上去。

这猫想干吗？小白有些慌了，直接跃上了一棵大树。大花猫可能是年纪大了，行动渐渐缓慢下来，没有一口气跳上树，而是滑了下去，还发出了两声惨叫，估计是摔疼了。小白站在树上往下看，大花猫抬起头来，一双眼睛在夜色中显得格外幽深、凌厉。

“你这只小猫，是欺负我年龄大不成？”一个苍老沙哑的声音从大花猫嘴里发出，呼哧呼哧的，“下来吧，我不会拿你怎样。”

小白惊诧地望着花猫，心想：是花猫在说话？于是，它“喵”地叫了声，可不知该如何像花猫那样开口说话。

“你还没有完全变成猫，自然不会说话。”像是看穿了小白的心思一样，花猫帮小白解答了疑惑，“不过你已经能听懂我说话了，证明你离我这样也不远了。”

小白听到这里，心“咯噔”一下沉了下去，它犹豫了一会儿，从树上跳下去，朝花猫走去。

“不过照理说，不应该再有你这样的猫存在了，都十几年了，当年的那批人应该都跟我一样变成真正的猫了。”说到这里，大花猫低下头舔了舔自己的爪子，像一只真正的猫那样。或者说，它就是一只猫。

小白不能说话，心里干着急，它有好多话想问，但张嘴只能发出一连串的“喵喵”声。

“我知道你一定很想问我问题。”花猫说，“你是前几天来我们家里的那个女生吧，白航的女儿。白航，天哪，这个名字太久没听到了，当时我都没反应过来，还在想白航是谁。猫的记性果然不行，不能和人相比呀……”花猫自顾自说着，前后逻辑混乱，可能是太久没有说过话的原因，吐字也有些含混不清，“不过你怎么会变成猫呢，遗传也不对啊？那时候你都八九岁了，这变异也不会传染，真是奇怪。”

小白想问花猫当初他们在邽山究竟遭遇了什么事，但花猫说了半天都没说到重点，最后小白着急了，直接一爪子挥过去，想打断絮絮叨叨的花猫。花猫反应迅速，躲了过去。

“你这猫怎么回事，尊老爱幼都不懂吗？”花猫又舔了舔自己的爪子，“我知道你是来干什么的，想找到不变成猫的方法是吗？”

小白立马“喵喵”两声以示回应。

“那你还是放弃吧！要是能有办法，我至于变成现在这副样子吗？”

小白自然知道有这个可能，但被花猫这样直接说出口，还是有些难以接受，真的一点办法都没有了吗？

见小白沉默，花猫意识到自己说话太直接了，不过这么多年没和同类说过话，在情商方面早就不如当人的时候了。

“其实……”花猫不知道该不该说这件事，毕竟跟自己家人有关，“可能也不是全无办法。”

小白幽绿的眼睛在黑暗中闪闪发光，亮晶晶的。

“我的儿子是科研人员。”花猫说到这里的时候，脸上流露出自豪的神色，“听我老伴说，他现在跟一个特别厉害的植物学教授在做科研，或许他能找到帮我变回人类的方法。”

“喵。”小白示意花猫继续说下去。

“但我总觉得这里面有些事情怪怪的。”花猫说，“这一两年，儿子很少打电话回来，每次打电话回来，我老伴都要走到一边接，也不告诉我实验具体进展到哪一步了。而且，这几天家里突然来了些陌生人，他们都很凶，不知道在策划什么……”

小白大概听明白了，如果它没有猜错的话，之前余朝清说莫覃为了让林桃复活而抓了他，如今莫覃和吴阿姨成了一伙，吴阿姨的生活简单、规律，做人与世无争，能够让这样一个上了年纪，又隐居在云南小县城的女人以身犯险，除了最爱的家人外不会有其他原因了，这个原因自然是变成猫的汪培。

第十一章 化险为夷

深夜空无一人的小径上起了雾气，汽车亮起前雾灯，缓慢地往前行驶。小白迅速地越过一棵棵树，尽力跟上莫覃他们。

车开了半个小时后，停在了一片树林旁。小白用力喘了几口气，选了一棵枝叶茂盛的树藏了起来。

余朝清那家伙不会真蠢到一个人来吧？小白担忧地想着，因为如今它几乎帮不上什么忙。

王斌和林跃没有来，莫覃带了另外两个男的，长得非常强壮，一看就很能打。他们打开车子的后备厢，抓出一个眼睛蒙着黑布的女生。小白朝女生看去，认出那是余朝清的那个相亲对象。

过了一会儿，一辆汽车从远处驶来，灯光穿过淡淡的薄雾，像给这片树林笼罩上一层淡粉色的轻纱。等车渐渐驶近，小白看到车里只有余朝清一个人。

莫覃倚靠在车身上，点燃一支烟，神情淡然地抽了口，看见余朝清从车里出来，然后抬起夹着烟的手冲对方挥了挥，算是打过了招呼。

“放了她吧。”余朝清说，“我已经来了。”

思甯听到余朝清的声音，情绪立即变得激动起来，但她的嘴巴被胶布封住了，只能发出“嗯嗯”的声音。

“我肯定会放她的。”莫覃将烟头扔在地上踩灭，“我的目标只是你而已。”

余朝清穿了件黑色的羽绒服，露出里面的黑色衬衣的衣领来，衣领微微敞着，可以看见漂亮的脖颈。

莫覃站在距余朝清七八米的地方，依然能找准余朝清的颈动脉。不过不需要这么残忍，他已经准备好了换血的工具，只需几个小时就能将余朝清身上的血全部抽出来，到了黎明，他就能用这些血救活林桃了。想到这些，他不禁觉得血脉偾张，隐隐开始兴奋。

“你先把她放了，反正我人就在这儿，还能跑了不成？”余朝清讨价还价道。

莫覃料想余朝清也闹不出什么幺蛾子了，便示意伙伴把思甯放了。

眼罩一解开，思甯“哇”一声就哭出来了，并立即朝余朝清跑去。前天她发信息给余朝清问他来不来看自己的演出，他回信息说会去，她还因此高兴得整晚都没睡觉。不承想，第二天演出时，她并没见到他，直到演出结束后她才收到他的短信。他约她单独见面，要邀请她在云南玩一阵子。于是她跟老师请了假，没跟老师他们一块儿离开云南。她提着行李兴冲冲地到了约定地点，没想到见到的却是莫覃，她还被莫覃打昏了。

“朝清。”思甯用力抱住余朝清，把脸埋进他的衣服里，“你别过去，我们快跑吧。”

余朝清伸手在思甯的后背上轻拍了一下，安抚道：“你开车回去，然后报警。”

“不。”思甯直摇头，“你会死的，我听到他们说的话了，他们要抽干你的血。你会没命的！”说着说着，思甯开始呜咽起来，害怕地抱紧了余朝清。

“我说！”莫覃不耐烦了，“现在可不是谈情说爱的时候。”余朝清再不过来，他就要让人过去抓了。

余朝清一把拉开思甯，伸手帮她擦了擦眼泪，用不容置疑的语气说：“听话，你现在开车离开。”说完，他便松开她的手，朝莫覃走去。

小白真想一爪子拍在余朝清脸上，他的智商是倒退了吗？！还真就一个人来了！

思甯在原地愣了一下，想到余朝清刚才在她耳边低语了句“我有办法，相信我就赶快走”，便不舍地看了余朝清的背影一眼，转身进了车里，发动车子离开了。

“你的女朋友有点薄情寡义啊！”莫覃笑了笑，然后打开车门，对余朝清说，“上车吧。”

小白“喵”地叫了一声，以迅雷不及掩耳之势朝莫覃扑去，直接抓花了莫覃的脸，不过代价是被其中一个大汉捉住了，大汉提着小白的后颈说：“哪来的野猫，捏死算了。”

莫覃摸了下脸，并无大碍：“看来连猫猫狗狗都舍不得你走啊！”

余朝清看了一眼猫，顿时汗毛都竖了起来。他没看错，这次他可以百分之百确定，他见过这只猫，是在啤酒花培育基地的那只……或者之前他遇到的白猫也是这一只……因为这个大胆的想法，他觉得后背凉飕飕的，感觉真是见鬼了。

“一只猫而已。”余朝清说，“看我的面子上，放了吧。”

莫覃挥挥手，说：“放了。”

脖子上的力道一松，小白立即跳到地上，但它没有立刻逃走，而是围着余朝清转了几圈。余朝清不明白这只小猫为何这样跟着自己，心里一软，蹲下身轻轻揉了揉它的脑袋，语气温柔地道：“快回家吧，外面坏人多，不安全。”

小白用头在余朝清温热的掌心蹭了蹭，终于离开了。

莫覃开车将余朝清带到一处废弃的工厂，这里几年前是洗衣粉厂，后来倒闭了，一直荒废到今天。莫覃早让人收拾了一下这里，搭建了一个简易的手术室，从国外请了医师过来。

余朝清看了眼四周，荒凉破败，想到自己要在这里被人抽血，一阵恶心从胃里涌了上来。

“那个……我说……”余朝清咳嗽了一声，“我能问个问题吗？”

莫覃瞥了他一眼，说：“不能。”

余朝清觉得无语：“总要让我死得明白吧。”

“放心，你不会死的。”

“敢情不是你换血，每个人的细胞都有差异，万一我产生排斥了怎么办？你看看你这个医疗条件，我觉得非常不靠谱。”余朝清神情挑剔，好像他还有得选似的，“我觉得向你提出用我的血救你女朋友的那个人，压根儿就是胡说八道！兄弟，我觉得你是被邪教洗脑了，趁还没有酿成大祸，回头是岸吧。”

莫覃用像是看智障的眼神看了一眼余朝清，冷笑道：“巧了，这个邪教头子以前还是位教授。你说我是该听你一个不学无术之人的话，还是听教授的话呢？”

“士别三日，当刮目相看。”余朝清继续拖延时间，“老实说，我已经不是以前的余朝清了。”

“我知道。”莫覃不耐烦了，“不然我要你的血干吗？”说着，他朝旁边的两个大汉做了个手势，余朝清便被两个大汉架住，抬向手术床。

余朝清开始笑起来，好像被那两个大汉挠了胳肢窝，笑得前仰后合：“我都说了，我不是以前的余朝清了。”

莫覃还没反应过来，一枚细针朝他射了过来，他没躲开，针直接刺入他的左胳膊。余朝清又朝那两个大汉射去，可是没射准，他立马跑到一边，调整好位置准备重新射击。

这把麻醉枪是余朝清自己做的，上次和白初晗在一块，被那个骑摩托车的人追过一次后，他便起了戒备心，买了几本机械组装的书回家研究，最后便自己做了这把麻醉枪，里面的麻醉药剂量也是他找人悉心配好的。之前和莫覃去啤酒花培育基地时他忘了带，这次终于派上了用场。

知识改变命运啊！余朝清不禁感慨道。

两个大汉一左一右包抄过来，余朝清快被逼到角落去了。屋里灯光昏暗，余朝清往后退的时候不小心踩到了什么，“啪嗒”一声，一只脚陷进了木板缝隙里，拔不出来了。就在这时，头顶的梁柱上一道白影闪过，白影朝其中一个大汉脸上扑去，只听“啊”一声大叫，那大汉捂住脸弯下身子，痛苦地在地上打滚。

小白来的时候路过一户农家，农家的院子里晒了干辣椒，它便嚼碎了涂在爪子上，刚才它把爪子拍在了大汉的眼睛上，虽没有抠破大汉的眼睛，但那辣味也够大汉难受一阵子了。另一个大汉听到声音，注意力被这边吸引，余朝清便趁机把脚拔了出来，然后朝大汉连续射出两支麻醉针。

“咚”一声，大汉栽倒在地。

此时，屋里只剩下那个外国人医生，他一脸惊恐地看向余朝清，用蹩脚的中文说着：“我……我跟他们，不是同伙。”

余朝清笑了，用流利的英文告诉对方：“你走吧。”

这时，外面响起了警车的鸣笛声。余朝清走到门口往外看，一排警车正朝这边驶来。他的手机安了定位系统，他让思甯离开的时候把追踪器偷偷塞到她手里了。他当然不至于傻到自当鱼肉，任人宰割。他说过了，他早已不是从前的余朝清了。

“嘿，怎么又是你。”余朝清看向那只白猫，想过去抱它起来，没想到它迅速跑开，并在黑暗中回过头来，用碧绿的眼睛望了余朝清一眼，然后消失不见。

第二天，白初晗起床下楼吃早餐，看见餐桌一边坐着余朝清、袁叔，还有思甯。袁叔的表情极其复杂，他老人家大概是觉得待会儿会上演一场腥风血雨的戏。自家少爷的前女友和未来女友见面，场面甚为尴尬，不过他转头看了一眼自家少爷，少爷竟然还在怡然自得地用果酱抹吐司，看来昨晚的事没给少爷造成太大影响。

“早啊！”白初晗看见思甯后一点儿都不惊讶，神色自若地在对面坐下来，然后开始吃早餐。

倒是思甯对白初晗很好奇，伸手拉了拉余朝清的衣角，小声问："她是谁啊？"

余朝清头也没抬："离职员工。"

思甯点点头，冲白初晗笑了笑，觉得气氛有些奇怪，便没再继续往下问。

因为这边还有些后续事宜需要处理，袁叔便留下来善后，余朝清把司机也留给了袁叔，他自己在当地重新买了辆车开回去。他坐上驾驶座后，白初晗和思甯同时朝副驾驶座走去，但思甯抢先一步拉开车门坐了进去。白初晗愣了一下，反应过来后自嘲地笑了笑，坐到后面去了。

回程的路上，思甯一直讲笑话帮余朝清提神。不过她没有讲笑话的天分，讲出来大多都很冷。白初晗忍不住翻了个白眼，戴上了耳机，昏昏沉沉地睡了过去。不知睡了多久，中途车子颠簸了一下，白初晗被晃醒了。她睁开眼，却发现车里只剩下她一个人。

"余朝清？"她四下望去，发现汽车停在了一条偏僻的小道上，周围一辆车也没有，路上起了白茫茫的雾气。她有些害怕，急忙下车去找余朝清。

她一边走，一边叫余朝清的名字，可是无人应答，只有她的声音在四周回荡着。突然，她看到白雾里多了一群黑影，她站在原地不敢再往前走。只见那些黑影越来越近，越来越近，黑影快到眼前时，她终于看清，原来那是一群猫。

白初晗打了个寒战，往后退了一步，结果脚一滑，摔倒在地上。不知从哪里跑出来一只大黑猫，站在她身边，用阴森的眼神死死盯着她："跑什么跑，你和我们不一样吗？！"

“啊！”白初晗吓得叫起来，醒来发现自己还在车里，余朝清和思甯都还在前面。

余朝清立马停下车，回过头问：“你怎么了？”

白初晗擦了擦额头上的冷汗，说：“我做了个噩梦。”

“能把你吓成这样，估计是够吓人的。”

思甯转过身，递给白初晗一颗薄荷糖。

白初晗接过糖，说了声“谢谢”。

“要不你和她换个位子。”余朝清说，“她一个人坐在后面，估计待会儿会胡思乱想，又会害怕了。”

思甯有些不乐意，但余朝清都开口了，她也不好说什么，便解开安全带下车。

“这样不好吧。”白初晗假意客气，没等余朝清再说话，就打开车门下去了。

白初晗坐进副驾驶座后，余朝清瞥了她一眼：“话说，你是不是做过什么亏心事，才会大白天做噩梦？”

白初晗勾了勾嘴角，冲余朝清阴森森地笑道：“杀人、放火、碎尸，不知你指的是哪一件亏心事？”

余朝清瞪了瞪白初晗：“没劲。”

余朝清先将思甯安全送到家，思甯下车后走到驾驶座外面，敲了敲车窗。

“你什么时候有空，到我家吃个饭吧？”思甯对余朝清说。

“还是不了。”余朝清说，“不太合适。”

思甯怔了怔，明白了余朝清的意思，知趣地笑了笑，然后转身进了屋。

“这么漂亮的女孩子你也舍得拒绝？”白初晗打趣道。

“男人一天只知道情情爱爱的，没有出息。”余朝清说完，自己先笑了。

白初晗也跟着笑了起来，她抬头看了眼天空，冬日里难得的晴天，她的心情也跟着好了起来。

余朝清开车经过街道的时候，看见所有商家门口都挂满了红灯笼，才意识到明天就是除夕了，难怪钟灵把他的电话都快要打爆了。

“过年去哪儿？”余朝清问。

“一个人瞎过。”白初晗回答。

“你不去你养父家？”

“不去。”白初晗的手臂枕在车窗上，脑袋靠在手臂上，“现在他是我的仇人了。”

车子转弯行驶到马路上，车辆增多。余朝清关上窗户，打开暖气，车里的交通频道正播放着新年歌曲。明明是热闹的节日，他却感到一阵寒冷。

前方的分岔路口就像一个个未解答的谜题，他觉得自己走进了一个迷宫，而他至今还不明白出口在哪里。

姜游山打电话来时，白初晗正在睡午觉，她模模糊糊地接通了电话，还以为在做梦。

“你回家跟我们一块儿过除夕吧。”姜游山的声音沙哑，听上去气若游丝，白初晗怀疑他的病还没好全。

“我在外地呢。”白初晗撒了谎，“做调研。”

“我看到你了。”姜游山说，“今天我在路上看见你坐一个男生的车回家，是和他在一起吗？男朋友？你可以把他带回来一起吃饭的。”

白初晗脸上一阵发热：“不是，普通朋友。我……我真的有事，去不了。”

姜游山没再强迫，对她说了声“新年快乐”。

“新年快乐。”白初晗说。

挂完电话，白初晗感觉鼻子一酸，差点哭出来。在这样的日子里，也只有游山哥哥还记得她了，可是她没法去见他，过了七点她就不再是他的小晗，而是一只猫。想到这里，白初晗感到一股强烈的悲伤攫住了自己，便起身去找父亲的照片。白初晗将父亲的照片拿在手里看了良久，情绪才慢慢缓了过来。她还有很多事要去做，她还有很多美好的未来，所以她必须找到变回人的办法！这样她才能和珍惜的人一起过除夕，一起看月亮，一起过圣诞、看雪……去做很多很多美好的事情。现在，她需要找到汪培的儿子，从那里寻找变回正常人的办法。

晚上白初晗泡了一碗面，打开电视准备观看春节联欢晚会，电视里面欢天喜地、喜气洋洋的人群，会让她觉得没那么冷清。余朝清发了条祝福短信过来，小白看到手机屏幕上跳出来的字：新年快乐！看你在云南救了我的分上，我可以考虑让你回公司上班……

小白舔了舔爪子，在沙发上打了个滚。

这时突然响起了一阵敲门声，接着是姜游山的声音：“小晗，小晗你在吗？”

敲门声没停，小白顿时慌乱了，不知道该如何是好，姜游山怎么这个时候来自己家了？

姜游山敲了一会儿门，见没人回应，便给小白打电话。屋内的电话立马响了起来，姜游山在门外听见了，于是，敲门声更重了些："小晗。"

大概是以为白初晗一个人在家出了什么事，所以姜游山想也没想，直接撞开了门。本来出租屋的大门就不是很结实，姜游山很容易就把门弄开了，结果看到屋里亮着灯，开着电视，还有一盒吃完的泡面，沙发上蹲坐着一只白猫，唯独不见白初晗。

姜游山一眼便看到桌上的手机，他在屋里找了圈，见没人，便把视线转移到那只白猫身上。

"我怎么好像在哪儿见过你。"姜游山走过去，抱起小白来，"小晗什么时候养了只猫……你知道你家主人在哪里吗？"

小白"喵"地叫了声，算是回应。

不过姜游山的观察力太强，很快他就发现事情不太对劲。因为白初晗的拖鞋就在沙发旁，而她平时出门穿的鞋子就在门口，说明她根本没有出去。

那她人呢？

小白察觉到姜游山已经有所怀疑，便挣开来，跑到角落去了。

姜游山站起身，在屋里扫视了一圈，又看向小白。他的眼神里充满着疑问，可这个想法实在太荒唐了，于是他只好作罢，找了工具箱来，开始修理大门。

"不修好这门，小晗那丫头看到了还不知道会多生气。"姜游山自言自语地拿出扳手和锤子，然后把门扶正，转过去看向小白，对它说，"你可以过来吗？"

小白站在原地没动，姜游山便朝它伸出手，它这才慢慢走过去，不知道他要做什么。

姜游山将小白抱在怀里，好像生怕小白跑了似的，这才又开始修理大门。姜游山的怀里很暖和，小白很安静地待着没动，看他把门修好，然后起身，带着小白重新坐到沙发上。就这样一直坐到凌晨，时间走到十一点五十九分，他对着空气说了声："新年快乐。"

小嘉的电话随之打来，问姜游山在哪里。

"我在小晗家。"姜游山说，"抱歉，今年没和你们一起过。"

小嘉的声音听上去有些难过，断断续续地传来："我没什么的，只是姜叔叔的心情不是太好……"

"嗯，今天真是不好意思。"

"那你早点休息，过几天我再来找你。"

姜游山挂了电话，便把脚放在沙发上，侧着身子躺在沙发上面准备睡觉。小白还被姜游山抱在怀里，看样子他今晚是准备就这样入睡了。小白"喵"地叫了声，表达不满，但他听不出来，闭上眼睛，一副很惬意的模样，很快睡着了。

第二天早上，白初晗变回人身，提起拖鞋准备蹑手蹑脚地出去，想着待会儿再假装回家，不经意发现姜游山。可她刚走到门口，姜游山的声音就从身后传来："大早上去哪儿？"

白初晗明显一怔，回过头，讪笑道："你怎么在我家？我昨晚去朋友家吃饭了，喝了点酒，就睡在她家了。"

姜游山没有立即回话，而是盯着白初晗看了良久，脸上慢慢浮现出一种复杂的神色："你准备骗我多久呢？"

白初晗仍旧做着最后的抵抗："我不明白你在说什么。"

姜游山神情一松，不再追问："一起吃个早餐吧，我昨晚有带吃的过来，热一热就行。”

“好。”白初晗说。

昨晚姜游山把家里的年夜饭每一样都打包了一点，用保温盒装着，只需要放进微波炉里热几分钟就能吃。白初晗把热好的饭菜放到茶几上，有十几样菜，这恐怕是她吃过的最丰盛的早餐了。

“有酒吗？”姜游山问。

“大清早喝酒对身体不好。”白初晗说。

姜游山挥挥手：“去拿。”

于是两人一人一罐啤酒，碰了碰，喝下一大口。

“新年快乐。”姜游山说。

“新年快乐。”白初晗冲他笑笑，拿起筷子，开始吃饭。

吃饭期间姜游山不住地咳嗽，他从包里掏出装药丸的小盒，拿出药来，就着啤酒一饮而下。

“你的病怎么还没好？”白初晗见他咳得这么厉害，去给他倒了杯水，“用酒服药，还不如不吃。”

“那你呢？”

“我？”

“你为什么会变成猫的事，你还没说呢。”

余朝清起了个大早，提着打包的年夜饭，开着车朝白初晗家走。因为路上堵车，他无所事事地拿出手机看：莫覃已经被保释出来，警方所掌握的线索和口供，并不涉及谋杀，最后按照两人之间产生矛盾发生了争执处理。余朝清知道这事只能如此，他总不能说莫覃抽干自己的血是为了救活一个死人吧？这天方夜谭的话估计只有白初晗会相信了。

对，只有白初晗会相信，可是为什么她会相信？余朝清现在才意识到这个问题，疑点最多的人还是这个女的呀！所以他先跟她打好关系，才比较好下手。想到这里，他又瞥了眼副驾驶座上的打包袋，这些饭菜都是钟灵亲手做的，还是凌晨时趁父母都睡着了，他偷偷到厨房弄出来的。不然要是让钟灵知道他打包她做的东西给别人吃，估计会暴跳如雷吧。

堵了近一个小时的车，道路终于疏通了，余朝清开车到白初晗楼下，直接拎着袋子就上楼了。他以为白初晗既然是个孤儿，又不回养父家去，过年肯定怪孤独的，想着等会儿她感激涕零的模样，他心里就有种快感。但是他把门敲开后，开门的人是一个男人。

"你找谁？"姜游山狐疑地从上到下打量了余朝清一番，认出他是那天和白初晗在一起的男生。

余朝清往后退了两步，抬头看了眼门牌号，确认这里确实是白初晗的家后，他心底一股说不上来的情绪蹿了上来，脸色立刻垮了下来，闷声闷气道："我走错了。"然后转身下了楼。

"谁啊？"白初晗从卫生间走出来，走到门口时，楼道里已经一个人也没了。

"好像是你朋友，不过他说他走错门了。"姜游山说。

白初晗想了想，除了姜游山外，只有余朝清知道她家的住址，大早上余朝清来这里干吗？

姜游山关上门，对白初晗说："刚才讲到哪里了？我们继续聊。"

此刻还有更重要的事，白初晗没有心思去想余朝清为什么会来找她。

两人坐回沙发上，继续刚才的话题。

白初晗将自己变成猫的原因，以及了解到的一些事都告诉了姜游山，但故意省去了在姜乾家里看到的那一幕。

姜游山听完后，良久没有开口，他沉默地垂着头，偶尔咳嗽两声。

“对不起，小晗。”姜游山突然道歉，“我也不知道父亲竟然做了那样的事……”他痛苦地抱住头，神情充满了自责。

白初晗从没有怪过姜游山，因为她知道这个世界上谁都可能对她心存恶意，但是游山哥哥从来善良、正直，不会故意去伤害任何人。

“其实在很早前我就有所察觉了。”姜游山抬起头来，眼睛有些发红，“虽然我比你年长几岁，但其实我是个懦弱的人，所以才想要一直逃，逃去很远的地方。”

从小到大，姜乾在姜游山心里的形象都是一个好父亲、好领导。父亲为人正派，言谈举止皆有一股名流作风，他一直把父亲视作偶像。直到高三那年，父亲公司里的一个员工不知犯了什么错被开除，来到家里找父亲求情，他正好放学回家，便看到了那一幕。他一辈子都不会忘记当时的场景，一向对人温和有礼的父亲用脚将那人踢倒在地，并狠狠地踩了几脚，然后冲那人不屑道：“就凭你，也敢跟我提条件？下辈子吧。”

这件事就像昂贵的古董瓶上多了一条微小的裂缝。

后来，姜游山撞见了好几次类似的事，他终于明白自己的父亲并不是什么伟岸光明的人物，不过是为了金钱和权力而伪善的商人。于是，那条细缝越来越大，越来越深，眼看瓶子就要彻底裂开，他便选择像鸵鸟一样遇到危险就把脑袋埋进沙子里。他去了一个很远的地方，找了座茶山做生意，不过是因为不想再和父亲有太多往来。

只不过姜游山没有想到，就连白初晗的父亲也不过是自己父亲手中的一枚棋子。

“游山哥哥……”白初晗伸手在姜游山头上轻轻拍了拍，“我没有怪你，你千万不要内疚，这些事与你无关，我自己解决就好。”她不想让他为难，在她和他的父亲之间做选择。

“当年邽山的陨石事件后，有一支考察团队上了山，那支考察团队就是你的父亲带头的。据你父亲当时的研究，那个陨石来自非常遥远的外太空，里面含有地球上没有的大量元素和物质。在计算那个陨石的质量和速度后，他们发现陨石中间应该有块核心物质，那个物质可以改变地球上生物的 DNA 结构，具有非常大的科研价值。”姜游山说到这里，剧烈咳嗽起来，白初晗去倒水、拿药，他抚了抚胸口说，“我没事，天冷了身体难免有些不好。”

“你到底得了什么病？”白初晗问。

“都说了是小病。”姜游山吃完药，靠在沙发上休息。

“游山哥哥，你别骗我。”白初晗说。

姜游山拍了拍她的脑袋，笑道：“真是小病。”

“人为财死，鸟为食亡。”姜游山继续讲道，“如果一件事有百分之五十的利润，资本家就会冒险；如果有百分之一百的利润，资本家就敢于冒被绞杀的危险；如果有百分之三百的利润，资本家就敢于践踏人间的一切法律。我的父亲就是在其中看到了百分之三百，甚至更高的利润，这才会诬陷你的父亲。

“他们把那个核心物质称作灵丸，据说把那个东西提取出来后，再注射进人体，可以治愈一切疾病，甚至可以让人长生不老。”姜游山说到这里就笑了，“自古以来，这是多少帝王梦寐以求的事情，如今竟有了可能。我的父亲便想让白叔叔和他一起做事，把灵丸的事情压了下来，没有向公司和上面的领导汇报。但白叔叔的为人你也清楚，自然是没有同意，结果我的父亲就伪造了文书，诬陷白叔叔贪污公司公款，逼得白叔叔自杀……”

白初晗怔怔地望着姜游山，觉得脑子里好像蒙了一张宣纸，一片空白，胸口一阵酸楚，眼圈红了，眼泪一滴一滴落下来。她该说什么呢？她能说什么呢？从最开始得知父亲的死和姜乾有关的时候，她愤怒过、仇恨过，但现在看到游山哥哥因为姜乾做过的事如此愧疚、难受，她有些于心不忍，旁人不应该被牵连进来的。

姜游山咳嗽了几声，伸手轻轻拍了拍白初晗的头：“我想了很久，不知道该不该告诉你，我怕你伤心，可是我更怕你什么都不知道。而且，这一年多来你变得十分奇怪，我早就担心你了。之前我找到当年的研究资料，据说陨石事件后，第一批上山的人全部遭受陨石影响而异化成猫，所以昨晚我进屋看到白猫时，心里就隐约猜到了。”

“我是吃了邽山上的野菜才变成这样的。”白初晗说，“大概时间太久了，邽山上的植物都被陨石所影响了。”这样说来，当时她和余朝清待的那个山洞里的猫都是当年异化的人吗？

“这些信息都是我偷偷进父亲的书房找到的蛛丝马迹。现在我的父亲似乎资助了一个研究所，里面的人专门找寻和研究灵丸，因为当年他们并没有找到灵丸，而青德大学这几年派人去邽山考察都是我父亲出钱资助的。我想你可以从这里面入手，或许能找到一些东西。”

将姜游山送走后，白初晗裹了裹大衣，一个人往回走。路上经过一辆看上去眼熟的汽车，她不由得多看了几眼，就在这时，车门一下子打开了。余朝清伸出头来，臭着张脸，好像谁欠他五百万似的：“大过年的不待在家里，出来瞎跑什么？”

白初晗愣了一下，还没反应过来，余朝清已经把她拽进了车里：“外面不冷吗？坐进来暖暖。”

“你大过年的跑来找我干吗？”白初晗松了松围巾。

“路过。”余朝清把打包的年夜饭提过来，“我是来扔垃圾的。”

“你家的垃圾跑到这里来扔？”

“因为我觉得这里特别适合扔垃圾。”余朝清振振有词道，“我看了一下，这方圆十几里，就这个地方适合扔我家的垃圾。”说着他把袋子放到了白初晗手里。

“神经病。”白初晗觉得他莫名其妙，直接打开车窗，将东西扔了出去。

“你……”余朝清气得差点岔气，“你怎么乱扔我东西？！”

“你不是说是垃圾吗？”

“那……那也是我家的垃圾。”余朝清吞吞吐吐道，“我家的垃圾不可以乱扔。”

白初晗觉得今天的余朝清很奇怪，她往后缩了缩身子，打开车门钻了出去：“要是没别的事我先回家了，再见。”

余朝清下车跟了上去，跟到楼下，白初晗回过头来，脑袋歪了歪，问：“你到底想干吗？”

“年终奖。”

“什么？”

“我其实是来给你发离职员工年终奖的。”余朝清清了清嗓子，正色道，“我们公司有一项福利，就是年底的时候，公司会给这一年表现优异但已经离职的员工一定的奖励。”

“什么奖励？”白初晗双手抱在胸前，配合道。

“上车你就知道了。”见白初晗站着没动，余朝清走过去直接拽起她的手，“你这人要是能不这么犟，一定会比现在可爱一百倍。”

白初晗被塞进车里，还没坐稳，余朝清就伸手过来，拉过安全带帮她系上：“半个小时就到了。”

车里的暖气很足，白初晗昨晚本就没睡好，早上和姜游山又聊得神经紧张，现在终于放松下来，靠在椅背上很快就昏昏沉沉地睡了过去。等她醒来的时候，余朝清已经捧着两杯榛子拿铁上车，让她喝杯咖啡提神。

“这是哪里？”白初晗睁开眼，看到前方是一片云雾缭绕的山脉，整个人一下子清醒了。她打开车门出去，风一下子钻入她的脖子，她缩了缩脖子，喝了口咖啡，走到围栏处。

“这里是全市看晚霞的最佳点。”余朝清颇为得意。

“怎么一个人都没有？”白初晗深吸了口气，空气里似乎都带着森林的味道，她的两个脸蛋被冷风吹得红扑扑的，显得更动人了。

“我包了。”

白初晗愣了下，随即不自在地笑道：“这就是离职员工的年终福利？”

余朝清点头：“满意吗？”

“其实……”白初晗叹了口气，“要是你能折算成人民币，我一定会非常开心的。”

余朝清瞪了她一眼：“庸俗。”

虽然嘴硬，但白初晗心里暖暖的。本来因为姜乾的事脑子里一团乱，现在被余朝清带到山上，人似乎到了高处，就什么也不想思考了。在大自然面前，人类真的太渺小了，似乎一切的爱恨情仇都变得微不足道了。

谢谢了。她在心里说道。

景区餐厅也被包了下来，只有余朝清和白初晗两人。服务生送来了定制的双人料理，醒好红酒后就退了下去。

白初晗不太习惯余朝清这突如其来的改变，两只手放在腿上没动。

“你又怎么了？”余朝清看到盘子里有龙虾，心想：她该不是在暗示自己给她剥虾吧？

“你干吗突然对我这么好？”白初晗问。

“谢谢你在云南的时候救了我。”

“你已经谢过很多次了。”

“年后你有什么打算，要不要回公司？”余朝清建议道。

“我还有些重要的事要去处理。”白初晗端起手边的红酒喝了一口，感觉食欲瞬间打开了，“这酒还蛮好喝。”

“你喜欢，我待会儿让人送一箱去你家。”

白初晗放下酒杯，正想说什么，结果不小心将杯子碰倒了，白色的桌布立即被染红了一片。余朝清招呼服务生过来处理，等来人拿出手帕帮忙擦拭的时候，余朝清惊讶道："你怎么在这儿？"

白初晗抬起头来，看见穿着制服、打着领结的不是别人，而是汪源。

"余总……"汪源垂下头去，"我在这里兼职。"

余朝清皱了皱眉，问："我给你发的年终奖还不够你回家过年？"

"不是。"汪源急忙解释道，"年终奖已经很多了，只是我有私人原因才出来兼职的。"

见汪源一脸为难，余朝清便不好再多问，就说："你把桌子收拾干净了，就忙你该忙的吧。"

汪源走后，白初晗问余朝清："吕教授的伤怎么样了？"她从学校那边听说了吕教授受伤的事，觉得很意外，因为吕教授是个做事非常谨慎细致的人，不可能在实验中出错。

"吕教授已经出院了。"余朝清说，"警方调查出来是有人故意换了研究所里的实验材料。最开始，警察把嫌疑人锁定在汪源身上……"说到这里他不自觉压低了声音。

"然后呢？"白初晗问。

"不过汪源有不在场证明，以及他没有任何伤害吕教授的动机。"

白初晗垂下眼眸，想到了一些事。吕教授在学校里一直与其他老师格格不入，对名利似乎都不感兴趣，轮到他上课时，他就去教室上课，下课也从不耽误时间。有人说，自从他的妻子在多年前去世后，他就活得超然于世外，对周遭的一切都变得漠然。

所以，当初吕教授出现在余朝清公司的时候，白初晗觉得很奇怪，因为她觉得吕教授不是会为了钱财而单独出来为企业服务的人。

“你自己要多加小心。”白初晗想到姜游山早上说的那些话，如果真是那样，灵丸多半是在余朝清的身体里，所以才能解释余朝清为何会失忆，为何会突然变聪明，还有为何突然多了许多危险。她不知道有多少人知道关于灵丸的事情，但凡知晓者大概都会想从余朝清身上分一杯羹吧。

人类自古以来就醉心于力量，这天外来物不知道会让多少人变得心思诡谲，又会让多少人为此而丧命。

第十二章
千钧一发

新年过去了，余朝清上班的第一天，因为受不了钟灵的唠叨，他一大早就出发去公司。他在公司附近的早餐店要了一碗牛肉面，刚坐下来，就看到门口进来一个穿着粉紫色呢子大衣的女生，她端着一碗豆浆和一根油条进来，扫视了一圈，在他这里顿了一下，然后走了过来。

“这么巧。”余朝清率先打了招呼。

“嗯。”白初晗嘴里含着油条，“我想回来上班。”

余朝清心里自然开心，但见白初晗脸上冷冷的，他便也故作姿态道：“公司是你想来就来，想走就走的？”

白初晗喝了口豆浆，抬起头来看他：“你之前不是让我考虑回来上班吗？我现在回来，你不是应该高兴才对吗？”

余朝清马上否认道：“我有说过这样的话吗？”

白初晗看了他一眼，点点头：“你说过。”

“总之。”余朝清咳嗽了两声，“待会儿你先来我办公室一趟，流程还是得走的。”

白初晗没跟余朝清争辩，喝完豆浆放下碗，擦了擦嘴，说：“好。”

白初晗这次回来主要是想调查吕教授，因为吕教授是去邽山考察队的领头人。既然姜乾资助了学校之前两次的考察，那么吕教授一定知道些什么。

大半个月没见到吕教授，他看上去比从前憔悴了许多，受伤的手掌还缠着纱布，并未痊愈。看到白初晗来研究所，他先是微微愣了一下，然后看到余朝清从门口进来，扫视了屋里一番。

“吕教授。”白初晗打招呼道。

还没等吕教授开口，余朝清便抢先道：“她回来继续上班，你看有什么事情忙不过来的就交给她吧，毕竟你的伤还没好全。”

吕教授笑道：“小晗回来，我确实多了个得力帮手。”

“汪源呢？”余朝清这才发现汪源不在。

“他请假了。”吕教授说，“家里有些事。”

“那你好好工作。”余朝清对白初晗说。

白初晗点点头，顺从地走到自己的办公桌前。

“余总，我有些事要跟你说。”吕教授走到余朝清面前，附耳说了几句。

余朝清神色一变，严肃道：“你来我办公室。”

吕教授将一份文件和一个小盒子放到余朝清的办公桌上，双手交叉放在身前，说：“这是我研制出的药丸，经过临床试验已经证明有效。吃过这药丸的小白鼠都比一般的老鼠活得更久，身体也更健康、强壮。”

余朝清的情绪有些激动，他没想到自己想要的长生不老药这么快就有了进展。他翻开文件看起来，一目十行，很快就看完所有资料。

“看这理论，确实没有任何问题。”余朝清打开药盒，里面有三粒红色的胶囊。

“一天一粒，人的服用剂量要大些。”

“有什么副作用没？”

“头昏嗜睡，这几天可能都没精神。”

余朝清点点头：“待会儿我会让财务把尾款打给你。”见吕教授一副欲言又止的样子，余朝清问他怎么了。

“我听说你在云南发生的事了。”吕教授推了推眼镜，“都怪我之前没有调查好，才出了这样的纰漏。”

“人是我的朋友，整个流程都是我亲自跟的，跟你没关系。”

“我想将功补过，可以把这个项目继续交给我做吗？”

“当然可以。不过现在白初晗回来了，这个项目之前她负责得更多，所以有什么事你们商量就是。”

“谢谢余总。”

余朝清正处于极大的兴奋中，拿着那盒药丸左摆弄右摆弄，打算下班后先吃第一粒。

白初晗正在研究所里翻看书籍，想看看哪些植物和啤酒花相生，结果看到吕教授失魂落魄地进来了，她疑惑地仔细看了眼。到下班时，吕教授还处在失魂状态，一个人在椅子上呆坐了良久，她收拾好东西，走过去轻轻叫了声：“吕教授。”

他这才回过神来，眼神闪躲，道：“什么事？”

“已经下班了。”白初晗说。

“哦哦。”吕教授立即起身，去到自己的位置上慢吞吞地收拾东西。

这是怎么了？白初晗讶异，难道是余朝清责怪他工作没有做到位？不过吕教授并无不妥的地方，怎么从余朝清的办公室回来后，人就变得这么奇怪？

白初晗狐疑地走出办公室，上了楼，见余朝清的办公室还亮着灯，就走过去敲了敲门。

“请进。”

白初晗看见余朝清的神色不错，一副春风得意的模样，说：“我想找你帮个忙。”

“你说。”余朝清心情很好，看上去不管这时是谁提出要求来，他都会满足对方。

“我想看看吕教授在人事部的档案资料。”

“你看那个干吗？”余朝清起了警觉，看向白初晗，“他不是你的老师吗？学生调查起老师来了？”

“有些问题想弄清楚。”这几日余朝清对自己的态度渐渐转好，让白初晗觉得他会答应自己这个要求，不过现在看来似乎是自己想得太简单了。

“什么问题？”

“我怀疑吕教授跟莫覃的事有关联。”白初晗说，“不过这些都是我自己的推测，所以我想看看吕教授的人事档案，或许能从中找到点什么。”

半个小时前，余朝清吃了第一粒胶囊，现在药开始起作用了，他觉得脑袋有些发昏，身体乏力，眼前的白初晗也开始变得模模糊糊，好像离他很远很远。

“你坐吧，我给人事部经理打个电话，看他下班没。”

白初晗坐在沙发上，见桌上摆放着几本书，伸手随意翻了翻，都是些脑科学和物理学方面的书籍。

“他一会儿就把吕教授的资料送过来。”余朝清挂了电话，对白初晗说。

余朝清还没等人事部经理送来档案资料，就靠在椅子上睡着了。

人事经理过来时，白初晗冲他做了个安静的手势，接过资料，小声对他说：“谢谢了，看完了我明天早上给你送过去。”

白初晗打开文件袋，才发现人事经理把汪源和自己的档案资料也放了进来，大概人事经理误以为余朝清是要整个研究所工作人员的资料。

吕教授的个人档案上亲属一栏是空白的，紧急联系人填的青德大学教务主任的名字和电话。白初晗知道吕教授的妻子去世了，原来他们还没有孩子。这样说来，吕教授的社交圈子应该很小，既没有亲人也没有什么朋友，似乎和莫覃不会产生什么交集。白初晗正想着，余朝清突然翻了个身，结果“砰”一声摔下椅子，掉到地上去了。

白初晗被这突然的动静吓了一跳，手一抖，文件袋里的资料掉到了地上。弯腰捡起资料时，她看到汪源父亲的名字的时候，整个人怔在了原地。

汪培。

这两个字像一把弩上的弓箭，直直地射进了白初晗的脑子里，以至于她都忘了关心摔在地上的余朝清。

余朝清估摸着屁股摔出了瘀青，爬起来之后，见白初晗完全没有要搭理他的意思，心里有些不满，便走过去看她看什么看得这么专注。

“你还没看完啊？”余朝清依然觉得累，先前的神采奕奕早已消失不见，现在看上去没精打采的。

“看完了。”白初晗把资料放回文件袋里，抬头看向余朝清，“你没事吧？”

“现在才想起关心我一下。”余朝清没好气道，“我困死了，要回家睡觉。”

白初晗站起身：“需要我送你吗？”

“不需要了，我打个车回去。”余朝清挥挥手，看样子似乎等不及了，没等白初晗跟他一起，便先离开了。

余朝清一上出租车便昏昏沉沉地睡了过去。路上他做了个梦，梦里他置身于一个黑暗的洞穴，洞里潮湿阴冷，隐隐听到黑暗里有阴森森的猫叫。他挣扎着睁开眼睛，看见远处斑驳的亮点，缀在黑暗中，幽幽地盯着他。他感觉脑袋疼得要爆炸，便抱住自己的头用力地拍了拍，但无济于事。而那些幽幽的亮点离他越来越近，慢慢地，他终于看清了它们的样子，是一只只颜色各异的猫，正朝他走过来。

“主人。”其中一只猫突然张口说话，吓了余朝清一大跳，“主人，你要回来了吗？”

余朝清想张口说话，却发现喉咙被什么扼制住了，什么声音也发不出来。

“主人，你要回来了吗？”另一只猫也发出了相同的声音。

余朝清觉得胸口很热，低头去看，发现一团光从那里发出，像身上的一簇火焰。

“你要回来了吗？”

……

尖厉的、沙哑的、清亮的、低沉的……各种声音都在低语着同一句话，余朝清觉得身体快要炸了，手挠着脖子，想要发出声音来，全身在地上扭曲挣扎，终于从嗓子眼里迸出一声“啊”。

前面的出租车司机从后视镜里疑惑地看了眼余朝清，说：“还有几分钟就到了。”

余朝清发现自己满头都是汗，心脏“咚咚咚”地跳着，好似要蹦出来。

下车后，余朝清立即给吕教授打电话，问：“吃了这个药我又是做噩梦，又是心跳加速，真没问题？”

“没问题，都是正常的生理反应。”吕教授说，“你明天吃第二颗，这种情况就会减轻了。”

余朝清从电梯间的镜子里看到自己苍白的脸上满是惊惶，额前的碎发因为汗水沾在一块，垂在身前的左手竟在微微颤动着。

第二天一大早，白初晗乘坐最早的班车，赶到过年期间和余朝清去的那家餐厅，询问汪源的去向。

“他啊，过完年就走了呀。”大堂经理说，“本来就是过年期间人手不够才招来的，所以他早就走了。”

“他有说他去哪里了吗？”白初晗问。

“好像是回家了。”经理挠了挠头，回忆着，“听说他妈妈的身体不太好，估计是回老家了。”

白初晗走出餐厅，又看了眼外面云雾缭绕的山脉，有许多游客正站在安全围栏前拍照。她想到和余朝清来的那天，他们并肩站在那里看了一场日落，余朝清问她有什么想要实现的愿望没，她想了想，说："我想要一个属于自己的家吧。"

"房子吗？"余朝清当即豪迈地许诺，"我可以送你一套公寓。"

"不是那样的。"白初晗说，"我想要的不仅仅是一间房子。"

当时余朝清似懂非懂地抓了抓头发，最后他干脆地说道："反正我会尽力满足你的。"

想到这里，白初晗的嘴角不自觉弯了弯。

白初晗坐车去公司，在楼下买了两份早餐，准备把其中一份拿去给余朝清，结果到了门口，看见余朝清的办公室门紧闭着，里面没有开灯，余朝清还没来公司。

她有些失望地叹了口气，下楼去研究所，结果在楼道里碰到了苏达。

"学姐！"苏达一看到白初晗就立马张开双臂，作势要和她拥抱。

白初晗闪过，惊讶道："你怎么来了？"

"我回来上班啊！"苏达整理了一下自己的新衣服，这是过年时他特意给自己添置的，"过年的时候突然接到余总的电话，他让我年后回来继续上班，还给我涨了工资。"

"他这么大方啊！"白初晗对这事完全不知情。

"是呀，让我继续做你的助手，我都没想到还能回来。"苏达喜滋滋道，一低头看见白初晗手上的早餐，惊喜道，"这是为我特意准备的早餐吗？"

白初晗还没反应过来，手上的早餐袋便被苏达拿走了，她无奈地笑了：“你吃吧，就当庆祝你回来。”

一直到中午，余朝清都没来公司。白初晗忍不住给余朝清发了条信息，问他在哪里，但他没有回。

中午在楼下餐馆吃饭，白初晗看见人事经理刚好吃完回公司，想到自己还没把昨天的文件袋还给对方，便赶紧扒拉了几口回了公司。

“不好意思，现在才来还资料。”白初晗不好意思道。

“没事没事。”人事经理接过文件袋，说，“反正暂时又用不着，你过几天还我也一样。”

白初晗和人事经理寒暄了几句，然后把话头转到余朝清身上：“今天余总出差了吗？怎么没看到他人？”

“他请假了。”

“请假？”白初晗问，“生病了吗？”

“这我就不清楚了，毕竟他不是员工。”

白初晗又给余朝清发了条信息，后来有些着急了，便直接打电话过去，没人接听。

他该不是出什么事了吧？

白初晗请了半天假，决定下午去余朝清的家里看看。

余朝清早上吃了第二粒胶囊后，脑袋一阵眩晕，他估计今天上不了班了，便请了一天假在家里休息，并给吕教授打电话说明自己现在的身体情况。

吕教授说：“正常的。今天是不是已经比昨天好多了，只是头还昏？”

“我都怀疑我有高血压了。”

“你今天就在家里躺着，别出来走动。”

于是，余朝清就乖乖地在床上躺了一天，还把手机设置成了静音，从早上睡到下午，午饭也没吃。他躺在床上的时候，似乎能感觉到血液从血管里静静流淌过的动静，能听到心脏有规律、有节奏的跳动，能感受到脉搏的起伏。这些感受是他从前没有体会过的，他觉得新奇，好像身体正在更新升级，目前已经更新到百分之七十，明天一过，他就不再是过去的肉体凡胎。

“咚咚咚”，门外响起一阵急促的敲门声，余朝清仍旧躺着没动，他没有力气起床，也不想起床打断现在身体里的这些感受。

敲门声继续，大概断断续续响了几次后，便停下了。四周静下来，余朝清又闭上了眼睛。但还没安静几分钟，门外又开始有了动静，这次不是敲门声，而是门直接被人打开，接着一阵匆忙的脚步声在客厅里响起。

原来是白初晗见敲门没人应答，立刻脑补出余朝清在家里猝死的场景，于是找来保安开了门。

白初晗见卧室的床上直挺挺地躺着个人，心里“咯噔”一下，有了不好的预感。

“余朝清。”她走近喊了声，见他没回应赶快走进些查看状况。

余朝清两只眼睛睁得像两个铜镜似的，眼珠转向白初晗，但没说话。

“原来你醒着。”白初晗松了口气。

余朝清深吸了口气，慢慢坐起来，脑袋仍然很昏，他看到客厅里站着的保安，问白初晗：“你怎么来了？”

“我以为你出事了。”

“我没事。”余朝清说，“只是有些头昏，在家里休息。”

“你脸色看上去不好。”

“吃了药的副作用，没什么。”余朝清不想说话了，又躺了下去，把被子扯到脸上盖住，“你们走吧，我要睡觉了。”

白初晗觉得余朝清很不对劲，但又说不上来哪里不对劲，便先让保安离开。

“余朝清！”白初晗扯下他头上的被子，用命令的语气道，“跟我去医院。”

“不去。”

“有病就得治。”

“我没病。”

白初晗说不动他，便伸手去拉他起来。他整个人就像陷在泥沼里，死沉死沉的，他缩回手去，白初晗反倒被他拽了过去。他的鼻息就在她的耳边，热乎乎的，弄得她脸上痒痒的。她抬头去看他，他正好睁着眼睛看她。他的眼眸很黑，她看到了他放大的瞳孔，还有一团奇怪的光在他的眼睛里上蹿下跳。

“你……你怎么了？”白初晗有些害怕，捧住余朝清的脸，仔细观察他眼里的光。

“你在看什么？”

“你有没有觉得眼睛不舒服？”

“没有。”

“我看到你眼睛里有奇怪的东西。”白初晗起身去找镜子，让余朝清自己看，“你自己看。”

余朝清拿着镜子看自己的眼睛，那团光又缓缓在眼眸里移动，但余朝清并不觉得害怕。他把镜子随手扔到一边，对白初晗说："不用管我，我只是吃了吕教授给的药丸。"

"什么药丸？"

余朝清的眼睛转向白初晗，嘴角露出一个诡谲的笑容："长生不老药。"

"你疯了吗？！"白初晗不知道自己是该气还是该笑，"世上怎么可能存在这种东西？！就算他真的研制出来了，你也不能这样随随便便就吃吧，指不定有什么奇怪的副作用。"

余朝清闭上眼睛，便觉得那股力量再次渐渐回到身体里，脑袋也没先前那么昏了，看来第二粒药已经被自己的身体完全吸收了。

"跟我去医院吧。"白初晗这次几乎是用哀求的语气说道，"现在去医院洗胃，还来得及。"

余朝清的手很凉，他轻轻推开白初晗抓住自己的手，语气淡漠："我没事了。"

白初晗觉得余朝清不可救药了，竟然会吃这么荒唐的东西。虽然之前他有提过长生不老这回事，但他的身体里已经有灵丸了，还吃什么长生不老药，他是想和宇宙长存吗？！

宇宙……白初晗的脑子里突然闪过一个东西，姜游山说灵丸本身是陨石，那么灵丸就是来自宇宙，白初晗想到这里拔腿就朝外面跑去。只听"砰"的一声，余朝清还没反应过来，白初晗便不见了。

这风风火火来去自如的，把他家当什么了？余朝清心中憋气，不过眼下他没心情找白初晗吵架，仍旧安安静静地躺在床上，继续感受身体里的每一分变化。

白初晗一回到研究所，就问苏达吕教授人在哪里。

苏达从白初晗身上嗅到一股火药味，不禁缩了缩脖子："吕教授刚去卫生间了，你这是怎么了？"

"我找他聊点儿事。"

"你要不要先喝点水？"苏达走到桌子旁，给白初晗倒了杯水。

"待会儿吕教授回来了，你先出去待会儿，我要跟他单独谈谈……"话还没说完，吕教授便回来了。

苏达立马机警地放下水杯，溜出了研究所。

"你下午不是请假了吗，怎么又回来了？"吕教授问。

"我刚去了余朝清家。"白初晗开门见山道，"你给他吃了什么东西？"

吕教授不慌不忙地坐下，端起自己的保温杯喝了口水："这是余总自己要求的，我不过是给人打工的。"

白初晗拉过椅子，在吕教授对面坐下，抑制住火气，皮笑肉不笑地道："吕教授在青德大学这么多年，不知道有没有听过灵丸？"

白初晗死死地盯着吕教授的脸，不放过他脸上一丝神色的变化。果然，在听到灵丸这个名字的时候，他的神色一滞，虽然很短暂，但还是被白初晗看在了眼里。

"我不知道你在说什么。"吕教授说。

"我不知道你研究的那个药丸到底能不能让人长生不老，但现在，余朝清在家里要死不活的。他要是真有个什么三长两短，吕教授你担得起责任吗？"白初晗抬起下巴，笑道，"我知道这件事并不简单，之前植物系两次去邽山的考察费用都是姜乾出的，他是我的养父，我能不知道这里面的事吗……”白初晗打算诈吕教授，说完后不动声色地看着他。

吕教授皱了皱眉，看得出在纠结：“小晗，其实当年我和你父亲关系不错，我一直很欣赏、很敬佩他做学术的精神。算起来，我也是你叔叔了，你何必要来为难我？我也不过是替人办事。”

“既然你和我父亲是朋友，就更不应该隐瞒了。”白初晗说，“当年我父亲的死是不是跟姜乾有关？”

吕教授没作声，不承认也不否认。

“算了。”白初晗的身子往后微仰，说，“你把事情全部告诉我就行，你也看出余朝清喜欢我了吧，真出了什么事，我可以帮你说情。”

“真的吗？”吕教授的睫毛颤了一下，眼皮掀开，“有你和余总做我的靠山，我心里踏实些。”

白初晗示意他说下去。

“其实，林桃是姜乾找人杀的。”白初晗不是没怀疑过这点，但亲耳听见这件事，依然给了她不小的震撼，她压制住眼里的泪水，将喉咙里的悲怆咽了回去，听吕教授继续往下说，“去邽山考察确实都是他出资的，因为他想找到当年那块陨石里面的东西。不过因为陨石事件后，邽山一直处于被封锁状态，青德大学每年都会申请上山考察，但都被驳了回来。直到去年，大概上面的领导派出的科考队也没找出个什么东西来，便开始批准高校的科研队伍上山。他自然不会放过这个机会，便找到了我，希望我可以帮他去找灵丸。”

“那个灵丸究竟是什么？”

"灵丸最初是你父亲负责研究的，不过当时因为第一批上山的人，还有当地的村民都变成了猫，上面担心引起骚乱，便封锁了与之相关的所有消息。你父亲和姜乾他们都是第二批上山的，因为穿了特制的服装，所以没有受到感染。当时他们把陨石带回去研究，结果你父亲通过数学和物理公式发现这块陨石当中还有一个特别的核心物质，他取名为灵丸，它含有地球上不具有的大量稀有元素，可以改变地球上生物的DNA。如果能找到它并提取出来，这个成果可以说是颠覆式的。"

"然后呢？"

"当年，你父亲因为出了贪污公款的事自杀了，这事便被姜乾截了下来。但十几年过去了，我们根本不知道灵丸所需的生存条件，甚至它到底存不存在都是个未知数。第一次上邽山没有任何收获；第二次，也就是余总跟我们一块儿去的那次，我们事先在村里找到了一户当年了解陨石事件的人家，但没想到的是，等我们到达邽山，却发现那户人家不见了，倒是余总租住了下来。"吕教授说到这里，打开他的保温杯喝了口水，"姜乾便派人去找那户人家，但是怎么找都没找到，他就怀疑是余总知道了些什么，然后从中作梗，放火烧屋，主要是想吓一吓余总，给余总一个警告。"

"那林桃呢？她什么都不知道，为什么要那样对她？！"白初晗的情绪激动起来，一股悲伤将她的胸腔填满，就快要溢出来了。

"你和余总去邽山的那天晚上，林桃半夜起床出来撞见了姜乾派去的人……那人准备回屋清理掉自己放火时不小心掉在里面的钱包，结果被林桃撞了个正着。"说到这里，吕教授有些不忍再往下说，眼圈也红了，“林桃是个很不错的孩子，也是我的学生，我很后悔没有保护好她……”

白初晗冷笑了声：“你要真是心有愧疚，当时就应该指出凶手是谁。”

“我不能。”吕教授垂下眼睛，“我有把柄在姜乾手里，所以我才不得不去做这些事。”

白初晗之前也疑惑过吕教授无亲无故，又不贪慕名利，为何要和姜乾狼狈为奸，现在她终于解开了这个疑惑，只是他能有什么把柄呢？

“那余朝清呢？”白初晗问。

“余总从邽山下来后昏迷的时间里，姜乾就已经怀疑余总接触到了灵丸。”吕教授说，“当余总醒后，和从前判若两人，不仅智力提高，身体的血液还能愈合他人的伤口，姜乾就盯上他了。”

“那长生不老是怎么回事？”

“这是吞食灵丸后的副作用。”吕教授拿了张纸和笔，在上面开始写写画画，好让白初晗能够更直观地明白，“灵丸来自宇宙，它本身具有强大的力量，如果要找地球上某个元素来形容它，那就是火。火会燃烧，可以煮熟食物，但也可以造成灾祸。任何事物都有好与坏两面，灵丸也是。表面上看它是给余总带来了很多好处，但实际上只是它借助了余总的身体，把他当作载体继续存活下去，它的目的是侵略和占有。但因为它属火，所以在月圆之夜，也就是阴性力量最强大的时候，力量最弱，这个时候它的载体也会受到影响，可能会全身抽搐，痛苦难受。”

"难怪之前农历十五的时候，余朝清全身皮肤都会出现类似植物根须的东西。"

"你是说植物根须？"

"对。"

吕教授笑了笑："看来灵丸在邽山的这十几年时间里，已经和山上的植物融为了一体，以植物为载体而活了下来，后来不知怎么就进了余总的身体里，所以现在又借助余总的身体继续在地球上存活。它的占有欲十分强大，会直接影响到人的心性，当一个人的野心足够大的时候，七情六欲、儿女情长这些都会不再存在，而会慢慢成为一个拥有强大兽性的人。"

"那姜乾让你对余朝清做什么？"

"监视他，并且利用余总想长生不老这件事给他研制药丸。"

"那个药丸到底有什么用？"白初晗揪住吕教授的胳膊，激动起来。

"那确实不是什么长生不老的药丸。"吕教授承认道，"我做了个假的实验流程和物理数据给余总。其实那药丸是暂时削弱他体内灵丸力量的。"

"削弱？"

"按道理说，只有在每月农历十五，趁灵丸力量最弱的时候，才方便从余总体内提取，但是这个时间点不好把握，一旦错过又要再等一个月。所以姜乾便让我利用余总想要研制长生不老药的机会，研制了可以削弱灵丸力量的药丸。之前莫覃操之过急了，就算他真的提取了，没有后续的步骤，也很难成功。"

"后续的步骤是什么？"白初晗问，"莫覃怎么会跟姜乾搭上关系？"

“我也是前不久才知道莫覃原来是林桃的男朋友。”吕教授扶了扶眼镜，“他的父亲跟姜乾认识，姜乾算是他的叔叔。林桃死后，他从姜乾那里得知可以借助灵丸的力量来复活林桃，本来的计划只是先在云南绑了余总，等姜乾过去再动手，结果他太过心急，导致计划失败。”

“取完之后还要做什么呢？”白初晗突然想到姜乾家里的那幅壁画，总觉得这些事之间隐隐有着联系。

“祭祀。”吕教授说，“中世纪欧洲的土地上曾经也有过类似的物质，不过当时科技还不发达，人们以为是撒旦带来的灾难，因此产生了杀害女巫的运动，但大多数是受到物质影响而发生变异的可怜人。也有聪明的炼金术士通过仪式和一些化学手段来进行提取，不过还是因为手段太过落后而失败了。”

“可就算灵丸厉害，又怎么可能复活死去的人？”

吕教授没有直接回答这个问题，而是反问白初晗：“如果你的爱人死了，又有一个渺茫的机会可以令其复活，你还会考虑那么多吗？”

白初晗没再说话，纵然现在科技发展迅速，人类已经可以去到遥远的宇宙，但依然有人相信神明和鬼怪，相信奇迹和不可知的魔法。因为在困境的人们需要希望，哪怕希望渺茫。正因为那些不确定性和未知，才让人生有了期待，不再那么苦闷。

“等余总明天吃完第三粒药，姜乾就会去找他。”吕教授说，“据我所知，他约了姜乾明天去邽山附近的镇上讨论旅游开发区的事。”

“他们要怎么取？”白初晗脑子里闪过莫覃带余朝清去的那个废弃工厂，她记得那里有张手术床，旁边放着简陋的医疗仪器。

“抽血。”吕教授顿了一下，“全部抽干。”

晚上，白初晗变成猫后，去余朝清家里看他。他似乎一天都没有动过，仍旧躺在床上，一半的被子掉在地上，他嘴巴微张，鼻子里发出均匀的呼吸声。

小白在家里转了个圈，它要找到余朝清的最后一粒药丸，把药给毁了。但它翻遍整个屋子，都没看到吕教授说的红色胶囊。大概是它翻找东西发出的声音弄醒了余朝清，卧室里传来一阵窸窸窣窣的声音，而后余朝清穿着拖鞋、顶着乱糟糟的头发走了出来。

小白在黑暗中发光的眼睛暴露了自己的位置，余朝清打开灯，看到沙发上趴着只白猫，先是愣了愣，而后想起了什么，慢慢走过去，在一旁坐下。

小白“喵”地叫了声，但余朝清看都没看它一眼。

“你到底是谁？”余朝清突然说话了，神色冷冷的，“是谁派你来监视我的吗？”

小白不知道余朝清是不是在跟自己说话，只见余朝清盯着面前的空气，它便小心地走过去，想跳到他的身上，但他突然一挥手，将它拦了下来。

“滚。”余朝清转过头来，脸上像起了一层霜，冷得让人不禁脚底发凉。

小白下意识往后退了两步，面前的余朝清像重新变了个人，太陌生了，以至于它不敢再靠近。

余朝清站起身，穿着拖鞋回屋了。

第二天早晨，白初晗买了早餐等在余朝清的房间门口。他一开门，便看见了一脸谄笑的白初晗。

“早安。”白初晗晃了晃手里的早餐，“一起吃饭吧。”

“砰”一声，余朝清将门重重摔上，空气从门缝里挤出来的时候，全部扑在了白初晗脸上。

过了许久，余朝清才重新打开门，他穿戴整齐，头发还抹了发油，拿着车钥匙朝电梯间走去。

白初晗拦住了余朝清，直接问：“你已经把第三粒药吃了吗？”

“你这人怎么老是阴魂不散？”余朝清直接推开她，按下电梯按键。

“余朝清！”白初晗觉得不太对劲，他怎么好像变了一个人似的，好像……又回到了他失忆那次刚刚醒来时的样子。

电梯下来，余朝清没有回头，走进电梯，关上了电梯门。

白初晗便乘坐另一架电梯下楼，在附近找了辆车，让司机开去邽山。她不知道自己到底可以做什么，一个人的力量肯定无法阻止姜乾，所以她想到了姜游山。这个时候，也只有他能帮她了。

手机拨通后，姜游山温和的声音传来：“小晗。”

“游山哥哥，帮我个忙。”

第十三章 反戈一击

到达邽山旁的小镇已是中午，白初晗在镇里找了一圈，也没找到余朝清的车，便先找了晚上歇脚的地方。她办完入住手续后，就在旅馆里等姜游山过来。房间的椅子瘸了条腿，她只好坐在床边，不停地给余朝清打电话。一开始电话还能打通，但没人接听，后来她再打，语音提示她已经无法拨打余朝清的电话，她的电话被拉黑了。

白初晗突然想到苏达是信息技术专业的，或许他能有办法找到余朝清，便给他打电话。

苏达听说白初晗要找余朝清，立马答应了下来："找是能找到，不过我得先回学校一趟，根据他的手机定位来追踪地址。"

"大概需要多久？"

"两三个小时的样子。"

姜游山没有开车，他担心被姜乾发现，就租了一辆汽车过来。

到达旅馆后，白初晗见他穿着羽绒服，围着围巾，一副很怕冷的打扮，便问他身体是不是不舒服。

“可能年纪大了，不禁冻了。”他说着正要往那把坏掉的椅子上坐，白初晗及时拦了下来。

“你怎么都不看看？”白初晗把他拉到床边坐下，烧水灌了个热水袋递给他暖手。

“你知道他们现在人在哪里吗？”

白初晗摇头：“我让一个朋友去找了，找到后他就会给我发信息。”

“昨天晚上我父亲没有回去。自从之前我不小心从挂画里知道他的事后，我们就很少一起吃饭聊天了，只要我一说起关于邽山的话题，他就会大发雷霆，所以我不知道他到底要做什么。”

“我觉得……”白初晗顿了一下，“他可能会杀了余朝清。”

姜游山慢慢地睁大眼睛，眉头蹙起：“我希望他不会这般狠毒。”

白初晗不知道该说什么，毕竟那是姜游山的父亲，他再坏、再令人讨厌，这也是无法改变的事实。

“抱歉。”白初晗说，“我实在找不到其他人帮忙了，现在只有你能阻止姜叔叔了。”

姜游山露出淡淡的笑容，伸手轻轻拍了拍白初晗的头：“放心，我不会让你的朋友受到伤害的，更加不会让你受到伤害。”

“谢谢。”

“只是……”姜游山愁然地望着她，“你有没有想过，或许可以研究余朝清身体里的灵丸，以此来找到你不再变成猫的办法？”

“那都是以后的事了。”白初晗说，“现在最要紧的是要保护余朝清。”

姜游山的视线在她脸上扫了圈，心中大概了然她对余朝清的心意，便不再多说。

晚上他俩下楼就近找了家店子吃了饭，继续等苏达那边的消息。

眼看就要到七点了，白初晗开始坐立不安，她在房间里来回走动着，心里担心得都快要炸开了。

“小晗。”姜游山说，“你这样走下去，我眼睛都快花了。”

“苏达那家伙不是说两三个小时吗？怎么这么久还没给我定位？”

“不要急。”姜游山说，“你不要自乱了阵脚。”

这时桌上的手机发出“叮”的一声，信息来了。

白初晗看了眼苏达发来的地址，对姜游山说：“我们可以出发了。”

余朝清所在的地点离镇子大概有十分钟的路程，那是一座私人山庄，因为被群山和周围茂密的树林遮挡住了，所以一般人很难发现它的位置。

“没想到这地方居然建了这么一栋豪华的房子。”白初晗感慨道。

姜游山说：“这好像是我家的。”

“你家的？”

“我也从没来过，不过之前听我爸说过，他在一个镇上建了个山庄，可以避暑、宴请宾客之类的。”

“看来姜叔叔确实没少赚钱呀。”白初晗说，“那我们怎么进去？”

大门处有安保，四周都安装了监控，不可能翻墙或者直接闯入。

“走正门！”姜游山拿出手机，“我给我爸打个电话，就说我来附近玩，时间太晚想起他说这附近他建了个山庄，就想进去住一晚。你变成猫后，再从门口进来，我等你。”

白初晗点点头，目前也只有这个办法了。

没多久，山庄的大门便打开了，姜游山直接进入。白初晗躲在阴影处，没多一会儿，便变成了猫。

小白从大门的缝隙里钻了进去，经过台阶的时候，姜游山从柱子后面走了出来。他蹲下身，让小白跳到他身上，然后用羽绒服将小白包裹起来，只露出一点缝隙，好让它呼吸。

姜乾正在大厅里宴请余朝清，两人今天在邽山附近考察了环境，并商量了开发旅游度假区的方案。余朝清看上去神采奕奕的，正悠闲地晃着面前的一杯红酒。姜游山进去后，他抬起头来，点头示意了下，又继续把玩手里的酒。

姜乾对姜游山的突然到来显得很不悦，但因为有客人在，他又不好直接发火，只能先带着姜游山进屋，介绍给余朝清认识。

“余总，这是我儿子。”姜乾给余朝清介绍道，“姜游山。”

余朝清这才站起来，伸出手和姜游山轻轻握了握，脸上自始至终带着疏离而客气的微笑。

姜游山认出余朝清了，原来过年去白初晗家里的人就是他。

“余总，我们见过的。”姜游山小声道，不让姜乾听到。

但余朝清对此并无反应，握完手后就坐回位子上了。

姜乾将姜游山带到角落处，对他说：“今晚我有很重要的事，你直接上楼找房间休息吧，不要下楼来。”

“谈什么事呢？”姜游山好奇道，“我不能参与吗？”

姜乾看了儿子一眼：“你什么时候对我的生意感兴趣了？”

“茶山最近生意不行，想取点儿经。”

“改天吧。”姜乾开始不耐烦了，招了招手，让管家把姜游山带走。

姜游山只好先上楼去，忍不住回头看了余朝清一眼，发现对方正好也在看自己。

余朝清今天带了三个工作人员过来，但都在姜乾的猛攻下开始微醺了。姜乾让秘书把签约合同拿给余朝清清看，其实余朝清对度假旅游不感兴趣，但不知道为什么，听到邽山两个字的时候，他觉得很兴奋，就像摄入了大量多巴胺，让他心情愉悦。冥冥之中，他觉得自己应该拿下邽山附近的地，并借此机会开发旅游区。这里面没有什么商业战略，更多的是一种奇怪的牵引。

“如果没问题的话，就可以签约了。”姜乾的声音从桌子的另一头传来，余朝清抬头朝姜乾望去，对方冲他露出意味深长的笑，脸上的褶子更深了。

余朝清觉得身体里有一团火苗在慢慢往上蹿，不知道是不是吃了吕教授给的药丸的副作用。不过今天他的精神很好，已经不再感到乏力和眩晕，反倒有种飘飘欲仙的感觉。

姜乾的秘书将签字笔递过去，余朝清接过笔，很快在签名栏下签下自己的名字，然后按上手印。

“余总，合作愉快。”姜乾走过去和余朝清握手。

余朝清笑道：“希望我们能够让更多人知道邽山。”

“我带你去个地方。”姜乾神秘道，“你一定会喜欢的。”

姜乾命人备车，要带余朝清现在上山。

余朝清看了眼自己的那三个员工，对他们说：“走了一天你们也累了，就不用跟我 去了。”

姜乾说：“余总有我们照顾，放心。”

于是，余朝清便跟着姜乾离开了山庄。姜游山在楼上听到了动静，立刻下楼来，见那三个员工还待在大厅里，便问：“他们人去了哪儿了？”

“去邽山上了。”一个人回答道。

姜游山心里暗叫不好，便问管家车库里还有没有多余的车。

管家迟疑地看向姜游山：“老爷说今晚不让你下楼……”

管家的话还没说完，姜游山已经冲过去抢走他手里的钥匙，然后朝车库跑去。

车库里还停放着一辆奥迪，车身已经积了一层灰，看来已经很久没有人开过了。他打开车门坐进去，小白顺势从他衣服里钻了出来，跳到副驾驶座上。

“我爸带余朝清上山了。”姜游山说，“你坐好了。”

汽车启动，管家追了过来，但姜游山已经将车开了出去。管家立即给姜乾打电话，告诉他少爷开车上山了。

“废物！”姜乾生气道，忍不住对着手机大发雷霆，“这么点事都做不好，还留着你干吗？！”

一旁的余朝清闻声转过头来，姜乾便敛住怒气，压低声音道：“你赶快找人去追他。”然后挂掉电话，换了副面孔，对余朝清笑道，“家里出了点事。”

“要是着急的话，我们可以掉头回去。”

“都是小事。”姜乾笑道。

车开到中途，仪表盘上显示油量不足，后面有两辆车追来，速度很快。姜游山眼看就要被对方追上，于是将车开进一侧的树林里，带着小白弃车逃走。

“你给我指路。”姜游山对怀里的小白说道。

小白探出脑袋和爪子，指了指东南方向，姜游山便顺着道路一路狂奔。

山上的气温比镇上低得多，冷风呼呼地刮过姜游山的脸，像凛冽的刀子刺进皮肤里。天上挂着惨淡的上弦月，四周乌云密布，大雨欲来。

余朝清跟着姜乾下车，发现他们到了邽山的山顶。四周漆黑一片，他们站在空旷的原野上，风一吹过，野草摇曳时发出窸窣的声响，仿佛一群魑魅魍魉在暗处低语。

“你带我来这里看什么？”余朝清把双手放进外套兜里，冷得打了个哆嗦。

“你知道十几年前的陨石事件吗？”姜乾走近余朝清，和他并肩站立，“当时你还小，可能记不太清了，那块陨石就是落在这座山上。”

余朝清四下望了望，想起上次白初晗绑了他，要带他来这里，袁叔说他之前出事的地方也是在这里，但这还是他有记忆以来第一次来到邽山，不知为何有种莫名的熟悉感。

“姜总带我来这里是看流星雨不成？”余朝清开玩笑道。

“哈哈哈。”姜乾笑了起来，“余总真会开玩笑。”

“外面太冷了，我们还是回车上吧。”余朝清正要转身，结果回头就看见好几个人就站在自己身后，因为天太黑了，他只能隐隐看见那些人的轮廓，看不清他们的脸，“姜总这是什么意思？”

其中一个人从黑暗中慢慢走出，直到走近了，余朝清才看清对方的脸，是莫覃。

“好久不见。”莫覃露出诡谲的笑容来，他身后的人也跟着走过来，是王斌和林跃。

“原来你们认识。”余朝清看向姜乾，笑了，“姜总的这个惊喜真是太大了。”

莫覃冲王斌和林跃打了个手势，他们便朝余朝清冲过去。余朝清踉跄地躲开，心里真想骂人，他这是得罪这群人的祖宗了吗？非得一而再，再而三地跟他过不去！

余朝清寡不敌众，加上现在在山上，他的视线受阻，很快就被抓住了。他被王斌和林跃两人架着往前走，走了一段路看见一个很大的帐篷，他还没反应过来，就被推了进去。

帐篷里点着蜡烛，掀开帘子进去时风也跟着吹进去了，蜡烛立刻晃动起来，影影绰绰。余朝清被人绑在椅子上，然后嘴巴里被塞进了一块布。

“姜叔，你这做法会出人命的吧。”莫覃在边上不冷不热地道，“上次你让我去捉他的时候，可没这么多把戏啊！这次又是吃药，又是劳心劳力带到这荒山野岭。”

姜乾从喉咙里发出阴森森的笑声：“上次我也没让你把人就地抽血，幸好没成功，不然就等着功亏一篑吧。”

莫覃皮笑肉不笑，他知道姜乾是只老狐狸，所以一开始就信不过对方。天上就算真有馅饼掉下来，也是个子高的先抢到，所以上次在云南，他想直接把余朝清的血给抽了，免得带回去让姜乾有使诈的机会。不过人算不如天算，兜兜转转，最终他还是要从这个老狐狸手上分一杯羹。

“灵丸已经被这小子的身体吸收了，不抽血刮骨，怎么能把灵丸完全地提取出来？”姜乾让人把医生带进来，“只要做得干净点，伪造他是坠落山崖的就行。”

姜乾双手环在胸前，似笑非笑。

余朝清嘴里发不出声音，只能瞪着眼睛看这群丧心病狂的人。抽血刮骨？有一瞬间他怀疑自己听错了。

“不能打麻药。”姜乾见医生拿出麻药来，阻止道，“会影响灵丸的。”

医生是从泰国偷渡过来的，医术并不高明，但一般常识还是知道的。姜乾要求他先将余朝清的血抽干，但是要先护住余朝清的心脏，要是不打麻药，余朝清是会直接疼昏过去的。

见医生犹豫着没动，姜乾便厉声催促道：“你是想被警察遣送回国，还是在这里安家，就看你今晚的表现了。”

医生哆哆嗦嗦地应了声，赶紧去准备工具了。

余朝清觉得自己全身的血都冲进了脑子里，胸口发烫，嗓子又干又燥。不知是害怕还是其他原因，他好像开始产生幻听，隐隐听到远处有人在絮絮低语：“你回来了……”他一下子想到了那个噩梦，不由得打了个寒战。

医生拿着手术刀，解开余朝清衣服的扣子，露出他胸口的皮肤来。

“抱歉，抱歉。”医生说了两句蹩脚的中文，准备用刀切开余朝清的皮肤。

就在这时，帐篷突然猛烈地晃动起来，医生的手一抖，把刀缩回去了。

“少爷！”帐篷外响起一个惊慌的声音，“老爷要是看到你是会发脾气的。”

姜乾转头看向帐篷的出入口，一个熟悉的人影钻了进来。姜游山把外面的冷气带了进来，他的怀里抱着一只白猫，气氛瞬间变得古怪起来。

莫覃站着没动，换了副看好戏的神色。

“爸，你这是在干吗？”姜游山看到被绑在椅子上的余朝清，立刻冲过去要解开绳子，但被姜乾拦了下来，“你这是在犯罪。”

“你回家，有什么事明天说。”姜乾命令道。

一旁的莫覃幽幽道：“姜叔，需要我帮忙把你儿子请走吗？”

姜乾瞪了莫覃一眼，冷声道：“不用。”

小白从姜游山的怀里跳到地上，然后绕到余朝清的身后，想帮他弄开绳子。

“我已经报警了。”姜游山说，“你们要是不想被警察抓到现行，现在最好收手。”

“啪”一声，姜乾还没反应过来，巴掌已经落在了姜游山的脸上，这是他第一次动手打儿子。

帐篷里瞬间鸦雀无声，大家纷纷朝姜乾和姜游山看去。小白惊讶地抬头望向姜游山，心里涌上一股歉疚的情绪。

姜游山镇定道：“收手吧。”

“你知道什么？”姜乾怒吼起来，“我还不都是为了你！你都快要死了，你还管别人的死活干吗？”

小白怔住，不明白姜乾话里的意思。姜游山也愣了一下，似乎想要阻止姜乾继续往下说，立即抢了话头："你做了那么多错事，不要再继续错下去了。"

姜乾气得咳嗽起来，他抚了抚胸口说："我承认我以前是为了钱，但现在，我只想救你。你的病是不治之症，只有灵丸可以救你。"

姜游山一直想要隐瞒的秘密还是被他的父亲说了出来，他叹了口气，不敢去看小白。其实他这次从茶山回来，就是因为身体出了问题。医生说他得了骨癌，现在已是晚期，活不了几个月了。他不想让白初晗知道，因为他知道她会难过，他只想在他还活着的时候能够护她周全。

"我不要用别人的命换自己的命。"姜游山推开姜乾，朝余朝清走去，帮余朝清拿走嘴里的布条，正准备弯腰解绳子的时候，却被莫覃拦下了。

"你当这里是你家吗？"莫覃的力气很大，稍稍一使力，就将姜游山推得往后踉跄了几步，"姜叔有姜叔的打算，我有我的打算。就算今天姜叔同意放人，我也不会答应。"

姜游山冷冷地看向莫覃，嘴角露出不屑的笑容："年轻人，口气不要太大。"

"游山！"姜乾呵斥道，"这里没你的事，给我滚回去！"

姜游山又咳嗽起来，他取下围巾，又脱下羽绒服，单薄的羊绒衫包裹着他瘦削的身体，露出了他病人的本色。他见桌上放着纱布，便取了一截缠到手掌上。他少时练过格斗，没想到会在今天派上用场。

"游山！"姜乾几乎是声嘶力竭了，大喊着外面的人进来，把姜游山带走。

但是姜游山奋力抵抗，其他人看在姜乾的面子上，也不敢真的对姜游山做什么。于是这样拉拉扯扯下来几个回合，反倒僵持住了。

一旁的莫覃等得有些不耐烦，他的性子本就急躁，见案板上的鱼肉久久下不了刀，心里一急，直接从身上抽出随身带的匕首，朝姜游山走去。

在众人还没反应过来之时，莫覃已经绕到姜游山的背后，冰冷的刀锋直插姜游山的背部。姜乾几乎像发了疯般朝莫覃冲去，用力将他推开。

姜游山的背部受伤，感觉力气也随着伤口一同散去，体力不支，朝后直挺挺地栽去，姜乾及时接住了他。

“医生，快救我儿子！”姜乾大喊道。

那个泰国医生赶紧过去，慌慌张张地开始为姜游山止血。

“放心，一点小伤，死不了人。”莫覃不冷不热道，“你对亲生儿子下不了手，我这不是帮你嘛。”

“你这个疯子！”姜乾怒极，“要是游山有个什么三长两短，我让你全家陪葬！”

莫覃笑了笑，并不在意，掏出香烟和打火机，点了支烟。他见医生把匕首拔了出来，伸手过去：“把我的刀还我。”

医生战战兢兢地看了眼姜乾，又望了眼莫覃，这两人谁都不是好惹的主，他谁都不敢得罪。

莫覃见医生没动静，便自己走过去拿走了刀，并顺手抓起一块布把刀上面的血迹擦干净了。

“姜叔，如果不能救活林桃，我也不会让你的日子好过的。”

“你说什么？！”姜乾没想到莫覃会这般放肆，他让人看着姜游山，自己走过去，站到莫覃面前，指着莫覃的脸道，“别忘了，没有我，你什么都得不到。”

莫覃讨厌别人拿手指着自己，眼眸里闪过一丝戾气，但他压制住了，不动声色道：“这我自然是知道的。”

莫覃知道光取血没用，上次计划失败后姜乾才告诉他，取血后还有一个什么复杂的仪式，他听不懂，只知道姜乾这老狐狸还留了后手。

姜乾走出帐篷，对外面的手下低声吩咐道：“事情一结束，把莫覃这小子给我打残。”

他不会放过任何伤害姜游山的人，不过他觉得很奇怪，为什么姜游山会突然跑到这里来救余朝清？他们之前又不认识。但转念一想，姜乾想到了白初晗，只有这个丫头和余朝清那小子有瓜葛，而姜游山又一直很在乎白初晗。当年他看到白初晗写下心事的日记本时，就预想未来要是姜游山知道是自己逼死了白初晗的父亲，该是怎样一副场景，没想到他千般阻挠，还是如今这般结果。

医生帮姜游山包扎完伤口后，开始准备余朝清的事情。今晚发生的一切事，远远超过他过去三十多年来的经历范畴。最开始不是说好只是要做个小手术吗？怎么就被人带到这荒郊野岭，还目睹了这么可怕的事？但是为了能够留在这里，他不得不冒险……

医生拿起手术刀，转过头去看余朝清，发现他竟然睡着了！

莫覃也发现了余朝清的不对劲，问医生：“他这是睡着了，还是被吓昏过去了？”

医生走近余朝清，探了探他的鼻息，然后伸手推了推他，试图把他叫醒。但余朝清完全没有任何反应，所以，这是真的吓昏过去了？

小白见姜游山的伤口处理好了，跑过去看他，舔了舔他耷拉在地上的手。

姜游山醒了过来，伸手摸了摸小白的头，轻声道：“不要担心。”

小白呜咽地叫了声，心里十分歉疚，用头去蹭姜游山的掌心。

就在这时，小白突然觉得身体好像被人定住了般，动弹不了了。姜游山发现它的不对劲，伸手将它抱进怀中。一股巨大而未知的力量好像在牵拉着它，它闭上眼睛，仿佛看到了宇宙中许多未知的星系，一个声音在脑海里倏忽响起：“它回来了。”

小白浑身一个激灵，在姜游山怀里站了起来，警觉地望向帐篷外。

“怎么了？”姜游山被小白的动作弄得莫名其妙，也转头看向帐篷外，但除了蜡烛映照在上面的影子外，什么也没有。

有东西来了。

小白深吸了口气，屏住了呼吸。

姜乾正和手下的人说着话，突然感到脖颈处一股凉风钻了进去。他抬起头，朝前方的黑暗处看去。那里什么也没有，只有森森的草丛在风中摇曳着，恐怖阴森。不知为何，他心里有些发毛。

“就照我说去办。”姜乾迅速结束对话，准备回到帐篷里，刚转身，就听到身后传来一声惨叫。

他还没来得及回头，就感到脖子被什么尖锐的东西挠了下，一股温热的液体缓缓流了出来。

帐篷内的小白瞳孔瞬间放大，惊恐地看着外面突然出现的一团黑影。黑影朝这边迅速移动，小白还没来得及闪躲，一大群猫便冲进了帐篷里，龇牙咧嘴地朝帐篷内的人扑去。

医生的手被一只黑猫狠狠地抓了下，一大块皮肉瞬间没了，他吓得扔掉手术刀，抱头跑到角落里开始尖叫。莫覃不知道从哪里跑来的这群猫，十几只猫朝他同时扑去，他力气再大，也没法一次性全部甩开。其余人则乱成一团，和这群猫搏斗着。

小白带着姜游山钻到了桌子底下，它害怕得全身汗毛都竖了起来。姜游山气若游丝道："这些猫是怎么回事？"

小白也不明白，脑袋里像装了一团糨糊，拼命想抓到点什么，但什么也抓不住。

余朝清身上的绳子被野猫们咬断，他睁开眼睛，站在那群猫中，神色木然。整群人里，只有他没被猫攻击。此时的余朝清更像是这群猫的首领，他的胸口隐隐发着红光，在野猫的保护下走出了帐篷。

小白浑身一个激灵，脑海里突然闪过很多片断。那天和余朝清在山洞里发生的事，断断续续，就像做梦般钻进了它的脑子里。它终于明白过来，这一切都是灵丸的作用。那群猫是被灵丸召唤过来的，它们都是为了守护灵丸而存在的。它也终于明白过来，为何那天它和余朝清待的那个山洞里会有那么多猫，余朝清又为什么会被猫抓得遍体鳞伤，因为他曾想毁掉灵丸的载体。猫们为了保护灵丸和他殊死搏斗，没想到最后灵丸却被他吃进了肚子，而现在这些猫为了保护灵丸现在的载体，又全部从山洞里跑出来搭救他。

小白扬起脖子，冲姜游山喵喵叫了两声，想告诉他让他留在这里，它要去外面看看动静。不知道对方明白自己的意思没，它从桌下探出头去，确认没危险后，便跑出去追余朝清了。

猫都围在余朝清的周围，簇拥着他隐没在黑暗中。小白看到姜乾捂着受伤的脖子坐在地上，显出了他这个年龄的老态来。它真想冲过去为父亲报仇，但想到姜游山还在帐篷里，需要人照顾，它便按压下情绪，跟随那些猫一起离开了。

它们走了很久，小白压根儿记不住路线，感觉自己兜了一个很大的圈子，好像一直在原路绕来绕去，最后不知怎么就来到了洞口，猫们纷纷跳了进去，余朝清也顺着洞口滑入。

小白朝四周望去，周围没有任何可以当作参照物的东西，也只好沿着洞口跳了下去。小白惊讶于洞内的空间，洞壁两边刻着文字和画，它一一看完，终于明白这里发生了什么。原来这些猫都是当初第一批上山的人，有科研人员，也有本地的村民。

“你是谁？”一只黑猫发现了小白，警觉地看向它。

小白喵喵叫着，说不了话。

“这是只真猫吗？”另一只花猫也发现了它，“不过长得真漂亮，我怎么没长成它这样。”

“它好像能听懂我们说话。”

“那就不是真猫了，跟我们一样，都是受了这该死东西的影响。”

小白用爪子在地上画了一个“yes”的字样，表示它们说对了。

“看来真是人了。”

“上次不也有只白猫闯了进来吗？好像就是那只。”

"所以跟这个男人是一伙的了。"

"算了，我们又伤害不了他。"

"我受够了，不想再当这个怪物的傀儡了。"

小白不明白它们在说什么，走到余朝清面前去看他的情况。他仍旧呆呆地站立着，似乎看不到眼前发生的一切，也听不到外界的声音。小白去抓他的裤腿，他没有反应。

"他现在被那怪物控制了，你弄不醒他的。"黑猫走过来对小白说，"我们也会受它的影响，只要它一遇到危险，我们就会全部变成它的傀儡，哪怕牺牲自己的性命也要保护它。"

小白知道黑猫说的怪物就是灵丸。

"小家伙，他是你男朋友吗？"花猫嗅到了八卦的味道，说，"一个是猫，一个是被怪物控制的人类，这组合也是蛮配了。"

黑猫瞪了花猫一眼："别说风凉话了，我们应该帮帮它。"

"我们自己都是泥菩萨过江，自身难保，还要帮别人，真是好笑。"

"咚"一声，余朝清突然坐到了地上，脑袋一耷拉，昏了过去。

"咦，这是怎么了？"花猫好奇，走近了些想看看余朝清，结果刚靠近，它就像被什么灼到了身子，赶紧退了回来，"这怪物又开始发疯了。"

见小白一脸迷茫，黑猫解释给它听："这怪物跟人一样，也有脾气。每月农历十五时的脾气最差，因为那时它的力量最弱，就会发脾气控制我们去保护它。但不知道为什么，今天明明不是农历十五，它也这样阴晴不定。"

"只要我们一清醒，从它的控制中摆脱出来，就没法近它的身了。"花猫舔了舔自己的手掌，抱怨道。

小白想起上次它应该也是被灵丸控制了，所以才会记不起究竟发生了什么事，但为何这次它没有受到影响？

“如果他真是你男朋友，你可得小心了。”黑猫对小白说，“灵丸是会慢慢控制载体的。之前它的载体是一株植物，因此它改变了整座邽山的植物基因，如果是吃了山上野菜的话，生物也会受到影响而产生变异。这次它的载体是人，人比植物高级多了，所以会难控制许多，但一旦控制，后果就会不堪设想。”

小白突然想到余朝清家里和办公室里的那些书，还有他对长生不老的渴望，都是因为受了灵丸的影响吗？

“那他最后会变成什么？”一旁的花猫问。

“我怎么知道，我就是个小研究员，第一次碰到这种东西。”黑猫说。

小白想起汪培来，为什么这些变成猫的人不像他一样回到自己家，而是留在山洞里守护着灵丸呢？

“哟，你还记得你自己是研究员啊！”花猫眼神里的鄙视都快要溢出来了，“不管你之前做什么的，你现在都只是一只大肥猫，又老又肥。”

“你……”黑猫被气得发出一声喵叫，毛发竖立起来，“你还不是又老又肥！”

“哼。”花猫傲慢道，“我可正值青春年华！别忘了，只要灵丸存在一天，我们就不会死。”

小白惊讶地“喵”了声，这时花猫和黑猫才注意到旁边还有其他猫。

“别惊讶，你可以留在这里跟我们一起生活。”花猫说，“只要你不离开这里，就能和灵丸共存。这不是人人都向往的长生不老吗？之前有两只猫为了回到家人身边，挣脱了灵丸的束缚，逃出了这里，不过我不知道它们还活着没有。因为猫的寿命就十几年，就算他们还活着，也真的只是一只老猫了。”

小白愣了愣，想到变成猫的汪培精气神确实不如面前这两只猫好。为了回到家人身边，汪培都经历了什么呢？最难以想象的是，变成猫后的汪培要鼓足多大的勇气，才能重新出现在自己家人面前啊！因为换作是白初晗，她觉得自己是没有勇气留在自己爱的人身边的，她无法接受以一只猫的身份生活下去。

这一黑一花两只猫说着说着又扯到别的地方去了，见它们斗嘴斗得不亦乐乎的样子，小白渐渐感到睡意来袭。天快要亮了，它打了个呵欠，趴在余朝清身边，蹭着余朝清的体温，渐渐睡了过去。

有什么东西晃了下，白初晗从梦中惊醒，她趴在余朝清的腿上，睁开眼便看见了余朝清的脸。

“余朝清。”白初晗伸手轻轻拍了拍余朝清的脸，他仍旧昏迷着。

山洞里的猫不知为何全都跑了出来，乱作一团，它们好像是准备离开山洞。

“这是怎么了？”白初晗大声问它们，但得到的回应只有喵喵声，她压根儿听不懂。

那只黑猫跑了过来，用爪子在地上费力地写出两个拼音“di zhen”。白初晗凑过去拼读：“地真？地震？”

她一惊，立马拽起余朝清，把他架在自己的肩膀上，朝洞口跑去。猫全部往洞口拥，她挤不进去，只能扶着他等在一边。

这时，山体又晃了下，她撑住一侧的洞壁，惊魂未定地靠墙站着。

“余朝清！”她大喊道，这个时候这家伙竟然还不醒！

白初晗脱掉外套，把衣袖绕一圈系在余朝清的腰上，她先爬出了洞口，然后在洞外拉扯衣服把余朝清给拖上去。外面已经天光大亮，山体还在不时地晃动，她不敢乱动，扶着余朝清坐在原地。这里视野开阔，草地平整，比跑去山下要安全许多。

“小晗！”一个沙哑的声音从远处传来，白初晗听出是姜游山的，正要回答，嘴巴却突然被身后的人捂住，脖子被狠狠地打了一下。

白初晗疼得眼前发黑，整个人栽倒在地。她睁开眼睛，看见身后的人是姜乾。

他气喘吁吁地拉起白初晗的胳膊，把她往洞口拖拽。她想发出声音，但嗓子像被什么堵住了。

“对不住了，都怪你太碍事。”说完，姜乾便把白初晗推回洞里。

白初晗还没反应过来，就感到身体往下一坠，洞壁的边沿蹭破了她身上的皮肤，只听“咚”一声闷响，她便失去了知觉。

每年夏天，姜家院子里种的茉莉花都会开得格外好。因为姜乾认得青德大学植物系的许多教授，他们来姜家做客时总会分享一些养护植物的方法，所以姜家园子里的花花草草都长得格外好。

十一二岁的白初晗格外喜欢茉莉，到了夏季，她会采摘下它们来泡茶，或者做成香料包放在衣橱里。在那之后，姜游山衣橱里用的香包便都是茉莉香味的，哪怕离家的那些岁月，他也会在茶山种满茉莉，然后让人摘下来做成香水或香料，喷洒在房间或衣物上。

白初晗闻到了一股淡淡的茉莉香气，她抬起沉重的眼皮，发现自己躺在姜游山的怀里。他双手护着她的脑袋，以免她被洞壁上落下来的石头砸中。

“游山哥哥。”她轻轻地唤道，想动一动胳膊，发现似乎是骨折了，痛得要命，她便不敢再移动半分。

姜游山脸色苍白，嘴唇几乎没了血色，气息微弱，但胳膊仍紧紧地圈着白初晗，生怕她受到一点儿伤害。

“游山哥哥。”白初晗的视线移到地上，才发现有红色的鲜血从姜游山的身上流出来，衣摆都浸透了，而他的身后是一块尖锐的石头，他的身体便是被这块石头砸中了。

姜游山慢慢睁开眼睛，但眼眸中已经没了光彩，虚弱地看向白初晗，见她醒来，他的嘴角露出一丝微笑：“你醒了。”

白初晗的眼泪立刻落了下来，伸手去抚姜游山的脸：“是不是很痛啊，游山哥哥……”

“小晗别哭。”姜游山抬起手将她脸上的散发撩到耳后，温柔地说，“我不疼。”

白初晗被姜乾推入洞中后，姜游山在洞口发现了她的鞋子，便进来找她。结果遇到余震，洞口的碎石纷纷往下落，姜游山为了护住她，被尖锐的石头砸中了。

“都是我连累了你……”白初晗泣不成声，她紧紧抓着姜游山的手腕，说，“你要坚持住，我出去找人来救你，你一定要坚持住。你之前不是问我要不要和你去茶山吗？等你好了，我们就马上去。我再也不要管什么灵丸了，变成猫就变成猫，只要你好好的，我只要你好好的……”

姜游山轻轻捂住白初晗的嘴，无奈道：“别傻了，变成一只猫以后你还怎么和你喜欢的男孩在一起？你们还要在一起做很多事呢，要一起看烟花，要一起看月亮，要一起去享受午夜的聚会。我终归是活不了多久了，也算是替我父亲赎罪吧，希望你不要再怪他……”

“我不管！我要你活着！”白初晗挣扎着想站起身，但牵扯到伤口，断掉的骨头戳着她的皮肉，让她立刻又趴了下去。

姜游山见状，伸手按住她：“别乱动，我们只能等待外面的救援。别怕，会有人来救我们的。”

“游山哥哥。”白初晗哭得喘不过气来，“那你要坚持住，我们一起等。你不要睡着了，我一个人害怕。”

姜游山的手渐渐滑落到地上，他快没有力气了，眼前的白初晗也在慢慢变得模糊，对外界光线的反应也开始变得迟钝。

“之前我没有告诉你……”姜游山的声音仿佛从很远很远的地方传来，微弱、缥缈，“我其实看过你的那本日记……小嘉只是我的好朋友，说是女朋友不过是为了让我爸开心罢了。小晗，你一定要开心、长寿……”

原来，有些人一开始便注定了要错过。白初晗觉得自己的心好像被生生撕裂开，万箭穿心，大概也不过如此。握着姜游山越来越凉的手，她想到两人初次见面的时候，抱着篮球的少年翩翩然走近，额头上还带着汗水，落地玻璃外阳光猛烈。而后许多年，她一直将那个下午珍藏在记忆里。

第十四章
往事如梦

空气里充斥着呕吐物的味道，不透风，又湿又冷，像一个冰窖。余朝清感觉自己的睫毛上蒙了一层水汽，他艰难地掀开眼皮，胃里又一阵翻涌，他低头吐起来。

姜乾连续喂了他三颗红色胶囊，跟吕教授给他的药一模一样，这导致他全身发冷，恶心呕吐，整个人像是脱水的蔬菜，只剩下最后一层皮。

姜乾掏出从泰国医生那里拿来的医疗血包袋，点燃一把火给刀锋消毒，脸色阴沉地朝余朝清走近。此时的余朝清没有任何反抗的力气，他觉得自己像是被放掉气的皮球、离开冰箱的雪糕，只吊着一口气。

山洞里的猫因为地震四散而逃，离他太远，没法受到灵丸的影响再来保护他。如今，他只有死路一条。

“谁让你运气不好把灵丸给吃了。”姜乾的下巴上生出青色的胡楂，脖子后的伤口已经结痂，衣服没换，上面的血迹都发黑了，加上一晚上没睡，他看上去跟街边的流浪汉没什么区别。

昨晚那群突然出现的猫，把姜乾手下的人吓破了胆，他们觉得这事儿太邪门，纷纷连夜逃下了山，泰国医生也早就消失得无影无踪，而莫覃那几个人也不知道去了哪里。姜乾只好一路找过来，幸好皇天不负有心人，他终于还是抓到了余朝清。

吕教授说这个红色胶囊可以暂时削弱余朝清身体里灵丸的力量，为了保险起见，姜乾便多给他吃了几颗，没想到他会吐这么久。姜乾等不下去了，决定直接放血。

余朝清觉得自己胸口的那团火焰又开始燃烧起来，烧得他浑身难受，见姜乾朝自己逼近，他便拖着身体往后挪动着。这时他的胃里又涌上一阵恶心感，但他什么也吐不出来了。

“啊！”余朝清难受地大喊起来，开始在地上打滚、挣扎，他觉得自己的身体就快要裂开了。这一刻，不知为何，他想到了白初晗。若是从前，她一定会出现在自己身边吧。虽然每次她都出现得莫名其妙，但不得不承认，是她一次又一次搭救了他。可这次，他的直觉告诉他，她不会再出现了。想到这里，身体里的那两股力量又开始相互撞击，一股像火一样燃烧着他的理智和身体，另一股则像是被压制了很久，暖暖的，从不知哪里裂开的缝隙里慢慢涌出来。他的脑子里不断闪过一些破碎的片断，一帧帧就像电影画面。他看到了一个小男孩和年轻时候的余伟业并肩站在一起，男孩手里拿了块黑色的石头笑着拍下一张照片；他看到图书馆的桌上一只猫正在看书，而后抬起眼眸，碧绿的眼睛里充满了不屑；他看到一个漂亮的女生带着受伤的他去了一家简陋的诊所，让医生为他包扎伤口……

余朝清从喉咙里发出一声吼叫，他拼尽了全身最后的力气，眼泪从他眼里滑落。他想起了！全都想起来了！他叫余朝清，是个不学无术的富二代，有很爱他的父母，还有他很喜欢的女孩。

“那边有声音，快过去看看！”地窖外面传来嘈杂的声音，手电筒的灯光纷纷射了进来，警察和救援队终于找到了他们。

余朝清倒在地上，眼泪挂在鬓角。他觉得自己的灵魂已经离开了身体，他看到了一切，又什么都没看到。原来最珍贵的东西，一直都在身边。

时间一转眼就到了夏至，窗外的石榴树结了一树的花苞。医院的走廊上一个拎着今年最新款香奈儿包包的贵妇人徐徐走向一间病房，打开房门，见病床上没有人，瞬间蹙眉，拿出手机准备给老袁打电话。这时，她的背后突然伸出一双手，轻轻捂住了她的眼睛，余朝清的声音在她耳边响起：“猜猜我是谁。”

钟灵脸上漾开笑容，回过头嗔怪地瞪了余朝清一眼：“你都多大了，还跟我玩这样的游戏！”

今天是余朝清出院的日子，他在医院躺了大半个月，整个人都快废掉了。他一早就收拾好了所有东西，要不是钟灵昨晚打电话来说一定要来接他，他肯定早就走人了。

钟灵对自己现在的儿子甚为满意，觉得还是恢复记忆后的余朝清才是自己真正的儿子。她摸了摸余朝清的头发，说：“中午给你做好吃的，你说你想吃什么。”

余朝清挽着钟灵的胳膊，两人有说有笑地走出医院。只是到了门口，他又如同往常一样，向四周望了望，他总觉得那个人也许会突然出现。

邽山发生地震后，警察和救援队的人找到余朝清后，便把他送到了医院。

姜乾被拘留了，面临着十年的牢狱之灾。听说了自己的儿子姜游山在地震中丧生的消息后，他当场精神崩溃。因为他的精神状态不佳，案子也被延迟审判了。但对于他而言，前方等待他的不管是什么都不再重要了。

可是最奇怪的是，白初晗不见了。

余朝清醒来后问过当时发现姜游山的救援队，他们说洞穴里只有姜游山一人，并未发现白初晗。市里也因为这事将邽山永久封锁了，现在谁都进不去了。

“哎，那儿有只小猫。”钟灵指了指前面的花坛，发出怜爱的声音，“看着真可怜，是好久没吃东西了吗？”

余朝清立刻冲过去，把那只小猫扒拉出来，是一只小花猫，身体羸弱，看上去病恹恹的。余朝清不由得露出失望的神色，并不是他心里期待的那只，但他还是将它抱了起来，准备送到附近的宠物医院。

“这猫多脏呀。”钟灵走过来，让余朝清别碰那只小野猫，“给它买点吃的就是了，野猫那么多，你怎么顾得过来。”

余朝清摸了摸小花猫的脑袋，说：“有只猫救过我很多次，所以哪怕是看到其他猫，我也舍不得放任不管。”

钟灵听他这么说，便不再劝阻，让司机把车开过来，但最后她又忍不住叮嘱了句：“你得把它带去检查，给它打了针，才准带回家。”

余朝清给小花猫取名小白，在他的悉心照料下，它很快就长得健硕了不少。虽然它长得不如小白好看，也不如小白机灵，但余朝清把它当成小白一样对待，给它的一切东西都是最好的，甚至单独腾出一间屋子给它做猫窝，让它有自己的私密空间。

余伟业不喜欢猫，好几次差点把小白送人，都被余朝清给抢了回来。

余朝清把对白初晗的愧疚全部补偿到了这只花猫身上，即使他知道怎样做都是于事无补的。

“小白，你可不要离开我。”余朝清说，“以前我也有只叫小白的猫，我说过我要好好保护它的，可我还是不小心把它弄丢了。以后我再也不会随便失忆了，我会记住你，好好对你的。”

面前的小白听不懂余朝清在说什么，只“喵”地叫了声，继续趴在地上睡自己的懒觉，它没看到余朝清突然红了的眼眶。

恢复记忆后，余朝清不再去公司，每日待在家里，或者带着小白四处闲逛。他最喜欢的地方是青德大学，每天抱着小白在里面散步，生活方式像个退休老人。

余伟业恨铁不成钢，气得直捶胸口：“他怎么又变得这么不争气了？真是朽木不可雕也！”

余朝清打着游戏，小白坐在他的腿上，一人一猫都懒洋洋的，颇有几分相似：“反正以后我都要继承家业。”

余伟业听见后，直接拿着沙发上的抱枕朝余朝清扔去：“以后别说我是你儿子！”刚吼完，他突然觉得不对劲，立马改口，“要是你今天不去公司，你一分钱都别想从我这里拿到！”

余伟业摔门而去，余朝清这才把头抬起来，神色倦怠，顺了顺小白的头：“你乖乖在家，我去去就回。”

一个多月没去公司，余朝清差点连地址都走错了。他穿着黑色的宽松 T 恤，配了一条牛仔裤就出了门，丝毫没觉得有什么不妥。等到了公司，他发现所有员工都用奇怪的眼神打量自己，竟然没人认出他来。

余朝清觉得有些尴尬，立即干咳了两声，前台见状立马走过来问：“这位先生，请问你找谁？”

余朝清舔舔干燥的嘴唇，毫无底气道：“我是你们总经理。”

“什么？”前台没听清。

“余总！”苏达清脆的声音从走廊传到了大厅，在所有人反应过来前，他已经屁颠屁颠地跑到了余朝清面前，热情地拉住对方，“余总你终于出院了，身体恢复了吗？”

余朝清不自在地收回手，回了句：“好了。”

其他同事这才回过神来，互相交换了个眼神，跟余朝清打完招呼后，都回到各自的工位上埋头工作。

自从白初晗失踪后，苏达每天来公司都提不起劲儿，吕教授和汪源两个人都是闷葫芦，非常无趣。

“学姐有下落了吗？”苏达见余朝清回来上班，以为白初晗找到了，但见对方神色落寞，他立即意识到自己问错话了。

“还没。”余朝清说，“警察还在找。”

好好的一个人怎么会说消失就消失呢？苏达心里想着，但没说出口，他一直有些忌惮余朝清，上次在洗手间伤口突然愈合的事在他心里还是个疑问。

余朝清进了自己的办公室后，便一直待着再没出来。公司的事他都交给其他人处理，他什么也不想做，静静地靠在椅子上望着窗外发呆。夏天炽热的阳光照射进来，洒在他的身上，他觉得此时的自己就像一个垂暮的老人，在生命最后的时刻里，回忆起了这一生的遗憾和不舍。

就在余朝清沉浸在自己自怨自艾的情绪里不可自拔的时候，一阵敲门声打断了他的思绪，把他拉回了现实。

“余总。”

余朝清转过头，看见徐明站在门口，这让他一下想起了之前的事，骑摩托车去追他的人，就是徐明。想到这里，怒气上涌，他起身走过去，直接拎着徐明的衣领，大吼道：“你还有脸出现？！”

没等徐明说话，余朝清便一拳朝对方打去。他下手很重，徐明没站稳，直接朝地上栽去。

这一下发出的动静惊动了公司的其他同事，大家面面相觑，一时不知该如何是好。

徐明的嘴角被打出了血，他缓缓从地上爬起来，对余朝清说：“我们进去说吧。”

“滚。”余朝清怒吼道。

“我知道我对不起你。”徐明垂下眼眸，“我已经向人事部递了辞呈，但还是想来亲自跟你道歉。谢谢你之前帮我作证，谢谢你让我来你们家公司上班，是我不知道感恩反倒加害于你。”

“为什么？”余朝清不解道。

“姜乾是我妈妈的雇主，对我们一家很好。我大学的学费、爷爷奶奶生病时的医药费都是他给的，我不能不报这个恩情。”徐明说，“其实我一直很痛苦，在你们两个之间无论站在谁那边，都会让我痛苦。现在姜叔叔被捕，这事算是告一段落了，我也没脸继续在这里待下去，以后如果你有需要我帮忙的地方，我一定义不容辞。”

余朝清这人最大的优点和缺点都是心太软。他见徐明每个字都说得铿锵有力，不卑不亢，却又充满歉疚，心便一软，怒气偃旗息鼓，但他又拉不下面子，便说："进办公室再谈。"

徐明将办公室的门关上，从外套兜里掏出一张折叠起来的纸，慢慢展开，交给余朝清。

"这是之前抽你的血做的检测报告。"

"我的血有什么不同吗？"余朝清觉得好笑，他在医院里不知道被抽过多少次血，医生都没看出有什么问题，徐明这份报告又能有什么不一样的地方？

"这是姜叔叔从一个教授那里拿来的，我偷偷复印了一份。"徐明说，"或许是检测的方法不一样，这份报告上显示你的血液有很多不同于常人的地方。不过我不清楚这其中的缘由，这不是我该多问和知道的。"徐明向来颇有分寸，对于不该知道的事，从不多存半点好奇心。他把报告放在桌上，然后退后两步，朝余朝清鞠了一躬，走出了办公室。

余朝清盯着报告看了良久，深吸了口气，才做足心理准备打开。上面全是各种专业术语，他看不懂，只看到最后的结论是：灵丸已经渗透体内，想要单独剥离几乎不可能，只能抽血后利用其不稳定性举行仪式进行剥离。

他的视线移到报告最后面，看到了吕教授的签名。

吕教授？余朝清不禁蹙起了眉头，他和姜乾是一伙的？

最近研究所很闲，苏达每天上班除了泡茶、喝茶外，几乎没有其他事情可做。他问吕教授和汪源有没有什么可以帮忙的，他们都摇头："有需要，我们自然会叫你。"

白初晗消失后，苏达在这里就成了孤家寡人，他深切地体会到了什么叫“孤独”。他每天上班带几本武侠小说来消磨时间，书看完了，更加无聊，最后他突然想到白初晗之前在研究啤酒植物的项目。既然吕教授和汪源他俩搞小团体不带他，他就自己研究，说不定到时候还能超过他们，升职加薪指日可待。

不过苏达搞不懂的是，白初晗的项目已经停了，吕教授和汪源两人在研究所早出晚归的，到底在研究什么东西？

苏达正东想西想着，没想到吕教授突然抬起头朝这边看来，苏达吓了一跳，立刻把视线移到其他地方。结果吕教授朝自己走来，这让苏达一阵紧张，难道对方发现自己用哀怨的眼神盯着他了？就在苏达准备以笑脸示人，表示友好的时候，吕教授目不转睛，直接绕过了苏达，走向门口，开门出去了。

苏达：“……”

他的笑容凝固在脸上，这幕正好被汪源看到，不过对方一脸漠然，完全无视了他。

这个研究所实在是死气沉沉！苏达没劲地想道。

吕教授上楼到了余朝清的办公室门口，见门开着，便轻轻敲了敲门。

余朝清抬头让吕教授把门关上，然后开门见山问道：“我找你来是别的事，就想问问你认不认识姜乾。”

吕教授神情一滞，顿了两秒，知道自己和姜乾的事情已经暴露，便坦然承认道：“认识。”

“哦，所以绑架谋杀我这件事你也有参加？”余朝清质问道，“我突然想起姜乾给我吃的那些药丸，跟你给我的那个什么长生不老药极其相似。我真是愚蠢，竟然会那么信任你。”

“我也是迫不得已。”吕教授将自己曾经对白初晗说的那些话，复述给余朝清听，“小晗是我学生，现在我也很担心她。”

“所以研究所之前的爆炸事件，是你自导自演的吗？”

吕教授把头垂得更低了：“如果我和你一起去云南，很容易暴露自己，所以……”

“那你觉得白初晗会去哪儿？”余朝清问。

“具体我也不知道。但是我知道她过年期间去过一趟云南，似乎是去找了什么人。”

余朝清立马追问：“她在找什么人？”

吕教授面露为难：“好像是她爸爸生前的同事。那人叫汪培，我们都是青德大学毕业的，所以彼此认识，只是关系慢慢变得生疏，我更是十几年没有和对方联系过了。不过，我听说小晗好像是为了灵丸的事去的。”

余朝清的心“咯噔”一下，难道白初晗是为了自己大老远跑去云南吗？不对，她之前一直在寻找不再变猫的方法，所以应该是云南那边有什么线索才对。

“那家人住哪里？给我地址。”

吕教授把地址写下来，交给了余朝清。

“研究所的所有工作暂停。”余朝清对吕教授说，“我先不开除你，但要是找不到白初晗，我再回来找你算账！”

听说余朝清又要去云南，袁叔急得像热锅上的蚂蚁，上次在云南的事还记忆犹新，这小祖宗是还没吸取教训吗？

“白初晗可能在那边。”余朝清说，“我必须找到她。”

“那这次必须我陪你去，否则你要再出什么事，老爷和夫人得把我大卸八块。”

“不能让我爸妈知道我去了云南，这事得保密。”余朝清见袁叔为难，便故作撒娇的姿态，“袁叔，你可得帮我，否则我会生不如死的，迟早得抑郁症，然后郁郁而终！”

这又是死又是活的，袁叔生怕自家少爷真给憋出什么病来。不过那邽山确实风水不好，余朝清一共就去了两次，每次都是走着去，躺着回来的。现在，邽山这个地名都被余伟业和钟灵拉进了黑名单，谁都不准再提。当然，还包括那个白初晗。

“让我想想……”袁叔最终还是松了口，余朝清兴奋得直接扑过去抱住了他，“哎呀，小祖宗你这是干吗？”

“我爱死你了，袁叔！”

见余朝清开心，袁叔也开心了，果然还是恢复记忆后的余朝清可爱些。

余朝清在袁叔的帮助下向余伟业和钟灵撒了个谎，说自己要去外地出差一段时间，伪造了去上海的机票和酒店给他们看。钟灵还是不放心，晚上余朝清在房间收拾行李的时候，她端着自己煮的冰糖雪梨进去：“儿子，快来喝雪梨水。”

小白跟着钟灵一起进了房间，直接跳上了余朝清的大床。

“哎，快下来。”钟灵上前驱赶小白，“你还是把这个小家伙拿去送人吧。你爸昨天看到它还让人扔了呢，要不是我拦着，它又要成野猫了。”

余朝清把衬衣扔进箱子，抬头看到小白懒洋洋地躺着，翻了个身，露出肚子来让人去挠。

“那我把它带走好了。”

“你出差带只猫？”钟灵诧异。

余朝清抱起小白，揉了揉它的脑袋："放在家里不放心。"

钟灵的脸往下一垮："有什么不放心的？"

余朝清没再说话，将雪梨水咕噜咕噜一口喝完："真好喝，等我回来你再做给我喝吧。"

钟灵笑了，儿子已经很久没夸过她做的东西好吃了。

第二天早上，余朝清拉着箱子出门，袁叔已经开着车在门外等着。刚出房门，余朝清就觉得脚边有什么东西在扒拉裤腿，低头一看，是小白。它正仰着脑袋，瞪着大眼睛可怜巴巴地望着他，好像在埋怨他出门不带着自己。

余朝清犹豫了会儿，最终抱起它，把它揣在怀里，一起离开了家。

夏天的云南，白天的紫外线强烈得像是有人拿着小针在皮肤上刺。袁叔下车立马为余朝清撑起太阳伞，跟在后面进了一家临街的饭馆。

"我要一份水煮的鱼肉，不要放任何调料。"这是给小白的食物。然后余朝清又点了几个小菜，准备吃完就去吕教授给的地址。

"这只猫真可爱啊！"一个声音从旁边传来，余朝清转过头，见是一个老妇人，怀中抱着只花猫，点了一份很素的套饭，小口小口吃着。

余朝清见妇人相貌慈善，心里生起怜悯，私下让店老板给她加了饭菜，账算在自己头上。

小白低头吃着碗里的鱼肉，那只花猫见了，从妇人怀里跳到地上，过来争抢食物。小白往后退了两步，回到余朝清身边，蹭了蹭他的衣服，好似在撒娇，抱怨那只花猫抢了它的食物。

“乖。”余朝清摸摸小白的头，表示安慰，将碗里的肉用杯里的清水洗了洗，喂给小白吃。

“这只猫长得真难看。”袁叔看到小白长得瘦弱不说，毛色又不匀，一看就是杂交品种，“少爷你要是喜欢，回去我送你只英国短毛吧。”

余朝清瞪袁叔一眼：“我只要这只。”

袁叔知趣地闭上了嘴巴，默默扒拉米饭。

“谢谢了。”老妇人吃完东西，把花猫招呼回身边，对余朝清表示感谢，“如果你不嫌弃，有空的话可以上寒舍坐坐。”

“阿姨，您的家在哪儿？”余朝清见妇人拄着一根拐杖，似乎行动不便，想送她回去。

“就在那边。”妇人指了个方向。

“我们送您回去。”余朝清说，“我们正好也要去那个方向。”

妇人同意了，余朝清见她腿脚不便，便上前搀扶着她往外走，顺口问了句：“您的脚是怎么回事？”

“自己伤的。”

余朝清没有听懂这句话的真正意思，对她说：“平时走路要注意才是。”

“我自己弄伤的。”妇人说，“儿子一直不回家，我只好想了这个笨办法，让他回家来看看我。”

余朝清听了心里不是滋味，说：“您这样做，他会伤心的。”

“都是我自己的错。”妇人叹了口气，“以前太逼迫他了，才让他不喜欢这个家。现在我才明白，发生过的事情已经不可改变，唯有珍惜当下才是对的。”

余朝清没听懂妇人的话，安慰般点点头，表示同意。

结果开车过去，下了车，余朝清才发现老妇人住的地方正好是他要找的地址。

“请问您是汪培的妻子吗？”

老妇人听到这个名字，愣了一下，然后警惕地看向余朝清，问：“你们是谁？”

屋子里的灯光很暗，家具也非常老旧，墙上的漆斑斑驳驳的，杂物随处可见，是年纪大的人特有的囤物癖。老妇人介绍自己姓吴，然后去给余朝清和袁叔烧水泡茶。老花猫吃饱了就恹恹地趴在地上，余朝清总觉得这只猫很奇怪，但又说不上是哪里不对劲。

“我的丈夫十几年前就去世了。”吴阿姨端来茶水，坐在他们对面，“你们来这里找他做什么呢？”

“其实我是想来找一个女生的。”余朝清从手机里翻出一张照片，递给她看，“你有见过这个女生吗？”

吴阿姨把头凑近，细细看了看，然后坐正，说：“见过的。”

“什么时候？她最近有来吗？”

吴阿姨说：“等的人终归是要来的，着急也没用。”

这话听起来像个哑谜，余朝清不懂，转头看向袁叔。袁叔立马摇头，表示自己也没明白。

“那她到底是来还是没来过？”余朝清继续追问。

吴阿姨抱起花猫，摸了摸它的头，语气不疾不缓地道：“我说过了，会见到的人终究会见到的。”

余朝清突然觉得眼前的景象有些模糊，不知道是不是因为灯光太暗了。他揉了揉眼睛，再抬起头来，就觉得天旋地转。

“少爷，我怎么觉得有点头昏？”袁叔的话还没说完，便一头栽倒在了沙发上。

余朝清站起身来，但全身乏力，刚走了两步，就“咚”一声倒地了。

吴阿姨并未被眼前发生的事打乱节奏，她帮花猫梳理完毛发后，缓缓起身将桌上的茶杯收拾干净，然后走到阳台上给儿子打电话。

“他们已经昏过去了。”吴阿姨说。

“好，我马上过去将他们接走。”对方的声音利落干脆。

要是从前，这会儿就该挂电话了，但这次吴阿姨顿了一下，忍不住问：“你这些年到底都结交了些什么人……”

“我还不都是为了治好我爸！”对方的情绪突然激动起来，“马上就要成功了！照我说的做就行！”

吴阿姨只好不再追问，挂了电话，忧心忡忡地朝屋里望了眼。上次是那个姓白的女生，这次又是两个大男人，他究竟都在做些什么……

天渐渐暗了下来，因为位置偏僻，外面几乎没有什么行人路过了。吴阿姨将窗帘拉上，然后打开电视，又开始了她枯燥重复的生活。

大概二十分钟后，大门被人用钥匙打开，一个戴着鸭舌帽的男人走进来，和吴阿姨短促地打了声招呼，便将袁叔和余朝清挨个抬了出去。

“这是最后一次吗？”吴阿姨问。

“最后一次，我们马上就要成功了。”汪源说，“我们已经找到方法了。”

吴阿姨脸上波澜不惊，只有历经沧桑的人才会这样，她似乎早把一切都看淡了：“已经十几年了，比起这些，我更希望你能够早日回家。”

汪源没说话，压了压帽檐，转身离开，走进更深的黑暗里。

余朝清是被强光灯照醒的，他想动动身体，却发现手脚都被绑在了床上。他挣扎着想动，但无济于事。

“余总，你终于醒了。”一个熟悉的声音幽幽地从角落传来，沙哑、低沉。

余朝清抬头，看见对方戴着鸭舌帽，脸被帽檐遮住，一时没想起他是谁。

“你知道我为了这一天，等了多久吗？”对方站直了身子，余朝清终于认出他是汪源，脸上闪过一丝诧异。

“怎么是你？”

汪源走过去，取下帽子，嘴角露出一丝诡谲的笑容：“是我。”

“你也是想拿灵丸的？”余朝清问。

汪源用手轻轻摩挲着余朝清手腕上的皮肤，好像在端详一件宝物，这动作让余朝清觉得有些恶心。

“我已经研究它十几年了。”

十几年？余朝清见汪源的年龄和自己差不了多少，难道他在少年时期就已经开始研究这种怪东西了？

汪源见余朝清用一种同情的眼神望着自己，心里一气，狠狠扼住余朝清的手腕，说：“你这种含着金汤匙出生的大少爷是不会懂的！我原本应该拥有一个幸福的家庭，都是它毁了我的人生！”

"它是谁？"

"灵丸。"汪源说，"当年，我爸受到灵丸的影响变成了一只猫后，邻居就开始说闲言碎语，于是我们举家迁徙到这个偏远的小镇上。我妈因为身体不好，没法长时间工作，我们一家人是靠着低保生活的，你是不会明白那种艰辛的。从那时候起，我就发誓一定要找到灵丸，然后找到救我爸爸的方法。终于，皇天不负有心人，我和吕教授终于发现了灵丸的弱点。"

"吕教授果然没这么简单。"余朝清早就怀疑吕教授不只是帮姜乾制造药物那么简单，原来他和汪源才是一伙的，"你爸爸是只猫，意思是你们可以让它变回人？"他想到了白初晗，如果汪源的父亲可以变回来，那么白初晗也有救了。

"对。"汪源突然笑了笑，"反正横竖都是要你的命，姜乾要你的命去救他儿子的命以及赚钱，我们要你的命则是为了救回那些变成猫的人。谁让你当初把灵丸吃进了肚子里，不然你也不会落得这般下场。"

余朝清并没有露出害怕的神色，反倒调侃起来："看来我这身子真是金贵，被这么多人觊觎。"

"话说，你把袁叔弄哪里去了？"余朝清问道。

汪源重新把帽子扣在头上，没有说话，转身离开了屋子，余朝清听到一声沉重的锁门声。

汪源出门的时候顺带关上了强光灯，只留下墙上一盏瓦数很小的壁灯，加上屋内杂物随地摆放着，总让余朝清感觉像是鬼片里面特有的场景。这间屋子应该离吴阿姨的家不远，或者就是房子背后，作为储藏室。

余朝清躺在床上，周围都安静得出奇。他盯着结满蜘蛛网的天花板，估计是之前茶里的药效还没散尽，他又开始犯起困来。

不知过了多久，他迷迷糊糊听到有人进了屋子，隐隐约约传来说话声："没想到竟然还能睡着，心也是够大的。"

余朝清打了个激灵，猛地睁开眼，是吕教授。

"你……"余朝清见吕教授戴着口罩，穿着白大褂，一副大夫的打扮，心里开始有些不安起来。

"我们花了五年的时间，才研制出可以将灵丸彻底摧毁的分离器。"汪源从带进来的黑色袋子里掏出一个黑色的东西来。它长得很奇怪，有点像八爪鱼，材质似铁非铁。

"摧毁灵丸？"余朝清竟然不怎么害怕，反倒有些期待，"摧毁了它会怎样？"

"那些被灵丸影响变成猫的人，将会重新变成人。"汪源说，"我爸爸便会回来了。"

"你的爸爸也变成猫了？"余朝清这时突然反应过来，吴阿姨家里的那只大花猫难怪看着奇怪，原来也是人变的，"是所有被灵丸影响的人都会变回来吗？包括没有完全变成猫的？"

"我听不懂你在说什么。"汪源不想和余朝清废话，转身帮吕教授一起调试机器去了。

因为之前灵丸被吕教授的药丸影响，对余朝清的影响减弱了许多，它自身的力量也减弱了一大半。吕教授选在子时进行，按照阴阳学家的话来说，这个时间段是阴气最重的时候。因为前期找不到特定对象做实验，吕教授他们的机会几乎只有一次。

吕教授调好分离器上的各项数值，这时他才感到手在微微冒汗。他为了这个机会已经准备了十几年，不能有任何失误。

汪源看出吕教授的紧张，想说点什么让他放松下来，同时也是自我宽慰："一定会顺利的。"

吕教授盯着手里的分离器，脑海里渐渐浮现妻子的脸。他的妻子和他是大学同学，两个人在校园里恋爱，毕业后便走进了婚姻的殿堂。在汪培的介绍下，他的妻子成了汪培的同事，十几年前的邽山陨石事件，他的妻子也去了现场，并和汪培一样，也变成了猫。

最开始，吕教授以为自己的妻子已经死了，因为一连许多天她都没有回家，仿佛人间蒸发了似的。身边所有人都告诉他，她不会回来了，和那些去邽山一起消失的人一样，遭遇了不测，于是他一个人开始为妻子办了葬礼。然而两个月后，家里突然出现了一只猫，大概是一个人生活太寂寞了，他便收养了那只猫。结果有天他回家，看到书桌上的墨水打翻在地，地板上多了一些凌乱的墨迹。家里除了他，就只有猫了，他刚要发火，那只猫就跑到墨迹旁，用哀求的眼神望着他，也不逃跑。

他觉得奇怪，便蹲下身去研究，后来才发现那墨迹其实是汉字，写的就是他妻子的名字。这十几年来，他翻阅了许多资料，一直待在青德大学里帮姜乾做事，假意要帮对方找灵丸，其实都是为了救自己的妻子。他相信，只要通过分离器将余朝清身体里的灵丸分离出来，再通过高频率的振动，改变其物质质量和分子结构，从而摧毁掉灵丸，这样受到它影响的一切就会恢复原貌。

不过，这一切都只是吕教授自己的理论。

大学期间，汪源的父亲汪培和吕教授是玩得不错的朋友，在陨石事件发生后，汪源家里陷入窘境，也多亏了他的接济，汪源才能够读大学。而汪源一直以来的愿望，就是能够回到从前那个欢声笑语的家里，而不是现在这样，母亲除了整日抱着一只猫发呆外，什么也做不了，哪怕实现这愿望需要建立在牺牲一条人命的基础上。

吕教授上好麻药后走到余朝清身边，将他的袖子挽起，拍了拍手臂，待显出血管，便一针扎了进去。

余朝清觉得自己的眼皮上像挂了两个铅球，直往下沉，他还有问题没问完，他想知道如果灵丸被摧毁了，白初晗是不是就能够得救了？

第十五章 要找到她

“你怎么每次都睡得跟猪一样啊？”

一道熟悉的声音在耳边响起，余朝清睁开眼睛，看见白初晗正端着煎好的鸡蛋从厨房里走出来，一脸不耐烦的表情：“还不起来，蛋都要冷了。”

余朝清这才发现自己躺在白初晗家里的沙发上，他赶紧起来，走到餐桌旁坐下，抓起筷子就开始吃饭。

白初晗打了他的手一下：“先去洗手。”

“可是我好饿。”余朝清说。

白初晗瞪了他一眼：“那你就别吃了。”

余朝清委屈不已，只好不情愿地站起身去厨房洗手，但等他出来，却发现屋子里空无一人，白初晗不见了。

“小晗。”余朝清找遍了整个屋子，喊着白初晗的名字，可她就像人间蒸发了一般，消失得不留痕迹。

余朝清焦急起来，觉得胸口非常难受，他捂住那里，呼吸开始变得粗重，他也不知道自己为什么变得这么难受。白初晗不见了，他为什么要这么难受呢？就在他感觉快喘不过气来的时候，他感觉好像发生地震了，十几秒的震动后，他猛然睁开了眼睛，原来只是一个梦。

“坐好了。”前面开车的莫覃刚说完，就来了个急转弯，把车后座上躺着的余朝清一下甩下了座椅。

余朝清全身的骨头都快要碎了，他赶紧爬起来系好安全带，然后向后看，一辆车正飞速地朝他们追来。

“怎么是你？”余朝清问。

“不是我的话，估计你现在已经没命了。”莫覃说。

“跟你在一起，我觉得自己一样凶多吉少。”余朝清嘲讽道。

莫覃把油门踩到底，但吕教授和汪源的车仍死死跟在后面。这是一段山路，没有路灯，所以地势险峻，莫覃感觉自己的手心都开始出汗了。

“前面是悬崖！”余朝清一边喊着一边冲上前打方向盘，汽车的后轮胎擦着边缘驶过，但后面吕教授和汪源的车就没这么幸运了，他们没来得及转向，车子直接冲向了悬崖。

只听一声巨响，山崖下传来石头和汽车同时滚落的声音，莫覃和余朝清都被吓得愣住了。莫覃踩住刹车，转头问余朝清：“怎么办……”

“快用你的手机报警。”余朝清说，“人命关天。”

莫覃有些不耐烦，但还是听了余朝清的建议，拨通了“110”，告知了对方车祸地点后，一回头，发现余朝清已经下车了。

“我说……”莫覃追过去，远远地站着，问余朝清，“你该不是想要下去救他们吧？”

吕教授和汪源的车并没有直接掉到悬崖下，而是被中间一个平台截住了，不过车子已经翻了过来，里面的人不知什么情况。

“走吧，警察和救护车一会儿就会来。别忘了，他们可是要杀你的人。”莫覃说。

余朝清转头望了莫覃一眼，接着往后退了两步，然后扭头就跑。

“我去。”莫覃知道自己上当了，立即回到车上，重新发动车子，掉头去追余朝清。但没几分钟，余朝清就消失不见了。

莫覃下车来，知道这么短的时间余朝清是不可能跑太远的，他一定是躲在某个地方。

“听说你在找你那个姓白的前女友，你出来，我就告诉你她现在在哪里。”莫覃大声道。

声音很快消失，四周仍旧安静如常，没有任何动静。

“我真的见过她，你要是不想知道就算了，你可别后悔。”莫覃说完，作势要上车离开，这时旁边的草丛里钻出一个人影。

余朝清问：“她在哪里？”

上次邽山地震前，因为突然出现的一群猫打乱了莫覃的计划，所有人四散逃跑。莫覃和王斌、林跃走散了，便一个人在山上找了个地方睡了一夜。早上的时候，他开始找下山的路，走着走着脚下开始震动，山体摇晃起来。他知道是地震了，立马蹲在原地，不敢乱动。也不知过了多久，震动才渐渐消失，他站起来准备赶快离开，结果就看到白初晗从一个洞口里爬了出来。

那时她浑身是血，不过那血应该不是她的，不然她不可能还能走动。

“当时她两眼无神，像行尸走肉似的。我想跟着她可能会找到你，于是立马追了过去，但是一开始她明明在我眼前，就一瞬间，却突然消失不见了。”莫覃把夹着烟的手伸出窗外，慢慢地吐出烟圈，“这就是我知道的全部。”

“一个人怎么会无缘无故消失不见？”余朝清问，“那当时有没有特别的事发生？”

“没有，那里连个鬼影都没有。”莫覃刚说完，就想起了一件事，“不过我倒是看到了一只猫。”

余朝清听到这里，一把抓住莫覃的手，道：“什么样子的猫？白色的吗？”

“不是白色的。”莫覃说，“就一只很普通的野猫，毛色不均，看上去好像很久没吃过饭了，瘦骨嶙峋的。”

余朝清愣住了，一个念头从他的脑海里闪过，但他不敢下定论。

这时，莫覃顺势反握住余朝清的手，从座位下掏出绳子，将他的手绑起来：“现在，你必须跟我去个地方。”

余朝清挣扎起来，但莫覃的力气实在太大，很快就按住了他。莫覃带着刀疤的脸上露出一丝诡谲的笑容：“我觉得你还是乖乖听我的话比较好，你知不知道你身体里的那个怪东西随时都可能苏醒？要不是之前姜叔的那些药暂时克制住了它，你以为你能恢复记忆？”

余朝清不再反抗，选择妥协：“我不能让灵丸继续存活下去，我必须毁掉它。”

莫覃发出一丝冷笑："如果灵丸真的消失了，你也会死的。你还不如跟我合作，用它来救治其他人，以及赚钱。"

"你根本就不明白这东西毁了多少人的家庭。"余朝清说，"就是因为它，你的女朋友才会死，你还不明白吗？！"

见莫覃露出疑惑的神情，余朝清告诉他："林桃是姜乾杀害的。"

"不可能。"莫覃说，"林桃不可能是他杀的。"

"你一直在帮杀害你女朋友的人做事，你不觉得良心不安吗？"

"闭嘴！"莫覃一拳朝余朝清脸上打去，"谁杀害的已经不重要了，现在最重要的是让她活过来，而能让她活过来的人就是你。"

"你疯了，死人是不可能重新活过来的，你被姜乾骗了……"余朝清还没说完话，脸上又挨了一拳，于是两个人扭打起来。因为余朝清的手被捆着，几乎成了人肉沙包，被莫覃狠狠揍了一顿。

"你清醒点！我真没骗你，灵丸只对活人有影响，对死人是不会产生任何影响的，不信你可以去问吕教授！"

莫覃停手了，大概是累了，他掏出支烟点上，猛吸了一口，望着窗外漆黑的景色发呆。余朝清用手背擦了擦嘴角的血迹，靠在椅背上，大口喘气："如果你不信，你可以带我去试试，但如果没效果，你必须马上放我走。"

为了保存林桃的尸体，莫覃特意腾出家里的一个库房改造成了冰库，只有他一个人有钥匙，其他人都不得进入。

莫覃打开大门，冷气便立马从门缝里钻了出来，余朝清下意识缩了缩脖子。

余朝清从没见过死人，所以心里还是有些害怕的。进去后，他也不敢四下乱看，只跟在莫覃旁边走到一个冰柜前。

“我把她放在这里面了。”莫覃说，“为了说动她的家人，我可费了不少力气。他们说要是这个月林桃还不能照我说的那样复活，就要将她带走了。”

余朝清怔了怔，因为莫覃说话时脸上的神情是他从没有见过的，他印象里的莫覃脾气很差，一身流氓习气，很难想象莫覃也有如此深情的时候。

“我觉得……”余朝清顿了几秒，脑子里想着要说的话，想安慰莫覃几句，“人死不能复生，人终有一死，或轻于鸿毛，或重于泰山。林桃能有你这样的男友喜欢着，不离不弃，已经不枉此生了。”

莫覃抬头，像看傻子似的瞪了余朝清一眼，然后按下柜子旁的按钮，柜门一下打开了。余朝清吓得赶紧捂住眼睛，生怕看到过于惊悚的画面。

“看看吧。”莫覃说。

余朝清张开指缝，小心地瞥了眼。他已经对林桃的样子记忆模糊了，他的印象里林桃应该是个性格挺温和的女生，和白初晗走得很近。和白初晗身上那种让人不得不去关注的气质相比，林桃更像是晚霞，漂亮但不耀眼。

柜子里的林桃穿着一件墨绿色的丝质长裙，双手放在肚子上，神情安详地闭着眼睛，一点也看不出生前遭遇过令人唏嘘的意外。

“漂亮吧？”莫覃冷不丁道。

余朝清移开视线，哼哼道：“还是白初晗更好看。”

“你！”莫覃上前一把揪住余朝清的衣领，正要发火，这时门外突然响起了敲门声。

“什么事？”莫覃不耐烦道。

“少爷，有警察在外面找你。”是莫家的管家。

“……他们这么快就找上门了。”莫覃对管家说，“你先应付着，我一会儿出去。”

“你没有时间了。”余朝清看着莫覃，“所以，趁现在快点试吧。”

莫覃脸上闪过一丝讶异：“你不害怕？”

“如果不能让你接受现实，只要你还活着，迟早有一天还会再把我抓回来的。”

莫覃心里动了动，突然想说声感谢，但是话到了嘴边，只有一句：“那你等会儿。”

过了五六分钟后，莫覃提着一个大箱子走了进来，然后关上门，将门锁上：“那些警察真是没完没了，他们通过吕教授车上的行车记录仪查到了我的车牌号，要找我做笔录。”

余朝清瞥了一眼箱子，问：“你之前说过不会要我的命，是真的吧？”

“当然。”莫覃说，“我还不想被枪毙。”

“那好。”余朝清一副豁出去了的神情，“那我该做什么？”

莫覃打开箱子，里面整整齐齐地放着医疗器具，银光闪闪的，让这个冰库显得更冷了。

“你找个地方坐着就行。”莫覃说，“我找之前给姜乾做事的医生咨询过，如果只是单纯做测试的话，不需要把你的全部血液抽出来，只需要抽取一管血，然后注射到实验对象身体里就行。”

“一管血，那也挺多的……”余朝清开始有些后悔了，“我有点贫血……”

但话还没说完，莫覃已经拿着针管走过去。莫覃将余朝清的袖子挽上去，然后找准血管扎了进去。因为没有受过专业训练，莫覃手法生疏、粗暴，余朝清痛得叫了起来。几十秒后，莫覃已经抽了满满一管血，然后他把医用棉花按在扎针处：“你自己按好。”

余朝清冲着莫覃的背影龇牙咧嘴，但还是按捺不住好奇心上前去看。莫覃拍了拍林桃冰冷僵硬的胳膊，然后将血液注射了进去。

余朝清被冷得打了个喷嚏，因为被抽了一管血感到脑袋晕乎乎的，他又重新回到位子上坐下了。莫覃一直守在林桃的身边，观察她身体的变化。但是十分钟后，林桃仍然静静地躺在那里，身体没有任何反应。

“怎么会这样……”莫覃喃喃道，他抓起林桃的手，开始喊她的名字，“小桃，你给我点反应啊，小桃。”

余朝清不太忍心看到这个画面，生离死别，无论哪一种对他而言都太过残忍。他突然想到被灵丸支配的那段时间，自己似乎没有任何情感和情绪，是一种麻木的状态。可是当一个人的内心太过敏感，好像也不是什么好事。

“啪啪啪”，外面有人在敲门，接着是警察的声音：“莫覃，我们是警察，麻烦你开一下门……”

莫覃仍旧呆呆地抓着林桃的手不肯放，像魔怔了似的。

余朝清此时也不知道该怎么办，左右为难道："要不我先去开门？"

莫覃没搭理他，好像压根儿不存在他这个人似的。

"你是被姜乾利用了，人死不能复生，还是节哀顺……"余朝清被莫覃突然回头的神情吓了一跳。那眼里没有一丝一毫的温度，是绝望的，看得让人忍不住打了个寒战。

"莫覃！我们给你五分钟时间开门！"外面的催促声更大了，门被拍得咚咚作响。余朝清小步朝门口挪去，想要偷偷把门打开。

结果在他距离门口还有五十厘米的时候，大门突然"咚"一声被踢开，他和冲进来的警察撞了个满怀。在他脑袋发昏，分不清前后左右的时候，莫覃已经被警察制伏，他则被一双温厚的大手接住。

"少爷，可算找着你了！"袁叔喜极而泣，拉住余朝清的手，直接抱住了他。

吕教授和汪源发生车祸伤势太过严重，现在躺在医院里一直没有醒来。不过就算醒来，等待他们的也是漫长的刑期。

"我们怀疑林桃的案件跟吕教授有关。"警察说，"我们在现场烧焦的物品中化验出了嫌疑人的指纹，和吕教授的正好吻合。"

余朝清感到诧异，没想到一向看上去斯文内敛的吕教授会做出这样的事，他觉得奇怪，本来想多问两句，但警察说在调查结果出来前都要保密。在警察局录完口供后，余朝清被袁叔接回了家。这时，他才想起小白来，便问："小白呢？"

袁叔也蒙了："当时我昏了，不知道那小家伙跑哪儿去了。"

余朝清想起莫覃说他跟踪白初晗的最后只看到了一只小猫，听他的描述跟现在的小白长得很像，所以此时，余朝清心急如焚，让袁叔派人去云南找："一定要找到那只猫，掘地三尺也要找到。"

余朝清打电话给苏达，让苏达去研究所把吕教授和汪源办公桌上的研究资料和记事本全部带到自己家里来。他就不信，他不能自己找出毁灭灵丸的办法，他等不及了，如果身体里的灵丸重新恢复从前的样子，就再也没有人能够救白初晗了。

苏达听说了吕教授和汪源在云南的事之后，非常震惊。他有预感，研究所应该过不了几天就要被关了，先是白初晗失踪，然后是吕教授和汪源突然倒戈谋杀自己的顶头上司，还在云南那么远的地方发生了车祸。仔细一想，他总觉得这里面藏了什么可怕的秘密。

苏达这人虽然不够聪明，但这点眼力见儿还是有的。纵观古今中外历史，那些长命百岁的人，都是知道得越少越安全。于是，他拿了资料和记事本就给了余朝清，翻都不敢多翻。

"那个……"苏达见余朝清埋头翻阅资料，不知道该不该打扰他，顿了一下，问道，"研究所的工作该怎么办？"

余朝清抬起头来，淡淡地望了苏达一眼："你看着办吧。"

看着办？苏达不明白这话的意思了，这看着办的意思是自己不用再来公司上班了？还是自己现在接手研究所，成为负责人了？

余朝清似乎看出了苏达的心思，就补充道："在白初晗回来之前，就由你管理研究所，我会让财务那边给你涨工资。"

苏达一听，心里乐坏了，但表面还是装作极其淡定的样子，对余朝清说：“我一定会打理好研究所的。”

余朝清看资料一直看到晚上，钟灵和她那群贵妇朋友度假去了，余伟业则在德国出差，他在云南发生的事没有告诉他们。这几个月以来，发生在他身上的各种意外加起来足够拍一部电影了，他不想让家人太过担心。他肚子饿了，下楼去冰箱里找吃的，但大多需要加热，他不想动手，于是换了鞋出门找吃的。

天气渐渐暖和起来，外面院子里的茉莉开花了。因为下午下了场小雨，花瓣落了许多，掉在泥土上，远远看去，有种江南时节的味道。余朝清的脑子里突然闪过一个念头，要是这次自己和白初晗都能化险为夷，就去江南旅行一次好了。他们还没有单独出过远门呢，许多人不都说，要考验两个人是否合适，一起出去旅行一次就明白了。余朝清想到这里，嘴角不禁勾了勾，脚步跟着轻快起来。

大概是心里有事，所以走到青德大学外，余朝清才反应过来自己早就路过了自己家附近的饭馆。他又往前走了一段路，看到一条小巷里亮着一个昏暗的招牌，上面写着“朱氏诊所”。

余朝清停下来，犹豫了一会儿，最终推门而入。

朱老板正坐在柜台前玩游戏，近来生意惨淡，也不知道是最近大家身体变好了，还是他的诊所走了霉运，一连几天都没有生意。所以当门口挂的风铃响起的时候，他完全没回过神来。

“朱老板。”余朝清率先打了声招呼。

朱老板对余朝清已经没有任何印象了，只当是普通的客人，抬头问：“哪里不舒服？”

“你不记得我了吗？我之前来过这里。”

这是想装熟客打折？朱老板摸了摸胡须，不动声色道：“不记得了。”

“那你还记得白初晗吗？”

白初晗朱老板自然是记得的，他又打量了一番余朝清，这次觉得有些面熟了：“我每天接待的客人没有十个也有九个，不可能每个都记清的。”

“我是白初晗的朋友，余朝清。”

“小晗的朋友啊！”朱老板这回更蒙了，因为他不记得白初晗带了什么朋友来见过自己，因为她来诊所都是带的伤患，纯粹是路边捡的。

“你最近有见过她吗？”余朝清问。

“我们又不是多熟，平时没事根本不见面。”朱老板说，“怎么，她玩失踪了？”

“是真失踪了。”

朱老板愣了愣，他搞不清目前是个什么状况，所以也不好多说什么，只把余朝清请了进去，并倒了杯水。

“你和小晗是大学同学？”朱老板当作闲聊，跷起二郎腿在余朝清的对面坐下。

“不是。”余朝清说，“我喜欢她。”

朱老板有个习惯，一说正经事的时候就特想吃东西。正好诊所旁边有家卤味店，每天经营到晚上十二点。他问余朝清饿了没有，余朝清点头，又不太好意思地补充了句：“其实还好。”

朱老板二话没说，就出去买卤味了，回来的时候还拎了几罐啤酒。

“白初晗这孩子啊……”把易拉罐打开的同时，朱老板闻到啤酒的气息，顿时心旷神怡，“人还是不错的，不过我们其实算不上朋友，只能说是互惠互利。不过几个月前开始她几乎就没来过诊所了。她这人性格有些孤僻，不好接近，所以我对她了解不多。”

余朝清啃着鸭脖子，点了点头。

“不过，一个月前她倒是有打电话来咨询过我一些问题。”朱老板说，“她问我食物相克的问题。”

“食物相克？”

“对。”朱老板回忆道，“她问我，如果把橙子、水蜜桃、百香果，还有凤梨这几样水果加在一起，会不会吃死人。”

“她怎么会问这个问题？”余朝清不解。

“那我就不知道了。”朱老板说，“当时我还开玩笑问她是不是准备杀人，哈哈哈。”

本来朱老板以为自己讲了一个很好笑的笑话，结果见余朝清压根儿没笑，他瞬间尴尬地干咳了几声，坐直了身体：“你该不会真的觉得她想杀人吧？”

余朝清淡淡地看了朱老板一眼，笑了笑：“法治社会，人哪里是那么容易杀的？”

“她还问了我其他几种植物，我给你写下来。”朱老板起身找纸和笔，“不过听说她专业学的植物学，或许跟这个有关也说不定。”

余朝清接过朱老板递过来的字条，折了折小心地放进外套的兜里，然后冲他道了谢，就离开了。

朱老板本来还想留他把卤味吃完，不过看他的样子似乎很着急，便没再挽留。

回家后，余朝清拿出那张字条看了一遍又一遍，想从中找出一点线索。一个月前，也就是他和姜乾约好去邽山考察之前的日子。白初晗那个时候打电话给朱老板问那些问题到底是为了什么呢？他想破头也想不出来，因为灵丸的能量被药丸抑制住了，他的脑袋已不如从前灵光，他懊恼得直抓头发。

吕教授和汪源醒来的消息，余朝清是从苏达那里听来的。

一大早，苏达拿着买来的咖啡冲进余朝清的办公室，把这个消息告诉了余朝清。自从吕教授和汪源出事后，苏达一到周末就习惯性去家附近的寺庙祈福，因为他觉得研究所被一股神秘力量给诅咒了，先是白初晗，再是吕教授和汪源，没准再过不久就轮到自己了。

余朝清低头看了眼衬衣上被洒上的咖啡渍，然后又看向苏达，问："你怎么知道他们醒了？"

苏达说他昨天生病去医院里，正好遇到警察去吕教授和汪源的病房，他就跟过去偷偷看了一眼，并询问了医生，确定吕教授和汪源已经苏醒。

这时，余朝清的手机响了，是警察打来的电话，对方告诉他吕教授和汪源已经醒来，但因为身体问题，他们暂时还不能出院，便询问他是否有时间去医院一趟，配合调查。

吕教授和汪源被安排在同一间病房，吕教授摔断了脊椎，虽然醒了，但是他的后半生都注定不能再动。面对警方的盘问，他一句话也不说，过了良久，才气息不稳地道："帮我把家里的猫带来，我就全部交代。"

这个时候，他居然还惦记着一只猫？众人不解，但还是按照他的要求去他家里找猫。不过猫已经不见了，吕教授常年独居，跟外界没什么来往。他出事后，家里的猫大概是没有食物，就跑了出去，再也没有回来过。

吕教授得知这个消息后，眼泪像关不住闸汩汩往下流，因为身体不能动弹，只有面部肌肉抽动着，情绪崩溃，把在场的人都吓了一大跳，立即叫来护士给他打镇静剂。所有人都很奇怪，一只猫而已，他用得着这样吗？

余朝清听说后，立即明了其中的原因，因为他知道吕教授为什么会这样。吕教授穷其半生，到头来竹篮打水一场空，心里该有多悲凉啊！

余朝清进了病房后，吕教授已经在镇静剂的效用下睡着了。汪源坐在床边，但全身上下都打着绷带，表情木然，像个木乃伊。

事前，警察已经分别对吕教授和汪源进行过调查，他们都已经承认了自己的罪行，但对自己的动机都含糊其词。

余朝清想单独和他们聊聊，警察给了他半个小时时间，出去在外面等候。

余朝清搬了把椅子在汪源的对面坐下，对方连眼皮也懒得掀，但嘴角流露出一丝诡谲的笑意。

“我知道你想问什么。”汪源声音沙哑道。

余朝清没有立即接话，而是给汪源倒了杯水，然后递过去。汪源两只手都打着绷带，根本没法接杯子，他眼神凶狠地道：“你在嘲笑我？”

“没有。”余朝清把水放到桌上，“我只是想问，现在你这个样子还怎么去保护你的家人？”

汪源明显愣了下，但他仍旧保持着镇定，嘴角牵强地勾了勾，盯着余朝清，问：“你想说什么？”

余朝清知道对方已经上钩了：“吴阿姨前几天来找过我，求我不要起诉你。”

汪源的神情一下黯了下去，他微微垂着脑袋，音量小了许多：“我妈……她还好吗？”

“老太太一个人生活挺不容易的。”余朝清说，“我安排了一个保姆在云南照顾她的起居。我想，她最大的愿望应该从来都不是你能够研究出救你爸爸的方法，而是你活得快乐吧。”

“她才不这样想。”汪源露出倔强的神色，“自从爸爸变成猫后，她就经常打骂我，好像一切都是我的错。如果不是这样，我为什么要离家那么多年？不就是为了让爸爸变回人吗？！”

“每个人都会犯错。”余朝清深吸了口气，他不禁想到了余伟业，父母常常把自以为是的爱和难以消化的情绪投射到孩子身上，没有人是完美的，至今他和余伟业也常常是一副水火不相容的姿态，但他知道余伟业爱自己，只是他们谁也改变不了谁，“吴阿姨心里对你很愧疚，她觉得是自己没有把你教好，才让你走上了这条路。”

汪源沉默下来，低垂着头，刚才的气焰完全消失了。过了良久，他才开口：“我可以见见她吗？”

“恐怕得再过一段时间。”余朝清如实回答。

余朝清离开病房前，汪源把自己家里的钥匙交给了他：“毁灭灵丸的仪器资料在我家有备份，就在书桌的抽屉里，你自己去拿吧。但毁灭灵丸的同时，你也会死。”

余朝清离开医院后，开车去汪源家里拿了东西。他回到公司遇到了苏达，苏达又一副冒失的模样跑过来找他："余总，我发现了一个东西。"

余朝清想着灵丸的事，没心情应付苏达，便淡淡地"嗯"了声。

但苏达显然没接收到余朝清的信息，继续说："我刚在研究所整理柜子的时候，发现学姐之前留下的一个本子上面写了一些东西，你要不要看看？"

听到是白初晗的东西，余朝清转过头去，说："给我看看。"

余朝清拿过本子翻了几页，神情顿时沉了下来。苏达之前大概看过几眼，里面的内容都是关于酿造啤酒的，为何余总露出这般苦大仇深的表情？苏达正想着自己要不要说点什么，结果，他看到余朝清的眼眶居然慢慢红了，他顿时吓得不敢说话了。这是感动的泪水，还是愤怒的泪水？他深吸了口气，觉得君心真难测。

余朝清没有想到，原来白初晗给朱老板打电话询问的那些东西，竟然都是用来酿造新啤酒的植物。他想破了头都没想到，他一直以为白初晗在寻找的是恢复正常人的办法，没想到她想的却是怎么帮他酿造出新的啤酒……

"余总……"苏达轻声唤道，"你没事吧？"

余朝清吸了吸鼻子，说："没事。"

现在，余朝清要做的很简单，那就是找到方法让白初晗再也不会变成猫，然后找到她。

他会找到她，哪怕千山万水，路遥马亡。

第十六章
相逢的人会再相逢

一过晌午，太阳就跑到了房屋背后，院子里只剩下一大片浓郁的阴影。刘大叔吃完午饭，躺在柴火旁的椅子上，半眯着眼睛，手指间夹着一支烟，不时放进嘴里吸两口，然后神情舒展开来，快乐似神仙。

不远处的小路上，一个青色的影子慢慢朝这边靠近，纤细的胳膊间挂着一个竹篮子，里面放着些新鲜的萝卜和青菜。人影走上台阶，靠近刘大叔，然后伸手露出一根狗尾巴草来，放到对方的鼻子下面轻轻蹭了蹭。一个喷嚏打出来，刘大叔睁开了眼。

“又淘气。”刘大叔摸了摸鼻子，嗔怪道，“你又跑哪里去了？”

“你不是说以前我跟一个叫余朝清的男生一起去田里拔过萝卜嘛，我就去那里走了走，看能不能想起点什么。”

“那你想起点什么没？”刘大叔问。

“没。”白初晗说，“什么也想不起来。”

刘大叔是三天前去镇上的市集时发现白初晗的。她一个人穿着脏兮兮的衣服，蓬头垢面，像个流浪汉似的在街上闲逛，不，准确来说，当时她就是在流浪。她大概是肚子饿了，走到一个卖包子的摊前，二话不说就伸手去抓，结果手被烫红了，也没舍得把那包子扔掉。卖包子的老板抓住她不准她走，以为她是傻子，还四处问人：“这是谁家的孩子走丢了？”

刘大叔还记得白初晗，一开始很惊讶，想也没想就上前替她解了围，说是自己亲戚家的孩子，跟他出来逛市集不小心走丢了，然后付了包子钱，又让老板打包了一笼包子给她吃。

白初晗呆呆地望着刘大叔，并不接受他的好意，而是略带警惕道：“你是谁？”

刘大叔哭笑不得，估摸着自己长了一张大众脸，所以她不记得自己了，于是说：“你忘记了？我可是你和你男朋友的救命恩人呢。”

“我有男朋友？”

刘大叔一愣，心想：难道他们已经闹掰了？

“那个……”白初晗犹豫着看了看四周，好像要说一件特别丢脸的事，压低了声音，对刘大叔说，“你知道我是谁吗？”

白初晗失忆了。她只记得自己醒来的时候躺在一片野草里，像个刚来到世间的婴儿，对周遭的一切都感到陌生。她不记得自己是谁，叫什么名字，年龄多大，有什么亲人朋友。一觉醒来，举目无亲，她只能凭着感觉一直往前走，最后来到了市集，遇到了刘大叔，听他说认识自己后，立马询问他关于自己的事。

但刘大叔也说不出个所以然来，毕竟他们相处的时间也就一两天，他当时也没多问，只记得她叫白初晗。

“听你这口音应该是南方人。”刘大叔说，“那个男生长得挺好看的。当时我以为你们是男女朋友，或者就是，不清楚，我年纪大了，不了解你们年轻人。”

“挺好看是有多好看？”白初晗问。

“就是鼻子是鼻子，眼睛是眼睛的那种好看。”

白初晗忍不住翻了个白眼：“难道还有人眼睛是鼻子，鼻子是眼睛？”见从刘大叔这里了解不到什么有价值的信息，白初晗便决定自己寻找记忆，去她曾经去过的地方，比如和那个叫余朝清的男生一起去拔过萝卜的那块地里。但无论她什么时间去，从什么角度去看，菜地仍然是菜地，里面的农作物也没变过，她蹲在田埂上，用手托着下巴，感到一丝惆怅。

不是没想过去警察局里备案，但白初晗心里没底，她总觉得自己一个女生在荒郊野外醒来，还失去了记忆，这里面一定是发生了什么恐怖的事情。她不敢细想，害怕那个真相自己承受不起，还不如不知道。但她又抑制不住地想要知道自己究竟是谁，为什么会出现在这里。她没有亲人吗？没有朋友吗？为什么她不见了后，都没人来找她呢？

白初晗每天早上睁开眼，第一件事便是在网上搜索关于失踪人口的寻人信息，但是她没有发现哪一条符合自己。她又查找各种社会新闻，想了解在她醒来那天的前几日有没有发生过什么事，但浏览下来都跟她没有一点关系。

难道她是个无亲无故的孤儿？

白初晗唯一的指望就是那个叫余朝清的男生，如果他是自己的男朋友或者朋友，自己不见了，他应该会来找自己吧。她试着在搜索引擎里搜索，唯一的结果是一个集团下分公司CEO的名字。而在她的印象里，CEO的年龄应该都很大，不符合年轻男生这个定位，所以她没在意，直接就忽略了。

时间一晃，半个多月过去了。白初晗对于过去的事仍旧没有半点印象，她渐渐习惯了这里的生活。刘大叔教她分辨五谷，如何种菜、除草，如何从傍晚的云霞判断第二天的天气。每天早上，天还没亮，刘大叔就会起床上后山看他老伴的墓。她醒来的时候，刘大叔已经准备好了早餐，两个人吃饭、闲聊，然后准备午饭。每日的生活都一样，今天的太阳和明天的太阳似乎没什么不同，这不免让她感到乏味，她觉得自己应该找点事情做，或者去镇上找份工作。

刘大叔觉得她年纪轻轻，也不该整天和他一个老头子待在一块儿，便介绍她去镇上认识的朋友开的酒馆里帮忙。

酒馆处于镇上最热闹的位置，面积很大，两层楼，装潢摆设有点儿江湖气，店里都是拿酒碗喝酒。招牌酒有紫糯米酒、杨梅酒，还有老板自酿的啤酒，很给劲，白初晗喝过一次，一碗就上头，而且口感不错。

因为店里生意忙，人手少，白初晗既要做服务生，又要记账，然后老板发现这姑娘很聪明，长得像读过书的，人也伶俐，没多久就提拔她当了店长。一个酒馆里的美女店长，这个噱头已经足够吸引人来了，没过多久，一些背包客来到这里游玩，就拍了些照片发到了网上，一下带火了这家酒馆，以及酒馆的店长。

白初晗很少上网，并不知道自己在旅游论坛上已经火了，有一张她的侧脸照被人传到了网上，很多网友都在询问她是谁。

最先看到白初晗侧脸照片的是苏达，因为他每天都太闲了，有事没事就逛逛论坛、贴吧，结果在一个帖子里看见了白初晗的照片。最开始他以为是某个长得像白初晗的网红，但刷到最后，看到是云南某家酒馆的店长。云南……这个地方听起来很熟悉啊，之前余朝清和白初晗不都去过吗？想到这里，他立即拿着手机去找余朝清。

余朝清最近也是特别奇怪，之前一直在寻找什么陨石，然后就一连好几周都没出现在公司。他好不容易回来了，结果每天来公司就是睡觉。俗话说“上梁不正，下梁歪”，苏达预感公司没多久可能就要垮了，他现在只能指望余朝清找回白初晗后，能够好起来。

苏达进了余朝清办公室，果不其然，余朝清正躺在沙发上睡觉，枕头、毯子、眼罩，一应俱全。

苏达等不到他醒来便直接推醒了他：“余总，告诉你个事。”

余朝清一脸不耐烦的表情，问：“什么事？”

“我好像找到学姐了。”

每年八月份一到，木瓜就成熟了，酒馆里的果酒都是老板自己去果林摘木瓜，回来后自己酿的。一车车的木瓜被拉回来，然后堆在后厨院子里，到了晚上，大家便一起动手洗净、晾干，做木瓜酒。

白初晗为了做事方便，剪短了头发，穿一件对襟小褂，里面是一件黑色的贴身毛衣、一条牛仔裤。这身装扮穿在别人身上估计会很奇怪，但在她身上反倒有了特别的味道。

酒馆已经打烊，但还没有关门，几个服务员正在打扫卫生，老板去外面打电话了，只留下白初晗一个人在院子里清洗木瓜。

“小晗！”老板突然跑了进来，一脸高兴又兴奋的神情，“有……有人找你。”

白初晗疑惑地转过身，看到老板后面跟进来一个人，在昏暗的光线下她看不清对方的脸。直到走近了，来人漂亮的脸庞暴露在灯光下，并冲她笑道：“小晗，我终于找到你了。”

第二天天还没亮，酒馆老板开门做生意，刚把门打开，迎面就走来两个游客打扮的男人。他刚想张口迎客，其中一个长相英俊的男人率先开了口，问：“白初晗在不在？”

老板一愣，估摸着这架势是来讨债的还是怎么的？他觉得奇怪，昨天晚上才来了个人找白初晗，今天早上怎么又来了两个要找她的？

“她已经走了。”

“走了？”另一个个头较矮的男人立刻急了，抓住老板的手问，“什么时候走的？为什么走了？”

“余朝清！”一道低哑的声音从街角传来，刘大叔昨晚接到白初晗的电话，说自己要暂时离开云南一段时间，把放在酒馆里的东西交给他处理。没想到他这刚到镇上，就碰到了故人。

余朝清惊讶得睁大了眼睛，不可置信：“刘大叔，怎么是你？”

酒馆老板给他们腾出楼上一张桌子，拿了烧饵块和稀豆粉给他们当早餐吃，然后知趣地下了楼。

刘大叔点燃烟，一口一口地抽着，讲了关于白初晗的事。

余朝清没作声，他没想到灵丸的影响消失后，会令白初晗失忆。

“她有没有说她去了哪里，和什么人一起离开的？”余朝清问。

“她说是一个朋友，可以帮她恢复记忆。”刘大叔说，“我本来就对你们的事不了解，萍水相逢，现在缘分到了自然也就散了。”

“还真是佛系。”苏达在一旁小声嘀咕道。

余朝清对刘大叔感谢道：“谢谢了，三番五次救了我们，这次我找到小晗，一定带她回来亲自向您道谢。”

刘大叔摆摆手，表示无所谓。

苏达甚为郁闷，没想到连夜赶过来，还是来晚了一步。不过，会是谁带走了学姐呢？失忆后的学姐会不会被什么坏人给带走了？想到这里，苏达问余朝清：“我们要不要先报警？”

“我不想弄出太大动静。”余朝清说，“酒馆老板不是说是一个女人带走了她吗？应该不会有什么危险。”

“那我们现在要去哪儿？”

余朝清走出酒馆，站在门口抬头望了望澄澈的蓝天，深吸了口气，说：“回去。”

苏达头大了，他本来还想趁着这个时间在云南欣赏一下美景，期待一场艳遇，没想到只是吃了个早餐，又要匆匆回去。

余朝清走在前面，没走几步，突然抱着头蹲下了身子，痛苦得将头埋在膝盖间，看上去很难受。

“余总，你没事吧？”苏达问。

“没事。”余朝清说，“过会儿就好了。”

和余朝清相处的这两天时间里，这样的情况不时发生，苏达不禁怀疑余朝清是不是得了什么病，但他不敢多问，知道即使真有什么，余朝清也不会告诉他的。

余朝清有预感白初晗已经回来了，但是他走遍了青德大学，去了她原先租住的房子，去了她平日常去的小饭馆，都没有遇见她。好像故意似的，她巧妙地避开了所有可能相遇的地方。

余朝清托了私家侦探寻找白初晗，但一连几日都没有消息。一日，余朝清又脑袋疼得从床上翻身坐起，急忙下床倒水吃止疼药，结果手机响了。

"我找到了。"私家侦探说。

"在哪儿？"余朝清强忍着疼痛问道。

"明天是一个叫姜游山的人的追悼会，我查到名单里有她的名字。"

"谁组织的追悼会？"

"一个叫小嘉的人，好像是姜游山生前的女朋友。"

余朝清用水把药丸送进肚子里，在沙发上坐了会儿，才缓过劲儿来。他身体里的灵丸并没有完全清除，因为灵丸在他身体里待的时间太长了，甚至已经和他融为一体了。正如汪源所说，如果灵丸被毁灭掉，那么他也会跟着一起死。所以他找到了一个折中的办法，那就是不彻底将灵丸从自己体内清除，而是用汪源他们发明的分离器将灵丸清除到所能清除的最大数值，在不会危及自己性命的时候停手。而剩下未清除的部分灵丸，他在翻阅了许多书籍后，采用了"以毒攻毒"的方式来克制。

十几年前，一块陨石带着灵丸来到了地球，但那块陨石并没有受到灵丸影响而发生异化，说明陨石本身存在抵抗灵丸的抗体。余朝清想到父亲曾托人买了一块陨石回来收藏，于是他回家拿了那块陨石做研究，最后制成了药剂服下。不过药剂的副作用很大，他不时就会头疼，好像有人拿着电钻在钻他的脑袋一样。虽然他体内剩下的灵丸已被彻底压制，白初晗也不再受到灵丸影响，恢复了正常，不过那些十几年前就变成猫的人们却永远也变不回来了。

余朝清有时候会想，是不是应该牺牲自己而换回更多人呢？他不知道，可是他心里清楚他并不想这样做。因为他还有想要去爱的人，想要去做的事，他觉得能够活着的每一天都无比珍贵，每天早晨醒来，看到阳光从没拉紧的窗帘缝隙里透进来，他就觉得格外美好，所以他一点也不想死啊！

这让他想到了之前读到过的一个故事，讲的是一辆火车正快速地驶向一条轨道，但轨道上绑了五个孩子，此时你手上有一个按钮，只要按下去，火车就会切换到另一条轨道上，不过另一条轨道上绑着一个孩子。这时，你是按还是不按？

最初读到这个故事的时候，余朝清纠结了两天，因为实在难以抉择。那个时候他尚未经历过人世复杂，只是个每天混吃等死的富二代。现在，他明白了，生活总是充满着许多艰难的选择，所以他能够明白，为什么莫覃会为了救林桃不惜触犯法律，也能够理解姜乾的丧心病狂。每个人都要为自己做的事付出代价，仅此而已。

姜游山的追悼会一直拖到现在才办，是因为小嘉希望白初晗能够在场。姜乾被判处有期徒刑十年，吕教授杀害林桃的证据已经找到，被判无期徒刑。当时回火灾现场的人正是吕教授，因为被林桃看到，情急之下他本来是想让她住嘴，没想到失手杀了她。

无论是姜乾、林桃还是吕教授，这些名字对白初晗来说都很陌生。她去了监狱，想见姜乾一面，但对方不愿意见她。不知为何，她反倒松了一口气。她仍然什么都没想起来，但是从小嘉口里得知他曾经想要害自己，也是因为他，姜游山才会意外去世。她想，这可能是个特别坏的人吧，可这个坏人又是姜游山的父亲，她顿时矛盾起来，不知道和他见面能说些什么。

走出监狱大门，外面热烈的阳光一下拥住了白初晗，她觉得周身一片温暖。

小嘉叹了口气，说："既然姜叔叔不想见你，我们再想想其他办法，去了解你的过去。"

白初晗突然笑了："我不想找回自己的过去了。"

"为什么？"

"因为我觉得现在这样很好。"白初晗露出灿烂的笑容，说，"我现在觉得自己像个新生的婴儿，什么都能做，什么都能吃，对一切充满好奇。我对过去已经不感兴趣了。"

小嘉怔了怔，她和白初晗见面的次数不多，在她的印象里，对方一直是个寡言沉郁的少女，但刚才对方的那一笑，就像瞬间拨开乌云的太阳，让她看愣了。

现在的白初晗的记忆中没有过去父辈的那些恩怨，她只记得她曾经有个对自己很好的哥哥，叫姜游山，还有个对自己很好的姐姐，是姜游山生前的女朋友，就是小嘉。她曾经就读于青德大学，专业是植物学，仅此而已。

她穿着一身素白，胳膊上戴着黑纱，对每一个来送姜游山最后一程的人鞠躬回礼。

他们当中有的人认识白初晗，有的人不认识，不过在白初晗眼里，他们并无什么不同。

这时，门口一个身材高大、面容英俊的男人缓缓走了进来。白初晗觉得他走路的姿势有些奇怪，每一步都像走了漫长的一生，而且他的眼睛一直盯着自己看。

是游山哥哥生前的朋友吗？他认识自己吗？白初晗正想着，那人已经走到她的面前，轻轻叫了声她的名字："小晗。"

白初晗抬头，冲他笑笑，示意他继续往里走，但对方站着没动。

这人真是奇怪。白初晗皱了皱眉，想提醒他站在这里不合适，没想到对方一把握住了她的肩膀："我终于找到你了。"

白初晗还没反应过来，便被拉进了对方的怀里，她觉得自己的骨头都快要被勒断了，她听到了男人胸口处的心跳非常剧烈，每一声都像鼓声轰鸣，她的脑子里瞬间一片空白。

追悼会结束后，白初晗和小嘉送走宾客。余朝清还留在原地，他的眼睛一直没有离开白初晗，这让白初晗非常不自在。

"那个人跟我到底什么关系？"白初晗小声问小嘉。

小嘉摇头："我只知道他是余氏集团的公子，其他就不清楚了。不过从刚才的情形来看，你们之间应该有点什么吧。"说完，小嘉露出一个暧昧的笑容，盯着白初晗。

白初晗立马否认道："我都不记得他是谁，说不定是坏人。"

小嘉笑笑："你要是想了解的话，就去问问他咯。"

白初晗犹豫了几秒，然后朝余朝清走去，在还有两米的距离处站定，问："请问你是谁？"

“余朝清。”

白初晗愣住，这个名字她从刘大叔那里听说过，他是自己的男朋友？她不知道该怎么开口，嗫嚅道：“我和你是朋友吗？或者还有其他什么关系？”

余朝清想了想，之前他们也不是恋人关系，所以点了点头，回答道：“算朋友吧。”

朋友关系就能随便抱了？白初晗心里一阵嘀咕。这时，余朝清又补充了一句：“你还是我公司的员工。”

白初晗：“……”

所以，这是让她回去上班的意思？

“我……我一时也不知道该怎么说，你给我点而时间，我慢慢说给你听好不好？”余朝清突然乱了阵脚，紧张地解释道。

白初晗盯着余朝清，没有说话。

“其实……其实我一直喜欢你。”因为太过心急，余朝清不小心直接将心里的真实想法说了出去，“之前发生了很多事，我想，或许你对我也有特别的情谊吧。”

白初晗看着余朝清发红的脸，扑哧一声笑了：“你真可爱。”

为了让白初晗能够想起自己，余朝清每天带着她四处闲逛，去学校，去宿舍楼下，去她以前的家，还有他们吃麻辣烫的路边摊，但她除了吃了很多东西外，什么都没想起来。

“没事。”余朝清说，“我讲给你听，你存入你的脑子里就行，也能当作是你的记忆对不对？”

白初晗瞪了他一眼，觉得这人傻兮兮的，不过他请的吃的都很好吃，于是点了点头，假意顺从道：“好。”

“这家蹄筋面还是你带我来吃的。”余朝清说，“结果我吃完就拉肚子了。”

“你的肚子是玻璃做的吗？”白初晗喝完碗里的面汤，咂了咂嘴，让老板来结账。

“对了。”白初晗转过头来，“你不是说我是你公司的员工吗？要不你带我去公司走走，也许我能想起点什么来。”

“公司不就是工作的地方，对恢复记忆应该没什么用吧。”

“那不一定，或许我以前是个工作狂，超级爱工作，一到了公司就全身来劲儿，也许就想起来了。”

余朝清觉得白初晗说得也不是全无道理，她以前工作还是挺认真的，也许就喜欢公司这种抹杀人类自由的地方呢，便同意带她去公司里转转。

苏达知道白初晗要来公司，高兴得立即把研究所里里外外打扫了一遍，还泡了壶好茶等她过来。

白初晗自然不记得苏达是谁，见对方一脸兴奋地冲自己跑来，立刻躲到余朝清身后，拉住他的衣袖，问：“这人是谁啊？”

“是我啊，你的学弟！”苏达痛心疾首，没想到白初晗失忆失得如此彻底。

白初晗一副不想搭理苏达的表情，在余朝清的带领下去了研究所。她的东西都还在工位上，整整齐齐摆放着，苏达每天都要擦擦上面的灰，不让它们蒙尘。她拿起工作记事本看起来，一看竟看得入了迷。余朝清和苏达不敢打扰她，两个人坐在一旁默默喝茶，不时抬眼看看对方，轻声交流。

“你说她能从工作里找回记忆吗？”苏达问。

余朝清摇头：“谁知道呢。”

时间一分一秒流逝，等白初晗合上本子，重新站起身来的时候，两个小时已经过去。她抬头看到沙发上四仰八叉躺着的两个人，不禁皱了皱眉，走过去叫醒他们："快醒醒，我好像记起点什么了。"

余朝清和苏达两人立马坐直了身体，异口同声道："你想起了什么？"

"我突然想明白你们公司那个啤酒该怎么创新了。"白初晗笑道。

余朝清失望道："就这个？"

白初晗点头："对啊，不然还能有什么？"

苏达木然，呆呆道："学姐果然不是一般人。"

"其实只要增加酒花的投放次数和投放量，就能改变酒的整体口感。在酿造的时候再加入水果，便能让酒变得柔和，符合年轻人的口味，比如杨梅、橙子、百香果……"

白初晗的话还没说完，余朝清已经上前一把把她按进自己怀里，用手轻轻拍了拍她的后脑勺，道："我知道了，不过现在这些都不重要。"

苏达惊讶地张大了嘴，赶紧把头转向一边，假装没看到。

白初晗也吓了一跳，她的心脏怦怦怦地狂跳，她不知道余朝清这是做什么。

"要是真的什么都想不起来，也没关系。"余朝清松开她，低头对她温柔地笑了笑，"其实我以前也失忆过。"

"你也失忆过？"白初晗诧异，她一直以为失忆是个小概率事件，没想到自己身边就有人失过忆，"那你是怎么恢复记忆的？"

余朝清想到当时恢复记忆的自己，忍不住笑了笑：“顺其自然。”

“就这么简单？”

“我想，重要的不是过去发生了什么，而是现在，此时此刻我们正在经历什么，以及未来。”余朝清望着白初晗的眼睛，认真道，“你记不得过去没有关系，我帮你记着就好，而你的未来，我也想要参与，和你一起书写。”

白初晗的脸唰地一下红了，她不知道该如何回答余朝清这个问题，虽然她对他不排斥，但也没有产生想要和他在一起的想法。她往后退了一步，正要开口，眼前的人却突然抱头蹲了下去，痛苦地呻吟着。

“我去拿药。”苏达知道余朝清又犯病了，赶紧去找止痛药。

白初晗靠近余朝清，有些无措：“我能为你做点什么吗？”

余朝清疼得额头上出了一层细汗，他强忍着疼痛，伸出手摸了摸白初晗的头发，笑道：“什么也不用做，只要留在我身边就好。”

之前是她竭尽全力保护他，那么现在，轮到他来护她周全了。哪怕她什么都想不起，什么都做不了，也没关系，只要她留在他身边就好。

白初晗的脑子里好像突然闪过一个东西，像黑暗的洞穴里突然洒进一缕阳光，但太快了，以至于她什么也没抓住。她蹲下身去，握住余朝清的手，觉得心里有什么涌现了出来，饱满的，温暖的，像夜空中的星星一样闪耀。她望着余朝清的眼眸，回答道：“好。”

哪怕什么都记不起来，她还是愿意相信他，因为这个世界上，只有他会一直紧紧握住她的手。

我们这一生所热爱的一切，所憎恨的一切，所拥有的一切，都会像植物腐烂在泥土里又重新生长出来，进入无限循环的轮回之中。

我们会离开一阵子，但最终都会在时间的尽头再次相见。

— 全文完 —